Yelmo Schütz

Der Pennäler zwischen den Stühlen

AF187332

Ein vierzehnjähriger Dorfjunge sitzt im kahlen Klassensaal des Gymnasiums und gibt sich der Illusion hin, in ein elitäres Ambiente aufgestiegen zu sein, bis die Ansprache des Direktors ihn aus seinen Träumen reißt. Der Pennäler lässt sich nicht abschrecken. Mit einem Anstandsbuch und in der Tanzstunde versucht er, sich gute Umgangsformen anzueignen, mit denen er zu Hause allerdings schlecht ankommt. Auch bei den Mädchen lässt das Gelernte sich nicht erfolgreich anwenden, da Gregor, wenn er verliebt ist, in Schüchternheit erstarrt. Deshalb folgt er doch lieber dem Vorbild eines seiner Brüder und spielt beim Dorftanz den Draufgänger. – Dass Gregor Schulze sich dem Dorf entfremdet hat, bekommt er zu spüren, wenn er am Wochenende ins Gasthaus geht. Ständig ist er hin- und hergerissen zwischen dem hohen Anspruch der Schule und der häuslichen Realität. – Das Gymnasium war nicht in der Lage gewesen, ihn den Weg zu seinen wirklichen Interessen finden zu lassen. Handwerkliche Arbeiten und kleine Basteleien gaukeln ihm eine technische Begabung vor, obwohl er das Eine aus Notwendigkeit und das Andere mit ästhetischer Motivation tut. So meint er, mit einem Chemiestudium als Ziel auf dem rechten Weg zu sein. Als er jedoch in einem philosophischen Text auf den Begriff des Zufalls stößt, eröffnen sich ihm ungeahnte Denkräume.

Yelmo Schütz wurde 1938 geboren und verlebte seine Kindheit und Jugend in der Wetterau. Er studierte Kunstgeschichte, Philosophie und Erziehungswissenschaften und lehrte interdisziplinäre Kunstvermittlung. Nach seiner Emeritierung wandte er sich der Belletristik zu. Er lebt in Karlsruhe.

Yelmo Schütz

Der Pennäler
zwischen den Stühlen

Roman

BoD

Bibliografische Information der Deutschen Nationalbibliothek
Die Deutsche Nationalbibliothek verzeichnet diese Publikation
in der Deutschen Nationalbibliografie; detaillierte bibliografische Daten sind im Internet über http://dnb.dnb.de abrufbar.

© 2019 Yelmo Schütz
Herstellung und Verlag
BoD – Books on Demand, Norderstedt
Umschlag: hgskunst

ISBN 9783750404571

Für Irmgard

Bisweilen ist die Fiktion wirklicher als die Wirklichkeit.

Negative Auslese

Hatte er wirklich die richtige Entscheidung getroffen mit dem Schulwechsel von der Volksschule ans Gymnasium? Er konnte keinem anderem die Schuld zuschieben, denn am Ende war es sein eigener Entschluss gewesen, nicht der seiner Eltern. Gewiss, der Lehrer hatte ziemlich viel Druck aufgebaut und ihn mehr geschoben, als dass er zunächst aus freiem Willen etwas unternommen hatte. Aber schließlich war es doch seine eigene Angelegenheit geworden. Aus der Enge des Elternhauses und der anregungsarmen Umgebung des Dorfes wollte er heraus und hinüber in die Kreisstadt, weil er von dort mit einem Mal seine Rettung erhoffte. Der Gedanke an das Gymnasium war immer noch neu und beunruhigend. Im Dorf und in der Volksschule kannte er sich aus, hatte er gewusst, woran er war. Der Wechsel in die Stadt konnte eine glückliche Wende bringen oder – wer weiß – in einer Sackgasse oder in irgendeiner Katastrophe enden.

Mit dem ersten Schultag an der Aufbauschule waren alle Zweifel wie weggeblasen, denn es gab so viel Neues. Zunächst die Bahnfahrt mit der neuen Aktentasche, die zwei Vortaschen besaß – für das Pausenbrot und das Schreibmäppchen. Dann die Ankunft in Friedberg. Menschenmassen, größtenteils Schüler, drängten sich durch die Unterführung und die breite Treppe hinauf, wo sie sich vor den Kontrollhäuschen für einen Moment stauten. Er wurde durch eine Sperre geschoben, hob kurz seine Schülermonatskarte, doch der Kontrolleur schien kaum hinzublicken.

Erst musste er einmal stehen bleiben und sich umsehen. Er wurde immer wieder angerempelt, mal von links, mal von rechts, aber das war ihm jetzt egal. Den Blick nach oben gerichtet, freute er sich an der sonderbaren Stimmung unter der verglasten Kuppel und dem dunkelgrünen, grottenartigen Gewölbe. Da fehlte es nur noch, dass Wasser heruntergetropft hätte und aus den Seitengängen riesige Kröten und Frösche hervorgekrochen wären.

He, bist du nicht der Gero aus Warstein?, rief da eine Stimme. Da kam doch tatsächlich der Oskar auf ihn zu, an den er sich von der Aufnahmeprüfung erinnerte.

Du bist doch der Gero oder Georg? Der kleine Oskar mit seinen strohblonden Haaren und seiner schuppigen Haut trat auf ihn zu.

Nein, Gregor heiß ich, und du bist doch der Oskar und kommst aus Vilbel. Gehn wir zusammen zur Burg?

Nur wenige Schritte von ihnen entfernt stand eine Schülergruppe. Oskar schritt energisch auf sie zu, Gregor folgte ihm zögernd.

Wir sind hier alle Vilbeler, erklärte Oskar. Nur der Dennis kommt aus Raindal, und alle gehn in die Aufbauschul. Wir drei sind hier die einzigen Quartaner. Die anderen sind alle Tertianer.

Die Vilbeler, dachte Gregor, sind schon Städter. Sie sprechen wie die Frankfurter. Das hörte sich dann an wie *Quatanä* und *Untätäzjanä*. Gregor hingegen sprach den Wetterauer Dialekt, in dem das R gerollt wird. Für die Frankfurter galt das als typisches Erkennungszeichen für die *Hackklötzjä*, wie sie sagten – die Hackklötzchen. Das kam wohl von oben herab, klang aber dennoch ganz nett. Äußerst bösartig war es jedoch, wenn man von einem Städter *Bauer* genannt wurde. Das konnte man nicht auf sich sitzen lassen. Bei größeren Städtern, mit denen Gregor es nicht aufnehmen konnte, schimpfte er zurück, Gleichaltrige bekamen einen kräftigen Tritt in die Beine oder in den Hintern. Die Vilbeler waren, wie sich bald herausstellte, wohl ein bisschen eingebildet, aber im Allgemeinen doch recht friedlich. Sie schienen Gregor zu akzeptieren.

Die Älteren, von denen einige rauchten, schritten vorneweg und unterhielten sich lautstark. Die drei Quartaner, die von den Großen nicht mehr beachtet wurden, folgten ihnen. Oskar schien bereits gut informiert zu sein über die Schule, und er erzählte alles, was er von den Tertianern erfahren hatte. Dennis schwieg die ganze Zeit, während Gregor nur ab und zu mit einem Wort sein Interesse zu bekunden versuchte. Eigentlich hätte er keine Unterhaltung gebraucht; er blickte sich ständig um, denn das sah hier alles anders aus als zu Hause in Unter-Warstein. Hier gab es ein großes Kaufhaus. Sie gingen durch eine breite Straße mit schmucken Bürgerhäusern, um danach in die Altstadtgassen einzutauchen, wo noch viele alte Fachwerkhäuser standen. Schließlich gelangten sie auf die Kaiserstraße. Hier wimmelte es von Menschen, und es reihte sich ein Ladengeschäft an das andere. Irgendwann wollte er den Schulweg einmal alleine gehen, das nahm Gregor sich fest vor. Dann würde er sich ein Schaufenster nach dem anderen in Ruhe ansehen.

Die Schule war in den alten Verwaltungsbauten der Burg untergebracht. Einige Klassenkameraden erkannte Gregor von der Eignungsprüfung wieder. Innerhalb einer Gruppe von Fahrschülern führte Oskar auch hier das große Wort. Die Heimschüler bildeten eine eigene Gruppe. Da sie bereits die erste Nacht im Internat verbracht hatten, wussten sie sich viel zu erzählen. Ständig hörte Gregor andere Lehrernamen, vor allem von dem Heimleiter, den sie den Bullen nannten, und dem Direx war die Rede, mit denen auszukommen, offenbar nicht leicht war. Aber all dieses Gerede mochte Gregor nicht. Er wollte die Lehrer selber kennenlernen, dann könnte er sich schnell ein Bild von ihnen machen. Die meisten Quartaner schienen ein wenig aufgedreht zu sein; sie alle befanden sich in einer optimistischen Stimmung und waren noch immer stolz auf ihren neuen Status als höhere Schüler. So ließ Gregor sich auch von der allgemeinen Euphorie anstecken. Doch die Desillusionierung sollte bald folgen – nicht nur für Gregor, sondern auch für die Mitschüler.

Die Schulglocke rasselte dreimal unüberhörbar laut. Von allen Seiten hörte man die Schüler rufen: Volksversammlung! Volksversammlung! Die gesamte Schülerschaft setzte sich in

Bewegung in Richtung auf das hintere Schulhaus und bildete um die große Freitreppe einen ausgedehnten Halbkreis. Mehrere Quartaner fragten nach links und rechts: Volksversammlung – was bedeutet das? Und sie bekamen die vielstimmige Antwort: Der Direx kommt gleich. Immer wenn's dreimal klingelt, kommt er hierher mit seinen Bekanntmachungen.

Dann hörte Gregor: Platz machen! Der Micki kommt!

Die Schüler bildeten eine Gasse, durch die ein kleines, mickriges Männlein eilte. Der Alte stieg die Sandsteintreppe hastig hinauf und blieb auf der obersten Stufe stehen. Dieser schmallippige Kerl mit Glatze, dachte Gregor, hätte längst den Ruhestand verdient. Auf den ersten Blick stand für ihn fest: Mit dem möchte er möglichst nichts zu tun haben.

Der Direx hatte seinen Blick schweifen lassen, und offenbar war er verärgert, dass es noch immer nicht ruhig geworden war. Mit heiserer, nur halblauter Stimme begann er zu sprechen.

Was ist hier los? Muss ich etwa noch um Ruhe bitten? Eigentlich solltet ihr wissen, was es bedeutet, wenn ich hier stehe. Hier vorne ihr! Quartaner? Ja, ihr seid noch e bissi domm. Dacht ich mir's doch. Die erste Stunde hat noch nicht angefangen, da haben sie schon was zu lachen! Mein alter Direktor an der Präparande trug noch einen Säbel, und wenn er die Klasse betrat und es nicht augenblicklich still war, schlug er damit auf seinen Katheder.

Micki mit Säbel – hi – hiii! Das wär was, flüsterte leise kichernd ein älterer Schüler hinter Gregor.

Heute habe ich nur wenige Bekanntmachungen, begann der Direx. – Nach der vierten Stunde endet heute der Unterricht, da wir eine Konferenz abhalten. In der fünften Stunde werden aber noch Lehrbücher ausgegeben. Näheres erfahrt ihr von euren Klassenlehrern. Ich gebe nun noch die Klassenräume bekannt. Die Quarta schließt sich jetzt gleich unserem Hausmeister, Herrn Kiena, an. Er zeigt euch den Raum. Dort im grauen Kittel, das ist er. Geht sofort los! – So, nun die übrigen Klassen.

Herr Kiena, ein wohlbeleibter Anfang-Sechziger mit kugelrundem Kahlkopf, schritt ihnen wortlos voraus zum vorderen Schulhaus mit einem schmucken Portal, nahm vernehmlich schnaufend die Stufen, blieb in dem geräumigen Geviert des düsteren Flurs im Erdgeschoss stehen und wartete, bis alle Quartaner um ihn herumstanden. Mit dem Arm wies er auf die zweite der geöffneten Türen. Er verzog keine Miene und murmelte mürrisch, als erfülle er eine Pflicht, die eigentlich unter seiner Würde sei: Hier! Das ist euer Saal! – Er wandte sich um und verschwand.

Der Raum war mit Klappbänken in schwerer Eiche, Zweierbänken, die in drei Reihen angeordnet waren, möbliert. Die linke Seitenwand war weiß getüncht und schmucklos, hinten ging ein Fenster zur Straße, auf der rechten Seite gab es drei Fenster. Durch die blickte man auf die mittelalterliche Burgmauer, die aus Quadern von schwarzer Basaltlava gefügt war. Es gab also keinerlei Ablenkung, weder durch Bilder noch durch die wechselnden Laubfarben von Bäumen. Vorne: die Tafel und ein Lehrerschreibtisch. Immerhin, dachte Gregor, kein Katheder! Die Eichenbänke einschließlich der eingetrockneten Tintenfässer kannte er noch aus der fünften Volksschulklasse in Unter-Warstein. Die Maserung war in den Sommerjahresringen tief ausgefurcht; ganz offensichtlich hatte der Direktor die Quarta in einen Raum mit der Erstausstattung aus der Gründungszeit der 1920er Jahre gesteckt, damit niemand auf den irrigen Gedanken verfalle, ein Gymnasium hätte auch nur eine Spur mit Modernität zu tun.

Unter den sechsunddreißig Neuen waren nur vier Mädchen, die, um nicht gleich zu Anfang verloren zu gehen, sich in die ersten beiden Bänke der mittleren Reihe setzten. Als kleine weibliche Bastion konnten sie sich so innerhalb einer männlichen Majorität sicher fühlen und zudem den Augen einer jeden Lehrkraft einen erfreulichen Ankerpunkt bieten. Gregor, nachdem er in dem allgemeinen Gedränge nach hinten geschoben worden war, sah die ersten Beiden, die eng zusammengerückt waren und miteinander redeten. Die eine mit kurz geschnittenen, dunklen Haaren mit einer unkomplizierten Schnittlauchfrisur, ließ ihre helle Stimme deutlich durch das allgemeine Rumoren und Gepolter hören. Die andere mit vollen messingblonden Haaren, die zu zwei Zöpfen geflochten waren, hörte geduldig zu und schien nur kurz zu antworten. Die anderen Beiden in der zweiten Reihe schienen weniger auffällig. Das zierliche Dorfmädchen mit dunklen Zöpfen saß aufrecht, hielt die Arme verschränkt und blickte nach vorn, wo es eigentlich noch nichts zu sehen gab. Neben ihr, die Große mit der blonden Bubikopffrisur, drehte den Kopf in alle Richtungen und grinste albern.

Anscheinend wollte von den Jungen zunächst niemand vorne sitzen, denn alle hatten versucht, durch die beiden Gänge nach hinten zu gelangen, um hinter einigen Vordermännern Deckung zu finden. Gregor eroberte sich einen Platz in der vorletzten Bank der Mittelreihe, ohne darauf zu achten, wer neben ihm saß. Als im hinteren Teil des Raums alle Plätze besetzt waren, schob sich in den Gängen wieder jeweils ein kleiner Pulk von Schülern nach vorne, bis schließlich kein einziger Sitz mehr frei war.

Es gab nur leise Gespräche zwischen den Sitznachbarn. Gregor musste daran denken, wie laut es in der Volksschulklasse zugegangen war, wenn kein Lehrer da war. Ob das am Gymnasium lag, dass alle sich so brav verhielten, fragte er sich. Oder sie waren alle genau so angespannt wie er und neugierig auf das, was jetzt auf sie zukäme. Der Junge, der neben Gregor saß, hatte anscheinend schon Hunger, denn er biss mehrfach ein Stück von seinem Pausenbrot ab, wobei er sich immer wieder duckte. Gregor hätte jetzt nichts essen mögen, und der Geruch von Leberwurst, die er eigentlich mochte, widerte ihn nun an. Er betrachtete die Schreibplatte vor sich. Um das Tintenfass herum gab es große, fast handtellergroße Kleckse. Etwas tiefer waren

Initialen eingeritzt und mit Tinte nachgezeichnet: EK + HS. Dahinter ein Herz mit Pfeil. Weiter rechts ein Kriegsschiff. Dann immer wieder verwischte und kaum lesbare Wörter und Zahlen.

Das sieht hier ziemlich abenteuerlich aus, dachte Gregor. Bestimmt werden hier von den Schülern geheime Streiche ausgeheckt. Schade, dass ich nicht im Internat wohnen kann! Vor allem hier in der Burg müsste man viel unternehmen können. Kein Vergleich mit zu Hause in Warstein! Erneut blieb sein Blick an den Initialen hängen. Was sie wohl bedeuteten?

Gregors Sitznachbar hatte sein Vesper blitzschnell eingepackt und unter die Bank geschoben, als in der offenen Tür der Direx mit einem mittelgroßen Mann von schätzungsweise Mitte Vierzig erschien. Augenblicklich wurde es still. Der Jüngere war in der Tür stehen geblieben und zur Seite getreten, um dem Älteren den Vortritt zu lassen. Dieser ging mit weit ausholenden Schritten in den Raum und baute sich breitbeinig vor der Klasse auf. Da ist er also schon wieder, dieser säbelbeinige Giftzwerg in seinem schäbigen Anzug, dachte Gregor. Ob wir den als Klassenlehrer kriegen? Dann gute Nacht! – Ihm wurde unangenehm warm. Er zog den Reißverschluss seiner Cordjacke herunter und öffnete den oberen Hemdknopf.

Sehr ernst, fast feindselig blickte der Alte in die Klasse hinein und wartete. Anscheinend fiel da einigen Schülern ein, dass sie ja die Lehrer wie gewohnt zu begrüßen hatten und standen auf. Immer mehr folgten ihrem Beispiel, bis die ganze Klasse in ihren Bänken stand.

Das war aber an der Zeit!, mahnte der Alte mit heiserer Stimme.

Woher kommt ihr denn, dass ihr nicht einmal wisst, wie man einen Lehrer, wie man den Direktor einer höheren Lehranstalt zu begrüßen hat? Na, ihr werdet mich noch kennenlernen!

Der Direktor wandte sich direkt an einen kleinen Blondschopf, der in der ersten Reihe gleich bei der Tür saß. – Was grinst du die ganze Zeit! Was gibt's denn hier zu lachen?

Der Junge strahlte den Direx unverwandt an und antwortete arglos: Ich tu mich halt freue, dass ich am Gymnasium bin, und dass es jetzt losgeht.

Der Direx stemmte seine Fäuste in die Hüften.

Er tut sich freue! So, so. Er tut tun. So, so. Und hat mit diesem Deutsch die Eignungsprüfung bestanden. Ist das denn die Möglichkeit! Und dann freut er sich auch noch.

Reichlich spät hatte der Blonde bemerkt, wie sehr er mit seinen Erwartungen neben der Wirklichkeit lag, wurde blass und duckte sich tief hinunter. Verstecken ging nicht in der ersten Reihe.

Das fängt ja gut an, das gefällt mir!, zeterte der Direx weiter. – Ja, was denkt ihr denn, was man von euch erwartet? Dass ihr hier sein dürft, das müsst ihr euch erst noch verdienen. Die Aufnahmeprüfung, das war nur eine Vorauswahl. Wer hierbleiben darf, das entscheiden wir von Jahr zu Jahr. Bis jetzt hat keiner von euch das Abitur in der Tasche. Wer seid ihr denn? Die Hälfte von euch kommt aus einer siebten Volksschulklasse, und ihr sitzt jetzt in der Quarta, weil ihr zu faul wart, in der Volksschule Englisch zu lernen.

Da hat er nicht ganz unrecht, dachte Gregor. Vor zwei Jahren konnte ich nicht ahnen, dass ich Englisch so bald brauchen könnte. Bequem war ich. Ja, er hat recht.

Ihr Faulpelze, ihr könntet schon in der Untertertia sitzen! Einige kommen von einem normalen Gymnasium, wo sie den Anschluss verloren haben und wollen es nun an unserer Aufbauschule versuchen. Aber täuscht euch nicht, wir haben nichts zu verschenken. Unsere Schule hat keinen klingenden Namen, aber die Anforderungen sind hoch. Einige kommen aus, drücken wir es einmal milde aus, schwierigen familiären Verhältnissen. Wo die Eltern versagt haben, soll das Internat einspringen. Für alle Heimschüler wird unser Herr Oberstudienrat Hauptmann ein strenger Hausvater sein. Seine militärische

Strenge hat sich als bewährtes pädagogisches Mittel längst herumgesprochen und wird von den Eltern hochgeschätzt. Na, und schließlich kommen einige aus der Ostzone – da müssen wir einen wachen Blick auf die Charaktere werfen, denn schließlich hat man sie drüben in der Schule zu Kommunisten zu erziehen versucht.

Die Schüler reagierten auf zweierlei Weise auf diese Brandrede, diese vorweggenommene Strafpredigt. Um ja nicht auch noch in die Schusslinie des Direx zu geraten, versteckten sich viele hinter ihren Vordermännern. Wer zu dicht vorne saß, richtete sich kerzengerade auf, um deutlich zu machen, dass er sich nicht betroffen fühlte. Auch weiter hinten versuchten einige wenige, durch eine militärisch korrekte, aufrechte Haltung als Musterschüler zu erscheinen.

Dieser Direktor sprach, hätte man die Schriftform beurteilt, zweifellos fehlerfrei. Allerdings hörte man bei jedem Wort, dass er, ähnlich wie Gregor, vermutlich in einem Kuhdorf aufgewachsen war und es erst sehr spät verlassen hatte, um sich eine höhere Bildung anzueignen. Obwohl Gregor hier eine Parallele zu seiner eigenen Biografie erkannte, machte diese ihm den Micki nicht eine Spur sympathischer. Im Gegenteil. Wenn er einmal erwachsen war, wollte er nicht von jedem auf den ersten Blick als der aufgestiegene Dörfler erscheinen. Als Schüler musste der Micki ein kleiner ehrgeiziger Streber ohne Freunde gewesen sein, der sich irgendwie hochgekämpft hatte, bis er Oberstudiendirektor geworden war. Und nun konnte er nicht nur vierhundert Schüler, sondern auch ein ganzes Lehrerkollegium das Fürchten lehren.

Während der einschüchternden Rede des alten Direktors ließ Gregor seine Blicke immer wieder verstohlen zwischen diesem und dem jüngeren Lehrer hin- und herwandern. Dieser Direx hatte ein ausgemergeltes Gesicht, wozu auch seine krächzende

Stimme passte. Er trug einen abgewetzten, dreiteiligen schwarzen Anzug, die Jacke offen, aus der ein von der Weste umspannter Spitzbauch herausragte. Die Hose meldete Hochwasser und ließ die hellbraunen Socken und ein Paar uralte Schuhe aus rissigem schwarzem Leder sehen. Aus dem Dreieck des Westenausschnitts lugte ein angegrautes, ehemals weißes Hemd hervor, dessen Kragen von einer speckigen schwarzen Krawatte zusammengehalten wurde.

Um die Wirkung seiner Worte zu prüfen, hatte der Alte seine Rede unterbrochen, ließ seinen Blick über die gesenkten Köpfe der Quartaner schweifen, und er schien zufrieden zu sein, denn nun sprach er ruhiger und weniger verbissen: Ja, ja, ihr habt mich ganz richtig verstanden. Ihr braucht euch gar nichts darauf einzubilden, dass ihr jetzt eine höhere Schule besucht. Nein, ihr seid nichts Besonderes, alles andere als eine Elite, eher eine negative Auslese! Und wenn ihr daran etwas ändern wollt, müsst ihr viel und hart arbeiten.

Man hätte eine Stecknadel fallen hören können, so still war es. Alle Illusionen, die Euphorie und jegliche Vorfreude waren verflogen. Gregor wagte kaum zu atmen. Er spürte in der Brust eine unerträgliche Enge.

Der Direktor warf einen kurzen Blick auf den jüngeren Lehrer, welcher der heftigen Ansprache seines Chefs mit über der Brust verschränkten Armen und ohne erkennbare Gefühlsregung gefolgt war.

Als Klassenlehrer habe ich euch unseren sehr qualifizierten Anglisten, Herrn Studienassessor Tacker, zugeteilt. Er wird euch in Deutsch, Englisch und Sozialkunde unterrichten. Und nun an die Arbeit!

Während die Direx sich zur Tür wandte, gab der junge Lehrer mit der rechten Hand ein unmissverständliches Zeichen zum Aufstehen, was auch auf Anhieb klappte. Mit lautem Gepolter klappten die Sitze nach hinten, und die Quarta stand stramm.

Studienassessor Tacker hatte eine unglaublich altmodische Frisur, die überhaupt nicht zu seinem Alter passte. Der Haarschopf war kaum breiter als zehn Zentimeter und durch einen Mittelscheitel in zwei gleiche Hälften geteilt. Im Dorf nannten sie das eine Poposcheitel-Frisur. Natürlich durfte Gregor das hier nicht sagen, denn die Gymnasiallehrer waren alles andere als lächerliche Gestalten, sondern samt und sonders respektable Persönlichkeiten – vielleicht mit Ausnahme des Direktors. Übrigens gingen alle Lehrer im Anzug und trugen eine Krawatte. Zwei Ausnahmen waren Gregor aufgefallen. Bei der Eignungsprüfung war er dem Heimleiter Hauptmann begegnet, der sich als studierter Geograf brüstete und der, da er auch Sportlehrer war, es vorzog, in einer elastisch gewirkten Hose mit genähten Bügelfalten und einem Pullover mit auffälligem weiß-blauem Rautenmuster zu gehen. Die zweite Ausnahme bildete Herr Tacker. Er trug einen hellgrauen Anzug mit Nadelstreifen, ein dunkelgraues Polohemd mit Reißverschluss anstelle von Knöpfen und keine Krawatte.

Nachdem der Direx den Raum verlassen hatte, richteten sich alle Schüler auf, einige wagten es sogar, sich ein wenig zu räkeln, denn eigentlich konnte sich niemand ernsthaft vorstellen, dass es in diesem Ton weiterginge. Für einen kurzen Moment hörte man ein deutlich vernehmbares Aufatmen.

Tacker schwang sich auf die Ecke seines Schreibtischs und begann: Unser sehr verehrter Herr Direktor Dr. Mackenson ist ein ausgezeichneter Pädagoge, der die Fächer Latein, Französisch, Englisch und Deutsch unterrichtet. Das gesamte Kollegium schätzt ihn nicht nur wegen seiner beachtlichen fachlichen Fähigkeiten, sondern auch wegen seiner konsequenten Strenge und seines außerordentlichen Fleißes. So, und nun will ich zunächst einmal sehen, mit wem ich es hier zu tun habe. Denn hier – er hob das Klassenbuch in die Höhe und klopfte mit der freien Hand auf den blauen Deckel – hier muss ich eure aktuellen Personalien eintragen. Bisher gibt es nur eine Schülerliste, in der die Daten unvollständig und vermutlich auch teilweise überholt sind.

Während es vor wenigen Minuten noch vor Spannung geknistert hatte, schien sich nun allmählich eine angenehmere Atmosphäre im Raum auszubreiten. Dieser Tacker, dachte Gregor, ist ein bisschen verschroben, aber er hat auch Humor, vielleicht sitzt ihm sogar der Schalk im Nacken.

Tacker ließ sich von der Tischplatte gleiten, stolzierte betont langsam um den Schreibtisch und setzte sich auf seinen Stuhl. Er öffnete das Klassenbuch, zog eine Liste heraus und las vor: Bartholdy, Walter – wer ist das? Bleib sitzen! Du musst dich nicht überschlagen. Da du in der ersten Reihe sitzt, kann ich dich ja sehr deutlich sehen.

Auch hier geht es also nach dem Alphabet, sinnierte Gregor. Es wird wohl noch eine Weile dauern, bis ich drankomme.

Tacker zog aus seiner dicken Aktentasche ein Etui, öffnete es umständlich, entnahm ihm einen Füllfederhalter, wobei er beide Arme auf Schulterhöhe anhob. Alle Schüler blickten gespannt nach vorne, denn der Lehrer schien etwas Wichtiges demonstrieren zu wollen. Er schraubte die Kappe von seinem Füller ab und hielt das Schreibgerät gegen das Licht.

Dieser Tintenvorrat dürfte für heute reichen, erklärte Tacker mit sachlichem Ernst.

Er ist ein Witzbold, dachte Gregor und grinste in sich hinein. Oder er spielt gern ein bisschen Theater.

Bartholdy, wann geboren?, rief Tacker.

Dann ging es weiter mit Wohnort, Straße, Hausnummer, Name des Vaters, dessen Beruf. Gregor erfuhr, dass Walters Vater Rosenzüchter war.

Gregor konnte zunächst einmal zuhören, um zu erfahren, wo die einzelnen Klassenkameraden herkamen und welche Berufe die Väter ausübten. Es war ihm nicht entgangen, dass er hier in eine andere Position gerutscht war. Während er sich im Dorf in der Mitte hatte einordnen können, fand er sich nun unversehens am unteren Ende der gesellschaftlichen Pyramide wieder. Die Akademiker, Beamten, Kaufleute und Selbstständigen unter den Vätern beeindruckten ihn sehr. Auch die vier Mädchen mussten sich präsentieren. Die erste hieß Uta, und es zeigte sich sofort, dass Tacker eine Schwäche für sie hatte. Sie sähe der Uta von Naumburg überhaupt nicht ähnlich, aber das sei kein Nachteil – im Gegenteil, scherzte er. Uta fühlte sich geschmeichelt; selbstbewusst drehte sie ihren Kopf mal nach links, mal nach rechts, sodass alle ihr strahlendes Lächeln sehen konnten. Die andere hieß Gertrud. Auch mit ihr versuchte Tacker zu schäkern, aber ihr war das peinlich, und sie senkte den Kopf tief herab. Ob sie errötete, konnte man von hinten nicht sehen.

Dann war auch Gregor schon an der Reihe.

Schulze, der Beruf des Vaters?

Gregor zögerte kurz und stotterte: Ah – äh – Packer.

Hinter sich hörte Gregor jemanden flüstern: Packer, was ist denn das für ein Beruf? Möbelpacker oder so?

Am liebsten hätte Gregor sich umgedreht und diesen Blödmann aufgeklärt. Aber das ging jetzt nicht. Natürlich war sein Vater kein Möbelpacker. Er packte teure Präzisionsinstrumente ein: Tachometer, Manometer, Tourenzähler, Autouhren und einiges mehr. Er kannte die Spediteure und telefonierte auch mit ihnen. Gregor nahm sich vor, in einem Jahr Angestellter als Beruf anzugeben. Beides entsprach der Wahrheit, doch klang Packer eher nach einem unqualifizierten Arbeiter.

Wie hatte sich doch der alte Direktor verabschiedet: Und nun an die Arbeit! Gewiss, Herr Tacker war voll des Lobes über das hohe Arbeitsethos seines Chefs gewesen, was ihn jedoch nicht daran hinderte, die erste Stunde mit dem lächerlichen Klassenbuch zu verplempern. In späteren Jahren erfuhr Gregor, dass alle Gymnasiallehrer so verfuhren, und dass kein einziger auf die Idee gekommen wäre, zu Hause oder im Lehrerzimmer die Daten aus der Liste ins Klassenbuch zu übertragen. In Sachen

Vorbereitung waren die meisten Gymnasiallehrer offenbar Minimalisten.

Nun sind noch die üblichen Ämter zu vergeben, sagte Tacker und blickte auf seine Armbanduhr.

Fünf Minuten vor Ende einer jeden Stunde möchte ich von einem zuverlässigen Schüler erinnert werden. Wer traut sich das zu?

Walter Bartholdy reckte den Arm in die Höhe, aber Tacker erhob sich von seinem Stuhl, blickte über ihn hinweg und auf das hintere Ende der Mittelreihe. Er schritt auf den Schüler zu, der direkt vor Gregor saß: Wie heißt du?

Lodenthal, Günther.

Traust du dir das zu? Immer fünf Minuten vorm Läuten?

Günther nickte heftig.

Gut, dann übernimmst du die Zeitansage. Nun das Klassenbuch. Es muss jedem Lehrer am Ende der Stunde zum Eintragen vorgelegt werden. In die Fachräume muss es mitgenommen werden, auch in die Turnhalle und auf den Sportplatz.

Walter Bartholdy sprang von seinem Platz auf und rief: Ich, Herr Lehrer! Ich, Herr Studienassessor!

Na gut, du scheinst ja ein ganz Eifriger zu sein. Also, Bartholdy, du übernimmst das Klassenbuch.

Danke, Herr Tacker!, rief Walter. – Derf ich auch Klassesprecher wern?

Das bestimme nicht ich. Ihr werdet ihn in unserer ersten Sozialkundestunde wählen. Du hast ja schon ein Amt. Aber du kannst noch den Tafeldienst einteilen. Jeder Schüler eine Woche – nach dem Alphabet.

Günther Lodenthal meldete sich.

Ja, hast du noch eine Frage?

Günther sagte: Fünf Minuten vorm Läuten.

Na, das klappt ja schon hervorragend. So, zum Schluss noch etwas. Euren hessischen Dialekt lasst ihr gefälligst zu Hause.

Oder wie wollt ihr jemals eine gute englische Aussprache lernen, wenn ihr nicht einmal ein gutes Deutsch sprecht. Ab sofort: Nur noch deutsche Hochsprache!

Gregor schreckte das nicht. Bisher hatte er außerhalb der Schule ausschließlich hessisch gesprochen. In der Volksschule war es von den Lehrern toleriert worden, wenn die Schüler ein annäherndes Hochdeutsch mit hessischem Akzent sprachen. Mehr konnten sie auch nicht verlangen, da die meisten selber in der Region aufgewachsen waren und Hochdeutsch sozusagen als ihre erste Fremdsprache gebrauchten. Für Gregor entstand nicht der Eindruck, dass Herr Tacker ihnen eigentlich zu viel zumutete. Klüger wäre es allerdings gewesen, er hätte ihnen Hessisch und Hochdeutsch als gleichberechtigte und gleichwertige Sprachen offeriert, die sie situationsgerecht einsetzen sollten. Nun, Gregor wollte sich bemühen, in der Schule ein gutes Hochdeutsch zu sprechen. Doch war das kaum mehr als eine Fußnote seiner neuen Existenz. Er musste, und er war dazu auch bereit, sich dem Leistungsdruck und der sozialen Kälte zu stellen, denn es ging natürlich um mehr als um gute Noten. Es ging um jene unbestimmte Perspektive, um den Ausweg aus der dörflichen Sackgasse, aus der Trostlosigkeit hinaus in eine unbekannte Offenheit und Freiheit.

Laut schnarrend erklang die Schelle durch das Schulhaus. Tacker sagte: Fünf-Minuten-Wechselpause. Nur in den großen Pausen geht ihr auf den Hof. In der Wechselpause höchstens kurz zur Toilette.

Er nahm seine dicke Ledertasche vom Tisch und verschwand durch die Tür, die er offenstehen ließ.

Nachdem in der ersten Stunde niemand ein überflüssiges Wort gesprochen, man höchstens gewagt hatte, sich mit seinem Nachbarn flüsternd auszutauschen, bestand jetzt erhöhter Gesprächsbedarf. Die meisten Heimschüler kannten einander schon mit Namen, aber auch die Fahrschüler tauschten ihre Meinungen über den alten Mackenson und den Klassenlehrer

Tacker aus. Der Direx habe auch einen Spitznamen, hieß es. Niemand sage Mackenson; man nenne ihn einfach Micki. Ja, komisch sehe er aus, aber er habe keine Spur von Humor, wusste ein Heimschüler zu berichten. Niemand könne ihn leiden. Von den Lehrern wurde er respektiert, vor allem aber gefürchtet. Die Schüler jedoch hassten ihn ausnahmslos.

Gregor erfuhr den Namen seines Sitznachbarn. Er hieß Werner Lander. Werner war ein Bauernjunge und kam aus dem Vogelsberg. Er sprach nicht viel. Er schien zuzuhören oder zu träumen. Seine Augenlider bedeckten die Iris seiner dunkelbraunen Augen zur Hälfte, sodass es aussah, als sei er sehr müde und kurz vor dem Einschlafen. Später merkte Gregor, dass Werner sehr wohl konzentriert hinhörte, jedoch auch dazu neigte, sich in gewissen Situationen an einem Gedanken festzuhaken, um diesen weiter zu verfolgen. Dann hatte er schnell die Verbindung zum Unterrichtsgeschehen verloren. Gregor achtete darauf, Abstand zu Werner zu halten, weil er den Eindruck hatte, dass dieser nach Kuhstall roch.

Tacker betrat den Raum, stieß die Tür zu. Seine dicke Tasche aus gelbem Schweinsleder knallte er mit einem Wumms auf den Tisch und blickte prüfend über die Klasse, die sofort still wurde.

Sit down! Good morning, boys and girls. This is our first English lesson.

Zum Glück sprach Tacker nun weiter deutsch. Er schrieb in Druckbuchstaben einige Wörter an die Tafel: pen, book, house, tree, school, car, tree. Er las die Wörter einmal vor und ließ sie von einzelnen Schülern, die sich meldeten, nachsprechen. Dann rief er andere auf, die sich hinter ihren Vordermännern weggeduckt hatten.

Wie heißt du?

Heinz Schuh.

Also Schuh, lies!

Heinz las: pen, bock, huss, dreh …

Stopp!, schrie Tacker. – Quattelpott! Du Schlafmütze, du Träumer! Du hast überhaupt nicht hingehört. Oder hast du heute früh vergessen, deine Ohren auszuputzen? Das war komplett deutsche, nein: hessische Aussprache. Und was hast du denn für eine Stimme, du Komiker?

Der arme Heinz war im Stimmbruch, sodass seine Stimme sich ständig überschlug.

Ich glaube, wir werden noch viel Spaß mit dir haben, meinte Tacker.

Heinz öffnete den Mund, wollte noch einen zweiten Versuch unternehmen, aber Tacker winkte ab. Verschone mich mal fürs Erste mit deinem Organ!

Es sollte sich bald zeigen, dass dieser Lehrer es liebte, Schüler, die er nicht besonders mochte, nachzuäffen oder auf alle möglichen Arten lächerlich zu machen. Wenn er Heinz aufrief, tat er das ab sofort nur noch mit Kopfstimme.

Tacker dozierte: Im Deutschen gibt es das weiche Gaumen-R und das harte Zungen-R, wie es die Oberhessen mit Vorliebe benutzen. Aber auch die Bühnenschauspieler und Opernsänger sprechen das Zungen-R. Das englische R hingegen wird ganz anders gebildet: Ihr lasst die Zungenspitze von vorne nach hinten über den Gaumen gleiten. Wir üben das jetzt einmal – jetzt alle zusammen!

Alle rollten ein englisches R, wobei man nicht heraushören konnte, wie richtig oder falsch die Einzelnen es aussprachen.

Und nun müsst ihr noch die Lautschrift lernen, damit ihr jedes neue Wort zu Hause treffsicher üben könnt.

Unter jedes englische Wort schrieb er die englische Lautschrift. Gregor dachte: Das sieht ja alles ganz leicht aus. Ich glaube, Englisch wird mir Spaß machen.

Ungewohnt und insofern zunächst mit dem Reiz des Neuen verbunden war das Fachlehrersystem. In sechs Stunden sahen sie bis zu sechs Lehrer, wobei keiner vom anderen etwas zu wissen schien, außer, dieser hätte einen Tadel in das Klassenbuch eingetragen. Jeder Lehrer verstand sich als Vertreter seines Faches, und sie interessierten sich allesamt nicht die Bohne für die einzelnen Schüler. Bei Regelverstößen gab es einen Eintrag ins Klassenbuch, und bei schlechten Noten hieß es sofort: Du kannst ja gehen und zwar sofort. In der Volksschule hatte Gregor, wenigstens von einigen Lehrern, noch ein gewisses persönliches Interesse gespürt. Hier aber herrschte eine äußerst sachliche Atmosphäre, eine geradezu arktische Kälte, zwischen Lehrern und Schülern.

Nicht jeder Schüler war bereit, eine Unperson und ein quasi anonymer Leistungserbringer zu bleiben. Das wurde allen durch einen peinlichen Vorfall deutlich, als Walter am nächsten Tag mit einem dicken Rosenstrauß in die Schule kam und diesen Herrn Tacker vor der Klasse überreichte – mit ganz herzlichen Grüßen von seinen Eltern.

In der großen Pause wurde er von allen Seiten heftig angegangen: Was hast du vor? Willst du dich einschmeicheln? Erwartest du eine Sonderbehandlung? Du Streber! Du Radfahrer! Du Schleimer! Glaubst du wirklich, dass du jetzt bessere Noten kriegst?

Walter beschenkte nie wieder einen Lehrer mit Rosen aus heimischer Zucht.

Es ging das Gerücht, dass einige Lehrer durchaus empfänglich wären für kleinere oder größere Aufmerksamkeiten. Als die Versetzung von Rupert am Ende der Quarta gefährdet war, so wurde unter vorgehaltener Hand kolportiert, soll sein Vater, ein Oberförster, mit einem großen, prall gefüllten Rucksack in die Sprechstunde des Mathematiklehrers gekommen sein. Als er die Schule wieder verließ, habe der grüne Rucksack schlaff heruntergehangen.

Da war natürlich ein ganzer Hirschschinken drin gewesen, deutete Anselm die Situation. Als der Rupert dann mit einer

Vier in Mathe versetzt wurde, hieß es: Na klar, der Hirschschinken hat's gebracht. – Ein Gerücht war's gewesen, ein bösartiges Gerücht, wie Pennäler es gerne in die Welt setzen. Aus purem Neid, weil der eigene Vater kein Oberförster ist und er sich auch überhaupt nicht trauen würde, einem Lehrer ein derartiges Geschenk zu machen. Und dann erst Gregors Vater mit seinen hohen moralischen Grundsätzen!

Ein Jahr später blieb Rupert hängen; niemand wollte wissen, wegen welcher Fünfen.

Aber es soll auch Lehrer gegeben haben, die sich beschenken ließen und unter eine schwache Klassenarbeit trotzdem eine Fünf schrieben. Wahrscheinlich waren sie bei Kafkas Torhütern in die Schule gegangen, die alle Geschenke annahmen, aber dennoch niemand einließen. So konnte sich jeder Abgewiesene sicher sein, auch wirklich alles nur Erdenkliche unternommen und keine Mühe gescheut zu haben.

Ein besonderes Ritual stellte bei allen Lehrern die Rückgabe einer korrigierten Klassenarbeit dar. Doch an Herrn Tacker reichte keiner heran. Zunächst wog er den Heftestapel, und es schien, dass das Gewicht ihm fast den Arm ausrenkte. Dabei stöhnte er: Diese Fehler – oh, diese Fehler!

Dann setzte er den Stapel auf seinen Schreibtisch, nahm das erste Heft, hielt es weit von seinem Körper weg und verzog das Gesicht zu einer Grimasse, als wehe ihm ein Verwesungsgeruch entgegen.

Oben drauf liegen natürlich die Schwachmatici. Und wir beginnen mit dem Oberschwachmaticus. Na, wer ist das wohl?

Den meisten Schülern rutschte bei diesen Worten das Herz in die Hose, und sie dachten: Hoffentlich nicht ich!

Tacker öffnete das Heft kurz, um es sofort wieder zu schließen.

Schwachsinn hoch zehn, sagte er mit verzerrter Miene. – Wie ist es nur möglich, in einer einzigen Stunde so viel Quark hervorzubringen. Na, das ist natürlich viel zu wohlwollend ausgedrückt; Milchprodukte kann man ja immerhin verzehren. Aber unser – er blickte voller Verachtung auf den Heftumschlag – unser Dieta Wilhelmsen setzt offenbar am anderen Ende des Verdauungstrakts an.

Tacker schritt in den linken Gang, blieb vor dem armen Dieter stehen und schlug ihm das Heft einmal links und einmal rechts um die Ohren.

Wilhelmsen, Wilhelms Sohn, höhnte Tacker. Heißt dein Vater etwa Wilhelm?

Dieter, der sich kurz geduckt hatte, richtete sich wieder auf und antwortete sehr ernsthaft: Ich weiß nicht, ob Sie Soldat waren. Mein Vater jedenfalls ist im Krieg gefallen.

Nun war es für einen Moment totenstill im Raum. Tacker warf das Heft auf Dieters Tisch, murmelte etwas Unverständliches und ging nach vorne.

Homberger – auch nicht viel besser. Immerhin eine glatte Fünneff – keine Sechs. Hier lohnt es sich noch, dass wir uns einmal mit den Fehlern beschäftigen. Also, nach vorne an die Tafel, Homberger!

Anselm erhob sich, und während er langsam nach vorne ging, sagte er: Es tut mir leid, Herr Tacker, aber ich war in der Stunde, in der die Arbeit vorbereitet wurde, beim Arzt.

Oh, du Unglücksrabe, lachte Tacker schadenfroh. Demnach warst du einen Tag zu früh beim Arzt.

Anselm stutzte kurz. Ach so, entgegnete er grinsend. Danke vielmals für den nützlichen Hinweis.

Das Traumrad

In der siebten Volksschulklasse hatte Gregor seinen Lehrer Degen dermaßen bewundert und verehrt, dass er sich nicht nur zu größerer Sorgfalt bei den Hausaufgaben, sondern auch zu aktiver Mitarbeit im Unterricht hatte motivieren lassen. Bessere Noten und ein Aufstieg zu den Klassenbesten am Schuljahresende waren die Folge. Ein gerüttelt Maß von dieser Motivation hatte Gregor an das Gymnasium mitgenommen, und diese trug ihn noch eine ganze Weile, ohne dass auch nur ein einziger der neuen Lehrer oder Lehrerinnen in der Lage gewesen wäre, die Rolle jenes Idols zu übernehmen. Gregor erledigte seine Hausaufgaben gewissenhaft, allerdings konnte er sich nicht dazu durchringen, sich ständig durch mündliche Mitarbeit hervorzutun. Bei sämtlichen Lehrern vermisste er diesen interessierten Blick, den er von Herrn Degen kannte. Wenn der ihn angesehen hatte, bedeutete das, dass er von ihm etwas erwartete, bisweilen sogar etwas Originelles. Aber diese Gymnasiallehrer trauten ihren Schülern keine eigenen Gedanken zu; sie wussten sowieso schon alles. Gregor musste einsehen, dass eine lange Durststrecke vor ihm lag, dass er sieben Jahre lang sich selbst motivieren musste ohne jegliche Stütze von Seiten der Familie oder der Lehrer. Aber wer weiß, vielleicht musste er auch nur vier Jahre durchhalten, wenn ihm bis zur mittleren Reife ein geeignetes Berufsziel einfiele.

Obwohl Gregor die Schule nicht auf die leichte Schulter nahm, pflegte er in der Freizeit weiter seine technischen Interessen. Bei seinem uralten Fahrrad stieß er allerdings an seine Grenzen, als sich zeigte, dass die Hinterradnabe völlig marode war. Wenn er ein gut funktionierendes, ein zuverlässiges Rad hätte, dachte er, könnte er in der warmen Jahreszeit damit nach Friedberg zur Schule fahren. Da der Fußweg zwischen Wohnung und Bahnhof und dann wiederum zwischen Bahnhof und Schule wegfiele, würde er mit dem Rad weniger Zeit für den Schulweg brauchen als mit der Bahn. Auch könnte der Vater das Geld für die Schülermonatskarte sparen. Diese Überlegungen breitete er abends nach dem Essen am Küchentisch aus. Vater Heinrich hörte sich alles an, ohne Gregor zu unterbrechen.

Er schien zu überlegen, bis er begann: Wieviel Geld hast du jetzt in deiner Sparbüchs?

Hundertfünfundzwanzig Mark, war Gregors Antwort.

Vater Heinrich kratzte sich am Hinterkopf und grübelte. Gregor merkte, dass sich etwas bewegte.

Wieviel kost e neu Rad? Hundertfuffzig?

Mit dieser Frage hatte Gregor gerechnet. Er taktierte: Hier in Warstein beim Pfaff zweihundert. Ich würd aber versuche, ein billigeres zu bekomme. In der Zeitung stehn immer wieder Anzeige von Firme, die Räder verschicke.

Bei dem Wort zweihundert hatte Heinrich schon abwehrend beide Hände erhoben.

Viel zu viel – viel zu viel! Das könne wir uns net leiste.

Ich will ja ein günstigeres suche.

Lass' dir mal Prospekte komme, dann sehe wir weiter.

Innerlich jubelte Gregor, doch durfte er sich seinen Triumph noch nicht anmerken lassen. Es war nur noch eine Frage von zwei oder drei Monaten, bis er ein funkelnagelneues Rad hätte, so rechnete er.

Bald lagen die Kataloge von fünf Herstellern, die Fahrräder verschickten, auf dem Küchentisch. Am liebsten hätte Gregor ein sportliches Tourenrad mit Alufelgen, Dreigangschaltung und Beleuchtung gehabt, das in dieser Ausstattung zweihundertzwanzig bis zweihundertfünfzig Mark gekostet hätte. So begnügte er sich, um Heinrich wohlwollend zu stimmen und möglichst schnell an das Ziel seiner Wünsche zu gelangen, mit einer einfacheren Version. Er hatte ein sportliches Tourenrad mit Stahlfelgen ohne Gangschaltung und ohne Beleuchtung ausgesucht. Den aufgeschlagenen Katalog der Firma *Stickler* schob er seinem Vater über den Tisch.

Der betrachtete weder die schöne Abbildung, noch las er den beschreibenden Text, sondern registrierte ausschließlich den Preis: Einhundertsechsundachtzig Mark.

Heinrich wiegte lange den Kopf, dann blickte er die Mutter an. Anscheinend hatten sie schon darüber gesprochen und eine Vorentscheidung getroffen, denn es klang wie eine bereits beantwortete Frage: Also, bezahle wir den Rest?

Die Mutter nickte. Noch am selben Abend füllte Gregor den Bestellschein aus.

Es waren Herbstferien, ein Freitag, als die Mitteilung vom Güterbahnhof eintraf, dass für Gregor Schulze eine Fracht aus Bielefeld eingetroffen sei. Gleich nach dem Mittagessen machte Gregor sich auf den Weg. Herrn Reimer, den Bahnbeamten, der seit langem an der Güterabfertigung seinen Dienst versah, kannte er. Denn es gehörte zu seinen Pflichten, für den kleinen Farbenhandel seines Bruders Friedrich mehrmals in der Woche eine kleinere oder eine größere Sendung abzuholen. Nun war er zum ersten Mal in eigener Sache hier. Das war auch Herrn Reimer aufgefallen, der den Frachtbrief zur Empfangsbestätigung über den Schalter schob.

Hier unterschreibe. – Du hast dir e schönes Rad schicke lasse. Na, das wird e Freud, was?

Ja. Ich hab auch fünf Jahr dafür gespart. Seit der Währungsreform. Aber meine Eltern musste noch sechzig Mark drauflege.

Gregor strahlte und blickte Herrn Reimer an, dessen Gesicht mit Tausenden von dunkelblauen Pünktchen übersät war. Vater Heinrich hatte erzählt, dass es sich um winzig kleine Splitter handele, die Herr Reimer im Krieg abbekommen hatte und die man nicht entfernen könne. Deshalb musste Gregor Herrn Reimers Gesicht immer ganz genau ansehen.

So, sagte Herr Reimer, dann komm mal rüber in die Halle.

Eingekleidet in eine Papphülle, wurde Gregor das Rad übergeben, und so schob er es durchs Dorf nach Hause. Hier musste alles schnell gehen. Er riss die Pappe herunter, schraubte die

Pedale nach außen und stellte den Lenker gerade. Da stand nun sein stahlblaues Tourenrad an der Hauswand.

Er konnte es kaum glauben, dass es ihm gehörte. Mit Daumen und Zeigefinger prüfte er den Luftdruck. Die Reifen waren fest aufgepumpt; es konnte also losgehen! Zuerst drehte er ein paar Runden im Hof, erst langsam, dann schneller. Danach fuhr er Achten – linksrum, rechtsrum, immer im Wechsel. Das fühlte sich noch ein bisschen wacklig an; das musste er noch üben. Das neue Rad mit seinen 28-Zoll-Felgen war höher als das alte, aber er würde sich schnell daran gewöhnen.

Nun musste er hinaus. Die Brauereigasse hinauf musste er kräftig in die Pedale treten, denn das uralte Kopfsteinpflaster bot heftigen Widerstand. An der Hauptstraße wendete er und fuhr die Parallelgasse hinunter, über die schmale Brücke auf den Schlackenweg, der nicht so holprig war wie das Pflaster. Das letzte Stück vom Wiesenpfad war angenehm glatt, sodass er mit einem Affenzahn am Graben entlangflitzen konnte. Auf dem ungepflasterten Platz vor dem Haus fuhr er eine gemächliche Runde, denn er hatte gesehen, dass dort ein paar Mädchen Hüpfhäuschen spielten. Dann beschleunigte er plötzlich, schoss auf das Hoftor zu und trat kurz vorher mit dem ganzen Körpergewicht auf den Rücktritt, während er sich leicht zur Seite neigte. Das Hinterrad rutschte weg, und, in eine Staubwolke gehüllt, stand er parallel neben dem Tor. Die Mädchen schrien auf. Die Ursel rief: Himmel! Gregor, ich hab gedacht, du rennst mit dem Kopp gegens Tor!

Keine Bange!, gab Gregor Entwarnung. Das ist ein tolles Rad, einfach traumhaft. Ihr seht ja, es gehorcht mir aufs Wort.

Langsam schob er das Rad in den Hof und lehnte es wieder an die Hauswand. Bevor er das Tor schloss, vergewisserte er sich, ob die Mädchen auch bewundernd zu ihm herüberblickten.

Noch etwas atemlos stand er mitten im Hof und bestaunte das Prachtstück. Der Lack glänzte, und die verchromten Metallteile funkelten, dass es eine Freude war. Er rief die Mutter heraus, die das Rad auch bestaunen sollte.

Ja, sagte sie. Jetzt pass' aber gut uf und halt's auch sauber!

Gregor ließ das Rad stehen, damit alle, Vater Heinrich, Bruder Friedrich, Schwägerin Olga und Bruder Wotan, wenn sie von der Arbeit nach Hause kamen, es sofort sehen konnten. Für Sonntag plante Gregor eine erste Tour. Sollte er nach Friedberg zur Schule fahren? Nein, das hielt er nicht für sinnvoll, denn die Schule war während der Ferien wie ausgestorben. Alle Internatsschüler waren jetzt zu Hause bei ihren Familien. Aber er konnte ein Stück in Richtung Frankfurt fahren, nach Raindal, wo sein Klassenkamerad Dennis zu Hause war. Dennis kannte Gregor seit der Aufnahmeprüfung. Außerdem fuhren sie täglich mit demselben Zug. Man konnte nicht sagen, dass sie befreundet gewesen wären. Aber mit Dennis vertrug sich jeder, denn er war immer freundlich, umgänglich und offen. Dennis war ein ordentlicher Schüler, der pflichtbewusst seine Hausaufgaben erledigte, eher langsam in der Auffassungsgabe und mit nur mäßiger Fantasie begabt war. Sicher würde er einmal ein zuverlässiger Verwaltungsangestellter werden.

Bis nach Raindal waren es etwas mehr als zehn Kilometer. Im Gegensatz zu der Strecke nach Friedberg war diese Straße angenehmer, denn es gab nur geringe Steigungen. Gleich nach dem Mittagessen brach Gregor auf. Die Bundessstraße führte ihn über Kalmen und Großkalm, wo er auf eine Landstraße in Richtung Raindal abbiegen musste. Natürlich trat Gregor kräftig in die Pedale, sodass er den Fahrtwind spürte und ihm heiß wurde. Vor der Ortstafel von Raindal stieg er ab, knöpfte seine Jacke auf und atmete ein paarmal kräftig durch. Raindal war ein kleines Nest mit weniger als tausend Einwohnern, wo jeder jeden kannte. Zweimal musste er Leute auf der Straße nach Dennis Haas fragen, und unversehens stand er vor dem Haus. Nur kurz zögerte er, dann läutete er am Hoftor. Ein Fenster im Erdgeschoss öffnete sich, aus dem ein kleines Mädchen schaute und mit heller Stimme und lang gedehnt rief: Jaaa?

Ich bin ein Klassenkamerad vom Dennis. Ist er zu Haus?

Denniiiiis, ein Schulkamerad von dir!, schrie die Kleine.

Jetzt erschien Dennis am Fenster. – Gregor, du, na so was. Ja, das is ja e Überraschung.

Dennis verschwand vom Fenster, Gregor hörte laute Stimmen, Türen schlagen. Da öffnete sich das hohe Brettertor.

Na, so was, wiederholte Dennis und vergaß, den Mund wieder zu schließen. – Komm, stell dei Rad hier in de Hof.

Das Rad ist neu. Zwei Tag hab ich's erst.

Ach ja, schön. So, wir gehn ins Haus.

Von Dennis' Schwester Heike und den Eltern wurde Gregor herzlich begrüßt. Herr Haas war ein großer, stattlicher Mann mit Halbglatze. Er trug eine dunkelblaue Hose mit scharfen Bügelfalten und ein frisches weißes Hemd. Gregor meinte sich an Dennis' Erzählungen zu erinnern, wonach Herr Haas während der Woche als Vertreter für eine Mühle zwischen Frankfurt und Gießen unterwegs war. Er lächelte Gregor freundlich zu und überließ die Konversation zunächst einmal seiner Frau.

Das ist aber schön, dass du den Dennis besuchst. Da, häng' dei Jack auf. Wir gehn ins Wohnzimmer. Du kommst grad recht zum Kaffee.

Die mollige Frau Haas trug ihre dunklen Haare schulterlang mit Dauerwellen, hatte immer ein strahlendes Lächeln auf dem runden Gesicht. Während ihr Mann eher unschlüssig herumstand, hatte sie ihre Augen überall, und mit ihrer ruhigen und melodischen Stimme erfüllte sie die Wohnung. Von der Küche aus rief sie Dennis zu, er solle noch ein Gedeck aus dem Büffet holen. Dann stand sie auch schon wieder am Wohnzimmertisch, rückte eine Tasse zurecht und bat Heike, die Sahne aus der Küche zu holen. Mitten auf dem runden Tisch, auf dem eine geklöppelte Spitzendecke lag, stand eine rechteckige Platte mit

Kuchenstücken, Zwetschgen mit Streuseln. Gregor schnüffelte genüsslich durch die Nase.

Hmmm, das riecht nach frischem Hefekuchen, kommentierte er.

Magst du den?, fragte Frau Haas. Ich hätt auch noch e Stück Frankfurter Kranz, wenn du den lieber magst.

Nein, überhaupt nicht, beteuerte Gregor. Zwetschgen auf Hefeteig ist mein absoluter Lieblingskuchen. Da bekomm' ich regelmäßig Magenerweiterung.

Na, wir wern dich doch hoffentlich satt kriege!, lachte Frau Haas.

Sie ging hinaus und holte den Kaffee. Alle setzten sich auf die gepolsterten Stühle an den Tisch.

Hier im Kino läuft en wunderschöner Film: *Im weißen Rößl am Wolfgangsee* mit Johanna Matz, sagte Herr Haas. Das wär' doch was für euch drei.

Dennis und Heike jubelten, Gregor nickte, während er sich das dritte Kuchenstück auf seinen Teller holte. Die kleine Heike war aufgesprungen, hüpfte ganz aufgeregt im Zimmer umher und sang: Im weißen Rößl am Wolfgangsee, da steht das Glück in der Tür. – Das hab' ich schon mehrmals im Radio gehört.

Es heißt aber: vor der Tür, korrigierte der Vater sie nachsichtig. Wenn ihr aus dem Film kommt, wirst du's richtig können.

Auch Dennis war aufgestanden. Er lehnte sich an seinen Vater und kraulte ihm den spärlichen Haarkranz.

Papas schöne Frisur, rief Frau Haas, wobei sie die Empörung aber nur spielte. – Er hat doch die neue Frisiercreme draufgemacht. Gregor, was nimmst du, dei Haar glänze so schön?

Ich nehm Haaröl.

Unser Dennis ist noch gar net eitel. Er kämmt sich einfach mit Wasser, erklärte Frau Haas.

Herr Haas drückte Dennis einen Fünfmarkschein in die Hand.

So, dann wünsch' ich euch viel Vergnügen.

Frau Haas schmunzelte: Weißt du, Gregor, am Sonntagnachmittag braucht unser Papa einfach sei Mittagsschläfche.

Heike gab sie ein Küsschen auf die Stirn, Dennis strich sie über den Kopf, und Gregor bekam einen Klaps auf die Schulter. Damit waren die Drei entlassen. Zum Kino war es nicht weit. Die große Eingangstür zum Vorraum mit der Kasse stand offen, und die Besucher strömten bereits in den Saal.

Zunächst kam, wie üblich, die Wochenschau mit Meldungen und Sensationen aus der ganzen Welt. Dann begann der Film ziemlich albern. Eine Reisegesellschaft in einem Zugabteil, die zum Wolfgangsee fuhr, bestand fast ausschließlich aus hübschen jungen Mädchen, die für einen lächerlichen jungen Mann mit Glatze schwärmten.

Sie sangen: Was kann der Sigismund dafür, dass er so schön ist?

Mein Gott, dachte Gregor, wo haben diese dummen Gänse ihre Augen gelassen? Und diese Witzfigur von Sigismund glaubt auch selber dran, dass er unwiderstehlich sei.

Aber dann kamen sie am Wolfgangsee an und wurden gleich von der Rößl-Wirtin Josefa begrüßt. Das war eine Frau, meine Fresse, wie die aussah! In ihrem großzügigen Dekolleté verloren sich natürlich alle Männerblicke. Feste blonde Haare hatte sie, Grübchen in den Wangen, und singen konnte sie auch noch. Natürlich, wer die kriegte, der hatte wirklich Glück. Gregor verliebte sich auf den ersten Blick in sie. Zunächst sah es so aus, als wollte sie bei diesem widerlichen Dr. Siedler, bei dessen blecherner Stimme sich einem die Nackenhaare stellten, schwach werden. Am Ende war sie dem sympathischen Oberkellner Leopold gewogen, mit dem Gregor sich rechtzeitig identifiziert hatte.

Auf der Rückfahrt nach Unter-Warstein wurde Gregor weiterhin von Gedanken an die hübsche Josefa verfolgt. Doch wenn er es recht bedachte, war das ziemlich unrealistisch. Erstens war sie bestimmt zehn Jahre älter als er. Zweitens könnte er sich doch keine Existenz als Kellner oder Hotelier vorstellen. Drittens war das ja nur ein Film gewesen, und die Schauspielerin Johanna Matz würde sich bestimmt nicht für einen Pennäler interessieren. Gregor musste noch einmal an die Familie Haas denken, vor allem an die Eltern, die äußerst nett gewesen waren und ihn zum Kinobesuch eingeladen hatten. Als er sich verabschiedete, hatte Frau Haas gesagt, das sei doch schön, dass ihr Dennis so einen netten Schulfreund habe. Ob sie nun wirklich Schulfreunde oder einfach Klassenkameraden waren – so viel stand fest: Dennis' Eltern waren freundlicher und angenehmer als seine eigenen.

Am Abend kamen Fahrten mit dem Rad zunächst nicht in Frage, weil es keine Beleuchtung hatte. Gregors Ersparnisse waren aufgebraucht. Mit einer Mark Taschengeld, die er pro Woche bekam, seit er in die Stadt fuhr, waren keine großen Sprünge zu machen, und Verdienstmöglichkeiten gab es im Moment nicht. So musste er wohl oder übel doch den Händler im Dorf ins Spiel bringen. Er brachte sein altes Rad mit dem defekten Freilauf zu ihm. Herr Pfaff nahm es tatsächlich gegen einen Dynamo und einen nicht mehr ganz neuen Scheinwerfer in Zahlung. Allerdings konnte er sich eine missbilligende Bemerkung bezüglich des Rades aus dem Versandhandel nicht verkneifen. Nach einem weiteren Vierteljahr konnte Gregor sich eine Dreigangkettenschaltung kaufen, die er selbst montierte. Nun war das Rad so ausgestattet, wie er es sich vorgestellt hatte. Es war perfekt!

Ab dem Frühjahr wollte Gregor mit dem Fahrrad in die Schule fahren. An einem Sonntagnachmittag Ende März brach er auf, um die Fahrzeit zu testen. Das Wetter war geradezu ideal, blauer Himmel, ein paar weiße Federwolken und eine Temperatur von knapp zwanzig Grad. Tatsächlich hielt er nach weniger als einer halben Stunde auf dem Burghof vor der Schule an. Vom zeitlichen Aufwand war es kein Unterschied zur Bahn-

fahrt. Er war schweißgebadet und brauchte erst einmal eine Ab-
kühlung. Also fuhr er wieder durch das Burgtor hinaus und
kaufte sich ein Vanilleeis – es gab nichts Besseres gegen Durst.

He, Gregor, was machst du denn am Sonntag hier?, hörte er
hinter sich eine kehlige Stimme. Es war der Internatsschüler
Hans Wolfart, der aus Hamburg stammte und der Gregor immer
ein wenig an Hans Albers erinnerte.

Mit dem Fahrrad? Mann, du bist ja sportlich! Gut, gut, mach‘
so weiter. Hast wirklich ein schickes Rad. Toll, wirklich toll.
Du, sag mal, kannst du mir mal fünfzig Pfennig leihen? Mir sind
gerade die Zigaretten ausgegangen, und mein Taschengeld bekomme ich erst im Laufe der Woche.

Ich bekomme selber nur eine Mark. Und für Zigaretten leihe
ich dir sowieso nichts.

Die Zeit mit den Amikippen hatte Gregor seit langem hinter
sich gelassen. Das Rauchen lehnte er neuerdings strikt ab.

Nein, das war natürlich Quatsch mit den Zigaretten, korrigierte sich Hans. Ich will mir doch nur ein Eis kaufen. Komm,
gib mir zwanzig Pfennig. Du bekommst sie garantiert zurück.
Ich schwör's dir.

Wann?

Nächste Woche, bestimmt. Ehrenwort!

Gregor drückte ihm zwei Zehner in die Hand, Hans schob
sie in die Hosentasche.

Danke du. Bist wirklich ein Kumpel. Bis morgen also.

Gregor gondelte noch ein wenig über das Kopfsteinpflaster
durch die Gassen der Altstadt, umrundete einmal die Stadtkir-
che. Als die Sonne hinter einer dunklen Wolke verschwand und
es sich schlagartig abkühlte, entschloss er sich, die Rückfahrt
anzutreten. Das neue Rad lief zweifellos besser als sein altes.
Im dritten Gang konnte er auf einer Gefällestrecke oder bei Rü-
ckenwind eine höhere Geschwindigkeit erreichen als früher.
Ging es bergauf, schaltete er zurück, sodass er später absteigen

musste. Aber bei den Steigungen war das weiterhin nicht zu vermeiden. Auf halber Strecke fing es an zu nieseln, und dann goss es mit einem Mal wie aus Kübeln. Als Gregor die Kastanien hinter Ober-Warstein erreichte, war er völlig durchnässt. Er hielt an und stellte sich unter die mächtigen Kronen der beiden Kastanien, bis der Regen nachließ. Zu Hause saßen die Eltern schon beim Abendtisch. Gregor rubbelte sich die Haare trocken und setzte sich.

Ich glaub, du kaufst dir doch weiter die Monatskart, sagte Vater Heinrich. Dann kommst du ausgeruht in der Schul an.

Am liebsten hätte Gregor seinem Vater widersprochen. Aber leider hatte der recht. – Gregor war schon am Einschlafen, als die Erinnerung an seinen Traum noch einmal auftauchte, den er in seiner Kindheit öfter geträumt hatte. Da war alles ganz anders gewesen, geradezu schwerelos war er auf dem Rad durch die Landschaft geglitten. Aber in der Wirklichkeit waren der Friedberger Kasernenberg und andere Steigungen steil und schweißtreibend.

Gutes Benehmen

Der Übergang von der Quarta in die Untertertia bedeutete in der Schule noch einmal einen wichtigen Einschnitt, denn es wurden so viele neue Schüler aufgenommen, dass man zwei Klassen bildete, eine Untertertia A und eine Untertertia B. Gemeinsam mit den meisten ehemaligen Quartanern kam Gregor in die A-Klasse, die als leistungsschwach und aufsässig galt, während die B bei den Lehrern beliebt war, da hier die wohlerzogenen und fleißigen Schüler das Klima bestimmten. Verständlicherweise hatte die Direktion alle Mädchen zu deren Schutz in der B untergebracht. Klassenlehrer der A blieb Herr Tacker. Ein neuer Lehrer mit Namen Dr. Lucas, ein sanfter Mann, stand der

B als Klassenvater vor. Er unterrichtete in beiden Untertertien evangelische Religion und Latein und war bemüht, sich binnen kurzem alle Vornamen zu merken. Doch nicht nur Gregor, die meisten Schüler der Untertertia A wussten den alternativen, familiären Ton des frommen Lehrers nicht zu schätzen, sondern sie litten bisweilen geradezu unter dessen Übermaß an Güte und Menschenfreundlichkeit.

Als Herr Tacker sich einer Gallenoperation unterziehen musste und für einige Monate ausfiel, wurde in der A Deutsch und Englisch von wechselnden Vertretungslehrern erteilt, was nicht gerade zu einer Konsolidierung des Klassenklimas und des Leistungsniveaus beitrug.

Eine besondere Rolle spielte der Oberlehrer für Musik und Geschichte, Herr Adam Stopfer, ein Choleriker, der sich vor allem im Geschichtsunterricht nur durch drakonische Strenge behaupten konnte und nicht davor zurückschreckte, einem Schüler in einer Stunde auch mehr als einen Tadel in das Klassenbuch zu schreiben, wenn dieser es wagte, dem Lehrer zu widersprechen.

Am Ende der Untertertia ereignete sich, was eigentlich niemand für möglich gehalten hätte, obwohl es der alte Micki zu Beginn der Quarta überdeutlich angedroht hatte. Von achtundzwanzig Schülern der Untertertia A wurde vierzehn eine Versetzung in die Obertertia versagt. Fast alle verließen die Schule. Einige neue Schüler aus anderen Schulen und aus der Ostzone kamen hinzu, und es kehrte auf dieser Klassenstufe Ruhe ein, denn alle hatten die Lektion verstanden: Dieses Kollegium würde über Leichen gehen und keinem Schüler, der die Schule verließ, eine Träne nachweinen.

Ein Schüler war in die Klasse eingetreten, der wegen einer Herzoperation ein Jahr verloren hatte und deshalb vom Humanistischen Gymnasium an die Aufbauschule überwechseln musste. Martin kam aus Buchheim, nur vier Kilometer von Unter-Warstein entfernt. Da er in fast allen Hauptfächern, vor allem in Englisch und Mathematik, Schwierigkeiten hatte, verabredete sich Gregor mit ihm, um gemeinsam mit ihm Hausaufgaben zu machen. Sie wollten sich abwechselnd in Buchheim und in Warstein treffen.

Mit seinem Fahrrad, das mit einem Hilfsmotor ausgestattet war, kam Martin nach Unter-Warstein. Mutter Margot hatte den Küchentisch abgewischt, sodass die Beiden ihre Bücher und Hefte ausbreiten konnten. Während die Mutter das gespülte Geschirr abtrocknete und im Schrank verstaute, übersetzten die Pennäler einen kleinen lateinischen Text ins Deutsche. Da Martin bereits zwei Jahre Lateinunterricht genossen hatte, ging das viel zu schnell für Gregor. Allerdings konnte Martin beim Memorieren der Vokabeln den Lehrer spielen. Bei der Englisch-Aufgabe wurden die Rollen getauscht, denn Martin hatte das Wenige, das er in einem Jahr gelernt hatte, schon wieder zum größten Teil vergessen.

Gregor blickte auf und sah, dass seine Mutter unschlüssig vor dem Herd stand. Als ihre Blicke sich begegneten, sagte sie: Ich geh dann mal zur Emma. – Wahrscheinlich hätte sie sich lieber an den Tisch gesetzt und die Frankfurter Zeitung gelesen.

Nach zwei Stunden hatten die Beiden auch noch die Mathe-Aufgaben hinter sich gebracht, und sie einigten sich darauf, dass jeder für sich die mündlichen Aufgaben in Geschichte und Geografie zu Hause erledigen würde.

Am nächsten Tag fuhr Gregor mit dem Rad nach Buchheim. Martin wohnte mit seinen Eltern und dem ein Jahr jüngeren Bruder Peter in einem gemieteten Haus. Aber Martin besaß ein eigenes Zimmer, in dem außer einem Bett auch ein Schreibtisch mit zwei Stühlen und ein Bücherregal standen. Schon nach einer Woche fuhr nur Gregor noch nach Buchheim. Er musste sich eingestehen, dass er sich in Martins Zimmer wohler fühlte als in der elterlichen Wohnküche.

Martin hatte ausgesprochen nette Eltern, die Gregor zur Konfirmationsfeier von Peter einluden. Man saß an zwei Tafeln im Wohnzimmer. Tanten und Onkel waren gekommen, die Peter vor allem Geld und Bücher schenkten. Der Großvater, ein pensionierter Pfarrer mit weißem Vollbart, hatte Peter eine Kunstgeschichte mit farbigen Abbildungen mitgebracht, in der noch ein Fünfzig-Mark-Schein lag. Gregor schaute sich um, bevor er mit der Suppe begann. Alle saßen hier aufrecht, ohne sich anzulehnen, hatten die Ellbogen dicht am Körper, während sie aßen und sich leise unterhielten. Dann kam der Braten, zu dem es Kartoffeln und Rosenkohl gab. Gregor wusste, dass er nun sehr aufpassen musste. Er richtete sich vorbildlich auf, blickte kurz nach links und rechts und aß zum ersten Mal in seinem Leben mit Messer und Gabel. Man hörte nur das leise Klirren des Bestecks und gedämpfte Gespräche.

Eben hatte er sich eine Rosenkohlkugel auf die Gabel gelegt und führte sie zum Munde. Da! Kurz vor seinen Lippen rollte das hinterhältige Gemüse herunter und landete auf seiner Hose. Verdammt, dachte er. Hätte ich dieses blöde Stück doch aufgespießt! Vorsichtig blickte er sich um. Anscheinend hatte niemand etwas bemerkt. Mit der Gabel fuhr er zwischen seine Hosenbeine, spießte das von Soße umhüllte Gemüse auf und schob es schnell in den Mund. Er griff langsam zu der noch unbenutzten Serviette und wischte die beiden Soßenflecken von den Hosenbeinen. Jetzt war ihm plötzlich furchtbar heiß. Am liebsten hätte er sein Hemd aufgerissen und wäre hinausgerannt. Aber das durfte er nicht. Also tupfte er sich mit der Serviette die Stirn trocken und aß ganz langsam und konzentriert weiter.

Nach einer Weile ging eine Servierfrau herum und fragte, wer noch etwas nachhaben möchte. Der Sauerbraten hatte Gregor besonders gut geschmeckt, aber er hatte sich sehr bemühen müssen, um ja keinen Fehler zu machen. Vor allem das Essen mit dem Besteck war anstrengend gewesen. Er zog sein Taschentuch aus der Hose, trocknete sich noch einmal die Stirn ab und schüttelte nur kurz den Kopf, als die Frau mit dem Sauerbraten ihn ansprach.

Da hörte er die Stimme von Martins Mutter, die ihren Kopf zu ihrem Vater, dem alten Pfarrer, hinüberneigte und sagte: Es ist doch schön anzusehen, wie gesittet die jungen Leute essen.

Ja, sagte der alte Herr. Eine gute Erziehung ist wirklich ein Segen für alle Beteiligten. Gutes Benehmen müssen die jungen Leute schon in der Kindheit lernen, damit es ihnen mühelos zur zweiten Natur wird. Gute Kinderstube nennt man das. Und die lernt man nur im Elternhaus und nirgendwo sonst.

Martins Opa hatte sich aber getäuscht. Denn für Gregor hatte es jene gute Kinderstube nicht gegeben. Aber hier begann er, sie nachzuholen, wobei er höllisch aufpasste, dass die Leute es nicht merkten.

Das ist richtig, Papa, sagte Martins Mutter. Dann senkte sie ihre Stimme, sodass Gregor sie nur mit Mühe verstehen konnte. Aber es geht auch ohne drakonische Maßnahmen. Weißt du noch, wie die Mama uns Mädchen Gesangbücher unter die Arme geklemmt hat, damit wir die Ellbogen am Körper behielten. Und wehe, eines fiel zu Boden! Dann gab es eine schallende Ohrfeige.

Nun lass' sie in Frieden! Du weißt doch: De mortuis nihil nisi bene. Nur Gutes sollen wir über die Toten reden – oder schweigen.

In Martins Familie fühlte Gregor sich nach einigen Wochen ausgesprochen wohl, fast wie zu Hause. Das lag vor allem daran, dass alle sehr ruhig und freundlich mit ihm sprachen – eigentlich wie mit einem Erwachsenen. Gregor hatte den Eindruck, dass Martins Mutter sich ihm gegenüber verhielt wie eine gute Tante. Zu Hause hingegen war der Umgangston direkter und rauer.

Wenn er mit seinem Fahrrad zurück nach Warstein fuhr, dachte er manchmal: Wenn ich doch bei Martin und seiner Familie leben könnte! Sie könnten sich an meine Eltern wenden und ihnen vorschlagen, dass ich zu ihnen käme, damit die beiden Freunde zusammenwohnten. Ich wäre sofort bereit umzuziehen. Mit diesem Gedanken als einer Art Tagtraum hatte er sich auch früher schon manchmal beschäftigt. Warum sagt nicht Tante Karin, hatte er damals gedacht, einfach zu meinen Eltern: Gregor könnte doch bei uns in Frankfurt wohnen. Natürlich verwarf er derlei Gedanken im nächsten Moment wieder, denn er wusste nur zu gut, dass für Vater Heinrich seine Kinder ein Besitz waren, für den er sich verantwortlich fühlte. Nie hätte er einen der Söhne weggegeben. Er sah es als seine heilige Pflicht an, sie großzuziehen. Ach, dachte Gregor, würde er uns doch auch lieben, so, wie andere Eltern ihre Kinder lieben, nämlich verständnisvoll und ohne Prügel.

Nachdem Friedrich, der zwölf Jahre ältere Bruder, seine Olga geheiratet hatte und mit ihr im Dachgeschoss eingezogen war, hatte es immer wieder kleine Veränderungen im Haus und in der Familie gegeben, die Gregors Interesse wachhielten. Er teilte sich mit Wotan, der ihm um acht Jahre voraus war, ein winziges Dachzimmer. Nicht nur am Wochenende, sondern auch während der Woche, war Wotan abends mit seinem Motorrad unterwegs und, wie Vater Heinrich sagte, auf Brautschau. Friedrich und Olga hingegen verbrachten ihre Abende meistens in ihrer Wohnküche. Friedrich hatte in den Küchenschrank einen Plattenspieler eingebaut und diesen an das Radio angeschlossen. Für Gregor gab es nun eine Alternative zu den allzu stillen, langweiligen Abenden mit den Eltern in der Küche im Erdgeschoss. Er stieg die Treppe hinauf und setzte sich für eine Stunde zu den jungen Schulzen, wie sie in der Familie genannt wurden. Sie hörten Lolita, die den weißen Holunder in ihrem Garten besang. Wohl ein knappes Jahr schwärmte Gregor für die modernen Schnulzen von den Langspielplatten, die Friedrich in Frankfurt kaufte.

Olga war in den Bertelsmann Lesering eingetreten und bestellte regelmäßig Bücher. Mit großem Interesse nahm Gregor die Neuerwerbungen zur Kenntnis – meist handelte es sich um Romane sowie Ratgeberliteratur. Auch stöberte er mit Vorliebe in den Angebotskatalogen und versuchte, Schwägerin und Bruder für den einen oder anderen Titel zu erwärmen.

Ein Lexikon!, rief Gregor. – Ein Lexikon, und wenn es nur aus einem einzigen Band besteht, gehört doch in jedes Haus! Wenn ich mal Geld verdiene, wird das meine erste Anschaffung sein.

Tatsächlich bestellte Olga als nächstes das einbändige Lexikon, das Gregor fortan eifriger benutzte als das junge Paar. Bei seinen Hausaufgaben ergaben sich immer wieder einmal Fragen, die ihm niemand in der Familie hätte beantworten können. Das kleine Nachschlagewerk bot oft eine schnelle Auskunft. Im Anhang fanden sich Abbildungen des männlichen und des weiblichen Körpers, die aus jeweils mehreren Folien bestanden, sodass man von der nackten Oberfläche bis zu den inneren Organen vordringen konnte. Diese modellhaften Bilder betrachtete Gregor oft auch heimlich, denn vor allem der Frauenkörper war für ihn aufregend und geheimnisumwittert.

Olga hatte sich einen Ratgeber schicken lassen, der ebenfalls Gregors Interesse hervorrief: *Einmaleins des guten Tons* von Gertrud Oheim.

Ich möchte endlich einmal wissen, wie die feinen Leute sich benehmen, begründete Olga die scheinbar müßige Anschaffung. Voller Neugierde machte sie sich an die Lektüre und hatte das Buch in einer Woche ausgelesen.

Einiges habe ich schon gewusst, erklärte sie. Aber das Meiste ist ja doch nur Firlefanz, den man nicht gebrauchen kann. – Damit war das *Einmaleins des guten Tons* für sie erledigt.

Nun durfte auch Gregor sich in gutem Benehmen weiterbilden. Er ließ sich aber viel mehr Zeit, las bedächtig Kapitel für

Kapitel und fand sich selber jederzeit im Mittelpunkt aller Beschreibungen. Er sah sich als der junge Herr mit den tadellosen Umgangsformen, der die jungen Damen durch sein formvollendetes Auftreten beeindruckte und als Gesellschafter begehrt war. Doch nach jeder Lehrstunde im Buch wurde er von der Realität wieder eingeholt.

Nun kannte er die Regeln, doch waren sie ihm bei weitem noch nicht in Fleisch und Blut übergegangen, und er hatte auch nur selten Gelegenheit, seine Kenntnisse anzuwenden. Hätte er zu Hause in der Familie jemanden die Tür aufgehalten und gesagt: Bitte, nach dir! Der Angesprochene wäre fassungslos gewesen und hätte vielleicht geantwortet: Was soll der Quatsch? Na, geh schon!

Gregor träumte bisweilen von einem kultivierten Leben mit höflichen Menschen, die sich verhielten und miteinander redeten, wie er das in Filmen gesehen oder in den Buddenbrooks gelesen hatte. Traf er hingegen einmal ausnahmsweise auf solche Personen, Erwachsene, Klassenkameraden oder gar Mädchen, die aus einem gebildeten Haus kamen, so war er schüchtern, fühlte sich von oben herab behandelt und neigte dazu, sie alle für eingebildet oder arrogant zu halten. Denn im *Einmaleins des guten Tons* hatte er nur den Rahmen kennengelernt aber nicht die komplexen Formen und Inhalte einer Konversation. Die waren und blieben ihm fremd. Dann meinte er zu erkennen, dass er aus einem gröberen Stoff gemacht war, und es zog ihn doch wieder zu den Menschen, die annähernd seiner eigenen Herkunft entsprachen. Mit Bauern und Handwerkern konnte er sich gut unterhalten, sodass diese sich verstanden fühlten. Doch blieben solche Gespräche, da sie einseitig waren, für Gregor letztlich unbefriedigend, weil die Gesprächspartner nicht in der Lage waren, auf seine Interessen einzugehen.

Man konnte ja nicht sagen, dass er wirklich auf dem Gymnasium schon ganz angekommen war. Die Lehrstoffe sprachen ihn an und blieben ihm dennoch fremd. Was da in Deutsch, Englisch, Latein und Geschichte behandelt wurde, war mit einem Anspruch verbunden, dem Gregor gerne folgen wollte. Aber mit den Eltern und Brüdern sowie den Leuten im Dorf konnte er jenen geistigen Horizont nicht kommunizieren. Allein der Versuch hätte ihn verdächtig gemacht, hätte ihn als einen Verräter oder einen Verrückten verfemt.

Andererseits wurden die proletarische oder kleinbürgerliche Wirklichkeit der Familie und das dörfliche Umfeld in der Schule abgelehnt und verschmäht. Es gab keine Möglichkeit, die Naturverbundenheit der Menschen vom Land, ihre Erfahrungen im Umgang mit Pflanzen und Tieren, das handwerkliche Geschick und die Materialerfahrungen, die Gregor sich bereits angeeignet hatte, auch nur in Ansätzen im Gymnasium zur Geltung zu bringen. Im Gegenteil, es gehörte geradezu zum guten Ton, dass ein Philologe stolz darauf war, keinen Nagel gerade in die Wand schlagen zu können. Aber Gregor war in seiner Mentalität noch zu angepasst und gutgläubig, um die Blasiertheit von vielen so genannten Gebildeten zu durchschauen und aus Überzeugung verachten zu können.

Durch Zuschauen und Ausprobieren hatte er zum Beispiel gelernt, Reparaturen in Haus und Hof auszuführen, und war auch in der Lage, sein Vorgehen zu begründen und derartige Fertigkeiten anderen zu vermitteln. Er lebte in zwei Welten, die untereinander als abwegig angesehen wurden und zwischen denen er pendeln musste. Ob er sie je versöhnen, sie miteinander vereinigen werde können, war überhaupt nicht abzusehen.

Gregor konnte sich nur schwer vorstellen, die nächsten Angehörigen in seiner Familie in sein neues Denken vom guten Benehmen aufzunehmen. Vor allem Vater Heinrich hatte ein ausgeprägtes proletarisches Selbstbewusstsein. Da er sein Leben lang schwer gearbeitet hatte, dachte er nicht daran, an seinem Verhalten in der Packerei etwas zu ändern, als sein Vorgesetzter in Rente ging und er nun als Packmeister die Abteilung leitete. Er setzte sich nie an seinen Schreibtisch, denn er hätte ja gleich wieder aufstehen müssen. Die Frachtbriefe füllte er schnell im Stehen aus und lief sofort wieder zu den Kisten, die mit in Seidenpapier eingewickelten Instrumenten zu füllen waren. Heinrichs Mitarbeiter waren begeistert von ihrem neuen Chef, den sie duzen durften, der von ihnen nicht mehr verlangte als von sich selber und der regelmäßig zum Leiter der Personalabteilung ging, um mit diesem Lohnerhöhungen für seine Leute auszuhandeln.

Nach Peters Konfirmationsessen sah Gregor seine heimische Umgebung noch kritischer als zuvor. Er dachte daran, Martin einzuladen, wenn er demnächst selber konfirmiert werden würde. So beobachtete er vor allem das Verhalten seines Vaters, wenn dieser müde und abgespannt von der Arbeit nach Hause kam. Heinrich genoss es, alle Verpflichtungen hinter sich zu lassen, seine Familie um sich zu sehen und es sich möglichst bequem zu machen. Selbst wenn er nicht im Garten oder im Stall arbeitete, zog er seine ältesten Klamotten an. Eine uralte Manchester-Hose von unbestimmter Farbe zwischen beige und hellbraun, die Margot schon mehrfach an den Knien und am Gesäß geflickt hatte, war ihm sein liebstes Kleidungsstück zu jeder Jahreszeit. Drückte ihn eine Blähung, dann ließ er einen krachenden Furz fahren – und das nicht nur im Freien, sondern auch in der Wohnküche.

Gregor musste an seine Konfirmation denken und protestierte: Mit dir könnte man nirgendwo hingehen. Du benimmst dich wie ein Bauer.

Ich will auch nirgendwo hingehn. Ich bin froh, wenn ich daheim bin, und hier mach ich, was ich will.

Wenn wir Besuch bekämen, würde man sich mit dir blamieren. Du kannst dich nicht beherrschen.

Ich kann mich benehme, wenn ich will. Was denkst du, wenn ich beim Herr Direktor in der Direktorvilla bin und mit Fräulein

46

von Pappenheim Weihnachtspakete und Fresskörbe packe. Die Pappenheim is e fein Dam, die nimmt alles ganz genau. Und die Frau Direktor kommt da immer mal unverhofft vorbei. Da muss man sich zusammereiße. Aber hier bin ich Herr im Haus, und du hast überhaupt nix zu melde.

Zum Abendessen musste Mutter Margot dreimal in der Woche Eintopf auf den Tisch bringen. Im Übrigen hatte jede Mahlzeit Kartoffeln zu enthalten, keine Teigwaren und keinen Reis; es mussten Kartoffeln sein. Hatte Margot jedem die Suppe in den tiefen Teller geschöpft, holte Heinrich sich mit der Gabel zwei Kartoffeln und zerdrückte sie in der Suppe. Nun war die Suppe so, wie Heinrich sie mochte. Gregor fand das ekelhaft, und er sagte das auch, was aber nichts bewirkte. Heinrich bestand auch darauf, dass die Teller nicht gewechselt wurden; alles wurde aus den tiefen Suppentellern gegessen.

Dann kam Gregors nächster Vorschlag: Wieso essen wir nicht mit Messer und Gabel? Das ist doch viel praktischer.

Unbequemer is das, gab Heinrich zurück. Denn man hält dann die Gawel in de linke Hand. Das is ziemlich umständlich.

Überhaupt nicht! Man gewöhnt sich ganz schnell dran.

Messer und Gawel, das sind vornehme Ferz. Wir schneide zunächst das Fleisch oder die Wurscht mit dem Messer, und dann esse wir alles mit der Gawel. Das geht auch schneller.

Es kommt beim Essen doch nicht auf Schnelligkeit an. Bei der Konfirmation vom Peter haben die Leut sich viel Zeit gelassen und sich während des Essens unterhalten. Das hat mir gefallen.

Beim Esse soll Ruh herrsche! Was ist das für e Sitte, wenn man mit volle Backe rede tut und einem das Esse aus em Maul fällt. Nein, wie einer beim Esse is, so is er auch beim Schaffe. Sieh doch nur, wie du isst. Immer bist du als Letzter fertig. So, und jetzt is Ruh!

Während Margot den Tisch abräumte, hatte Heinrich seine Füße hochgelegt und zur Zeitung gegriffen.

Hör dir das an, Frau, begann er. Der Adenauer, dieser alte Speckjäger, schimpfte er, der will wieder Soldaten hawe. Wir wollte doch nie wieder Militär, nie wieder Krieg. Die Besatzungsmächte hawe uns das zum Glück verbote. Und nun will der über die Europäische Verteidigungsgemeinschaft de nächste Krieg anzettele, dieser verlogene Katholik.

Gregor überlegte, ob er das so stehen lassen sollte. Deshalb hielt er dagegen: Der Adenauer hat eine gute Politik gemacht. Ihm verdanken wir es, dass es uns schon wieder so gut geht.

Heinrich nahm die Füße von dem zweiten Stuhl und saß wieder aufrecht. Mit grimmiger Miene erklärte er: Ach, was verstehst du schon von Politik. Der Schumacher hätt alles viel besser gemacht. Dem Adenauer kann mer net traue. Wenn's uns jetzt bessergeht als beim Hitler, dann liegt es daran, dass wir, die Arbeiter, hart geschafft hawe. Ich könnt dir links und rechts eine runnerhaue, wenn ich so was hör. Was erzähle die Lehrer in Friedberg euch für en Quatsch. Der Adenauer und gute Politik! Ein Dummkopp ist der, en hinterhältiger Schuft, und er weiß net, was Arbeit is.

Ich weiß aber, dass er fleißig ist und nur vier Stunden schläft. Außerdem hat er kluge und erfahrene Berater.

Jetzt reicht's mir aber mit deim unreife Geschwätz. Der umgibt sich mit alte Nazis und hockt mit dem Großkapital zusamme. Das is die Wahrheit!

Und beim letzten Wort schlug Heinrich mit der Faust so heftig auf den Tisch, dass das abgetrocknete Geschirr, das Margot hier abgestellt hatte, heftig schepperte und sie sich erschreckt umdrehte.

Aus, Schluss jetzt!, donnerte er. Ich will nix mehr hörn!

Heinrichs Gesicht war feuerrot, und es sah aus, als wollte er aufspringen. Nach einer kurzen Pause wurde er bedrohlich ruhig, hob die rechte Hand mit dem ausgestreckten Zeigefinger nur ein wenig von der Tischplatte und zischte durch die zusammengepressten Lippen: Solang du dei Füß unter mein Tisch streckst, bestimm ich hier!

Margot trat zu ihm und legte ihre Hand auf seine Schulter. Mann, sagte sie. – Mann, reg' dich doch net uff. Es is doch alles gut.

Gregor verließ die Küche, ging hinaus und lief durch den Garten – hin und her.

Erwachsen werden

Es war Gregors größter Wunsch und damals auch das wichtigste Ziel aller Kinder und Jugendlichen, erwachsen zu werden. Denn es gab keine Kindermode und keine Jugendkultur, die es wert gewesen wären, sie auszuleben und zu genießen. Kinder galten mehr oder weniger als kleine, unfertige Erwachsene. Und wenn sie nicht richtig parierten, musste ein wenig oder auch mit Nachdruck nachgeholfen werden. Volljährig wurde man mit einundzwanzig Jahren, aber in der Kirche hieß es, dass die jungen Menschen mit der Konfirmation als vollwertige Mitglieder in die Gemeinde, quasi als Erwachsene, aufgenommen werden. Das äußere Zeichen bestand darin, dass sie am Abendmahl teilnehmen durften.

Die Konfirmanden trugen ihre ersten Anzüge, meist schwarz, dunkelgrau oder dunkelblau. Gregor hatte sich, dem Vorbild seines Bruders Wotan, dem er damals in jeder Hinsicht nacheiferte, folgend, für einen zweireihigen dunkelbraunen Nadelstreifen entschieden. Eine schwarze Fliege auf weißem Hemd und eine weiße Nelke im Knopfloch waren für alle verbindlich. Die Konfirmandinnen trugen taillenbetonte schwarze Kleider. Mit Ausnahme von Lore hatten alle noch ihre Zöpfe, die sie aber gleich nächste Woche abschneiden wollten, um sich von der Friseuse eine richtige Frisur mit Dauerwellen machen zu lassen, mit der sie sich plötzlich zu kleinen Damen entpuppen würden.

Beim Konfirmationsgottesdienst saßen sie zwischen Altar und Gemeinde in jeweils zwei Reihen, die Mädchen rechts, die Buben links. Obwohl sie den aufregenderen Teil, die Prüfung, vor einer Woche hinter sich gebracht hatten mit Fragen nach den zehn Geboten, den drei Artikeln des Glaubensbekenntnisses, den Sonntagen des Kirchenjahres, den Schriften des Alten und des Neuen Testamentes – hatten sie nun nichts mehr zu sagen, wurden nicht mehr ausgefragt. Sie prangten allerdings auf dem Präsentierteller und wurden von der ganzen Gemeinde angeglotzt. Immerhin saßen die Mädchen mit niedergeschlagenen Blicken auf der anderen Seite, und Gregor konnte sie in aller Ruhe betrachten, um die Schöneren von den weniger Schönen zu unterscheiden. Aber er durfte sich doch nicht zu sehr ablenken lassen, denn es galt, im richtigen Moment aufzustehen und sich wieder zu setzen und natürlich kräftig mitzusingen.

Als der Pfarrer auf der Kanzel erschien, war Ruhe in die Kirche eingekehrt. Alle Gläubigen lehnten sich zurück und blickten versonnen zu dem Mann im schwarzen Talar hinauf. Der las das Gleichnis von den Blinden vor, in dem Jesus die Pharisäer als blinde Blindenführer bezeichnet. Wenn aber ein Blinder einen anderen Blinden führe, so müssten beide in eine Grube fallen.

Zu sehen bedeute, erläuterte der Pfarrer, die Wahrheit zu erkennen, den rechten Glauben zu haben, damit man den richtigen Weg einschlagen könne. Man müsse eine Art Kompass zum Glauben haben, und der sei Jesus selber. Aber es gebe auch einen äußeren, einen irdischen und gut sichtbaren Kompass, der uns den rechten Weg weise und verhindere, dass wir in das Verderben stürzen. Dazu müsse er auf ein altes Gemälde verweisen, das er leider nicht zeigen könne. Vor einem halben Jahrtausend, so erklärte der Pfarrer, habe der flämische Maler Pieter Bruegel ein Bild gemalt, auf dem er das Gleichnis von den Blinden dargestellt und durch ein wichtiges Detail erweitert habe. Sechs Blinde, die sich aneinanderhalten, tasten sich mit ihren Stöcken mühsam durch eine unwirtliche Landschaft. Sie straucheln und stürzen nacheinander in einen Graben. Im Hintergrund erkennt man eine Kirche, die sie, die Blinden, nicht sehnen können. Die Kirche aber mit ihrem weithin sichtbaren Turm, das sei unser irdischer Kompass zu einem rechtschaffenen und gottgefälligen Leben. Der Kirchturm, wenn wir ihn im Blick behielten, verhindere, dass wir auf einen Abweg, auf den Weg der Sünde gerieten.

Gregors Gedanken begannen abzuschweifen, denn er wusste, dass der Geistliche die Aufmerksamkeit der Konfirmanden ab sofort nicht mehr überprüfen konnte. Ihn beschäftigten die unterschiedlichen Formen der Orientierung in der Landschaft und auf hoher See. Unversehens war die Predigt zu Ende. Nun sollten die Konfirmanden eingesegnet werden. Zu zweien mussten sie zum Altar kommen und sich vor dem Pfarrer niederknien. Gregor war gespannt, was mit ihm passieren würde, wenn der Heilige Geist in ihn fuhr. Der geistliche Herr legte jedem eine Hand auf den Kopf und sagte immer wieder denselben Spruch auf, der mit den Worten begann: Nimm hin den heiligen Geist ...

Gregor war bereit. Er wollte ihn haben, den heiligen Geist, wollte erfahren, wie der sich anfühlte, ob er heiß oder kalt war oder wie auch immer. Aber er hatte gar nichts gespürt von dem Segen. Ganz offensichtlich war der Heilige Geist bei ihm nicht angekommen. Vielleicht hatte der Pfarrer das Ganze zu routiniert heruntergespult – keine Spur von einem Wunder. Aber beim Abendmahl wird etwas passieren, dachte Gregor. Das hatte wohl niemand erzählt oder versprochen, aber wenn das Leben so weiterginge wie bisher, hätte man sich auch die ganze Feier sparen können.

Zum Schluss erhoben sich alle Mädchen, traten nach vorne zum Pfarrer vor den Altar und sangen unter seinem Dirigat:

So nimm denn meine Hände
und führe mich
bis an mein selig's Ende
und ewiglich.
Ich kann allein nicht ge-he-hen
nicht einen Schritt.
Wo du magst geh'n und stehen
da ni-hi-himm mich mit.

Gregor hatte das schon immer gefallen, wenn die Konfirmandinnen in ihren schwarzen Kleidern dieses Lied mit ihren Engelsstimmen sangen – voller Inbrunst und Selbstaufgabe. Wunderbar! Man merkte, dass die ganze Gemeinde gerührt war. Aber immer sangen nur die Mädchen – seit Menschengedenken. Warum durften die Buben nicht mitsingen? In diesem Alter waren die meisten im Stimmbruch, und ihr Beitrag wäre nur ein hässliches Gebrumm und Gekrächze gewesen. Dieser Text aus dem Mund von uns Rackern, dachte Gregor, ein Tunichtgut schlimmer als der andere – dieser Text, von uns Raubeinen gesungen, hätte der überhaupt glaubhaft geklungen? Nein, überhaupt nicht! Es wäre eine Farce gewesen – geradezu lachhaft! Insofern hatte es schon seine Richtigkeit mit dem Mädchenchor, der diese in schwarzes Tuch gehüllten Engel auch gleich auf ihre künftige weibliche Rolle konditionierte: Unterwerfung unter die Gewalt ihres Herrn und Gebieters, des Mannes. Anfang der fünfziger Jahre sprach auf dem Dorf schließlich noch niemand von Emanzipation oder gar von Feminismus.

Im Anschluss an den Gottesdienst folgten die Beichte und das Abendmahl. Die evangelische Beichte ist keine individuelle Ohrenbeichte wie bei den Katholiken. Bei den Protestanten genügt es, wenn die Gläubigen gemeinsam ihre Sünden im Allgemeinen bekennen und bereuen. Danach dürfen sie zum Abendmahl gehen. Darauf war Gregor besonders gespannt, denn der Pfarrer hatte ihnen immer wieder versichert, dass die kleine Oblate als eine Art von Brot der Leib Jesu und der Wein sein Blut sei. Ja, wirklich, sein Leib und sein Blut – sie seien nicht etwa als Symbole derselben zu verstehen – nein, wirklich Fleisch und Blut. Donnerwetter, dachte Gregor, dann wird aber ein Ruck durch meinen lüsternen, meinen sündigen Leib gehen! So ähnlich wie ein Stromschlag am Elektroweidezaun muss das sein oder sogar wie an einer Steckdose. Er konnte sich auch vorstellen, dass unter den Mädchen die eine oder andere ohnmächtig zusammenbrechen würde, denn die wenigsten waren wohl mit Elektrizität so vertraut wie er. Weidezäune hatte er nicht nur mit der bloßen Hand, sondern auch mit einem Grashalm berührt. Dann gab es eine hübsche Überraschung, wenn er einen ahnungslosen Freund mit der anderen Hand berührte. Oder er hatte beide Pole einer Taschenlampenbatterie an seine Zunge gehalten und ein leichtes Kribbeln gespürt. Aber so schwach würde die Wirkung wohl nicht ausfallen, davon war er überzeugt.

Die Konfirmanden stellten sich also in eine Reihe und trippelten in winzigen Schrittchen in Richtung Altar, wo die Kirchendienerin für den Pfarrer eine silberne Schale, einen silbernen Krug und den goldenen Kelch als Trinkgefäß aufgestellt hatte. Ähnlich wie bei der Einsegnung sagte der Geistliche nun auch immer wieder denselben Spruch. Als Gregor endlich drankam, öffnete er den Mund, streckte dem Pfarrer die Zunge entgegen, auf die dieser eine kleine weiße Oblate legte. Sie fühlte sich ganz trocken an, nicht wie ein Stück Fleisch, auch nicht wie Brot, sondern eher wie ein Stück Pappe.

Nehmet hin und esset, dies ist mein Leib …, sagte der Pfarrer zu Gregor, und schon war der Nächste an der Reihe.

Gregor überlegte: Sollte er sie gleich zerkauen? Das würde sicher ziemlich laut knacken und Aufsehen erregen. Bei den anderen hatte er keine Kaubewegungen beobachtet, nachdem sie die weiße Scheibe bekommen hatten. Vielleicht sollte er sie zusammen mit dem Schluck Wein verspeisen. So war das wahrscheinlich gedacht. Er konnte sich nicht erinnern, dass der Pfarrer dazu im Konfirmandenunterricht etwas gesagt hatte. Nun konnte Gregor aber die Zunge nicht so lange ruhig in der Schwebe halten, und mit einem Mal, schwupp, hing die Oblate an seinem Gaumen. Er versuchte, sie mit der Zunge wegzuschieben – nichts zu machen! Der Wein würde sie sicher ablösen. Da kam ihm auch schon der Kelch aus der Pfarrershand entgegen.

Nehmet hin und trinket, dies ist mein Blut …, sprach der fromme Mann.

Übrigens war es Weißwein, das war Gregor nicht entgangen. Egal, er roch nicht übel, und so wollte er einen tüchtigen Schluck nehmen, aber der geistliche Herr knauserte. Nur ein winziges Schlückchen hatte er ihm gegönnt. Und sauer war der Wein – meine Fresse, war der Wein sauer, dass er einem schier das Hemd in die Hose zog. Gregors Vater bekam von seinem Chef zu Weihnachten immer zwei bis drei Flaschen Wein geschenkt, aber der war süß. Na ja, die Kirche war natürlich nicht so reich wie ein Fabrikdirektor, hatte kein Geld für einen guten Wein, das musste man verstehen. Wahrscheinlich sollte das Abendmahl auch nicht zu vergnüglich ausfallen. Schließlich ging es ja um etwas sehr Ernstes: um all die Sünden, die er Gott weiß seit wieviel Jahren angesammelt hatte und deren Vergebung.

Gregor saß schon wieder auf seinem Stuhl, da klebte die blöde Oblate immer noch an seinem Gaumen. Wenn man nur mal kurz rausgehen und mit dem Finger in den Mund fahren könnte, so schoss es ihm durch den Kopf. Aber hier war nichts zu machen. Der Geschmack von den wenigen Tropfen Wein hatte sich schon längst verflüchtigt, und die Oblate, die nach nichts schmeckte, hatte Gregor den Mund ausgetrocknet. Wenn seine Mutter zu Weihnachten Kokosmakronen buk, setzte sie diese auf Oblaten. Da mochte er sie gerne. Aber hier in der Kirche – einmal und nie wieder! Immerhin, seine Sünden war er wenigstens los.

Nach den Konfirmanden gingen noch die Erwachsenen zum Abendmahl. Nun beobachtete Gregor die Gesichter der Leute, wie sie vom Altar kommend an den Konfirmanden vorüberschritten. Tatsächlich, einige, die ihre Kiefer in grimassierenden Mahlbewegungen hin- und herschoben, schienen auch Probleme mit diesem hinterhältigen Gebäck zu haben. Zugleich bemerkte Gregor, dass die Oblate an seinem Gaumen kleiner und weicher geworden war. Wenn ich Glück habe, dachte er, ist sie verschwunden, wenn ich zu Hause ankomme. Das Abendmahl war genauso ein Flop gewesen wie die Einsegnung. Nichts hatte er gespürt, keinen Stromschlag oder etwas Ähnliches, nicht einmal ein leises Kribbeln.

Das neue Gesangbuch und die Urkunde in der Hand, ging Gregor mit der gesamten Festgesellschaft nach Hause. Aus freien Stücken hatte er nur seinen Klassenkameraden Martin aus Buchheim eingeladen. Die Eltern waren mit in die Kirche gekommen, Friedrich mit Olga, Wotan mit seiner Freundin Anke und Martin. Heinrich hatte seinen Bruder, Onkel Anton mit Tante Walle eingeladen. Aus Ober-Warstein war die Oma mit Tante Lola und der kleinen Tante Erna gekommen, die den Opa entschuldigten, der natürlich seine nachmittägliche Skatrunde und den Apfelwein nicht opfern wollte. Während die Mutter zu Hause gleich mit Olga in die Küche ging, um das vorbereitete Mittagessen fertigzustellen, versammelten sich die Übrigen im Wohnzimmer, wo Gregor seine Geschenke überreicht bekam.

Eine Brieftasche von Onkel Anton kommentierte dieser so: Die steckst du in dei Brustdasch, und da komme all die wichtige

Papiere enei. Und das viele Geld, das die andere Verwandte dir schenke. Und hier ist noch en Pfennig. Den darfst du nie ausgewe. Und so geht dir garantiert nie das Geld aus.

Gregor bedankte sich grinsend und dachte: Das war natürlich originell um die Ecke gedacht und ein witziger Spruch. Solche und ähnliche Tricks könnte der Pfarrer öfter mal gebrauchen.

Du bist jetzt ein junger Mann, der natürlich auch eine Uhr braucht, begann Tante Lola. Eckig ist sie. Das ist jetzt ganz besonders modern.

Gregor dachte: Das habe ich nicht geahnt. Eigentlich hätte mir eine runde Armbanduhr besser gefallen. Aber es ist natürlich toll, dass ich jetzt endlich eine Uhr habe. Er sagte artig: Danke, Tante Lola. Eine Uhr hab ich mir schon lange gewünscht.

Die ist natürlich von uns Dreien, ergänzte die Tante bedeutungsvoll und riss dabei die Augen weit auf, worauf Gregor sich auch noch bei Tante Erna und der Oma bedankte, die ihn ausnahmsweise einmal anlächelte. Viel später erkannte Gregor am Logo auf dem Zifferblatt, dass Tante Lola keine müde Mark für ihn ausgegeben hatte, da es sich bei der Uhr um ein Werbegeschenk aus der Firma ihres Chefs gehandelt hatte.

Von Friedrich und Olga bekam er einen Zwanzig-Mark-Schein, den er sofort in seiner Brieftasche verstaute. Dann kam Wotan mit einem Päckchen, das er Gregor erwartungsvoll überreichte. Der packte es hastig auf; er war überrascht und zugleich enttäuscht. Einen Fotoapparat hatte er sich schon lange gewünscht. Seit zwei Jahren ließ er sich die Kataloge von *Porst* aus Nürnberg schicken, in denen er oft stundenlang blätterte, las und verglich. Längst wusste er, dass die Leica die weltweit beste Kamera ist und rund tausend Mark kostete. Am liebsten hätte er eine Kleinbildkamera gehabt, was jedoch unrealistisch war. Also sollte es eine kompakte Rollfilmkamera sein mit dem Bildformat sechsmal sechs. Da passten immerhin zwölf Bilder auf einen Film. Aber Wotan hatte ihm eine Box im Format sechsmal neun gekauft, bei der man weder die Entfernung, noch Blende und Belichtungszeit einstellen konnte. Das war eine Schön-Wetter-Kamera für technische Idioten, bei der nur acht Bilder auf einen Film passten.

Gregor konnte seine Enttäuschung nicht verbergen, worauf Wotan aber ganz gelassen reagierte. Er sagte: Ich behalt die Box und geb dir das Geld, dann kannst du dir das Modell kaufe, das dir gefällt.

Über diesen Vorschlag war Gregor natürlich sehr glücklich. Wotan schien auch zufrieden, denn er begann sofort, sich als Fotoreporter zu betätigen. Als erstes fotografierte er Gregor, der selig lächelnd am Tisch vor einem Teller mit Markklößchensuppe saß. Diese hatte er sich gewünscht, weshalb sie ihm auch bis ins Alter im Gedächtnis geblieben war. Die weitere Speisefolge hatte ihn schon damals nicht berührt, und er hatte sie auch binnen kurzem wieder vergessen. Im Übrigen verlief das Essen ruhig und unspektakulär, und Gregor musste sich wegen Vater Heinrichs Essmanieren überhaupt nicht schämen.

Zwischen Hauptgang und Dessert bemerkte die Oma, der Pfarrer hätte wirklich schön gepredigt. Alle sollten sich das mit den Kirchtürmen zu Herzen nehmen. Gregor erwiderte, ihm sei das zu unsicher, früher oder später möchte er doch einen richtigen Kompass haben.

Wir in de Wetterau brauche doch kein Kombass!, ereiferte sich Heinrich. Hier gibt's kaum Wald, und auf Spaziergäng sieht mer manchmal sogar zwei Kirchtürm. Hier kann mer sich einfach net verlaufe.

Ich will doch nicht mein Lebtag in der Wetterau bleiben, hielt Gregor dagegen. Schon im Taunus kann man leicht die Übersicht verlieren. Wir haben vor zwei Jahren einen Klassenausflug in den Odenwald gemacht, da hatte unser Lehrer eine

Landkarte und einen Kompass, und nur deshalb kamen wir sicher auf dem Auerbacher Schloss und im Felsenmeer an und fanden dann auch wieder zurück zum Bahnhof in Auerbach.

Ja, so is es recht!, rief Onkel Anton. Die Jugend muss hinaus ins feindliche Lewe, wie Goethe oder Schiller oder so ein anderer Dichter in der Glocke gedichtet hat.

Nach dem Essen gingen die Jungen durch den Garten auf die Wiese. Wotan fotografierte die beiden Schulfreunde, wie sie Arm in Arm vor dem knorrigen Stamm eines alten Apfelbaums posierten. Dann durfte Gregor einmal Wotan mit seiner Freundin Anke aufnehmen, anschließend, nachdem sie ein Stück gelaufen waren, Wotan alleine, wie er in seinem Sonntagsanzug auf dem oberen Stahlträger der Weinbach-Schleuse balancierte.

Man traf sich wieder bei Kaffee und Kuchen. Hier ging es dann bedeutend gelöster zu als mittags. Die Gespräche liefen lautstark kreuz und quer über den Tisch. Tante Erna machte ihre Späßchen und lachte ein über das andere Mal laut auf. Onkel Anton kam auf Berufskleidung zu sprechen und sagte, er sei froh, dass er nicht mehr wie früher die unbequeme Eisenbahneruniform tragen müsse. Beim Karussell, das er seit kurzem betrieb, könne er seinen bequemen Sonntagsanzug mit Weste anziehen, trage keinen steifen Hut mehr, sondern die äußerst kleidsame ockergelbe Karussellmütze.

Sag mal, Wotan, fragte Tante Erna, zieht ihr Schreiner immer noch e Schürz bei der Arbeit an? Ist die eigentlich nur dazu da, um de Leim dranzuschmiern?

Nein, deshalb ist das net, gab Wotan trocken zurück. Hinter der Schürz sieht man net, wenn einer Langholz führt.

Huch je, was bist du für einer!, schrie sie auf und konnte sich vor Lachen kaum einkriegen. Alle stimmten in das Gelächter ein. Nur Martin blieb ernst.

Freunde

Die gemeinsamen Hausaufgaben, man könnte auch sagen, Martins Lernrückstand, hatte die Beiden zueinander geführt und anscheinend zu Freunden gemacht. Das ging über ein knappes Jahr, bis es sich zeigte, dass Martin keine Chance hatte, versetzt zu werden. In Englisch und Mathematik lief es auf eine Fünf hinaus, aber zwei Fünfen in den Hauptfächern ließen sich nicht ausgleichen, selbst wenn Martin noch so viele Zweien gehabt hätte.

Wir brauchen jetzt unsere Hausaufgaben nicht mehr gemeinsam zu machen, wurde Gregor von Martin aufgeklärt. Ich mache nur das Nötigste. Im Übrigen will ich noch ein paar schöne Tage haben.

Wie stellst du dir das vor?, fragte Gregor. Willst du die Klasse wiederholen?

Nein, dafür bin ich zu alt. Ich bin ja jetzt schon zwei Jahre älter als der Klassendurchschnitt. Nein, ich verlasse die Schule demnächst – mit einem guten Abgangszeugnis.

Einem guten Zeugnis – wie soll das gehen? Bei deinen Noten!

Martin zwinkerte Gregor verschmitzt zu. Dann antwortete er mit einem überlegenen Lächeln: Mein Opa, den hast du ja kennengelernt, mein Opa also, der wohnt direkt neben dem alten Direx. Die Beiden kennen sich seit Jahrzehnten. Ab und zu unterhalten sie sich über den Gartenzaun hinweg. Sie sind so quasi befreundet. Der Opa wird den Micki in den nächsten Tagen besuchen und mit ihm beraten, wie das zu machen ist.

Und dann?

Weiß ich noch nicht. Im Moment diskutieren wir zu Hause, was in Frage kommt. Eigentlich will ich Künstler werden. Aber vorher muss ich noch irgendeine Lehre machen. Mein Vater erkundigt sich gerade. Ich glaube, er hat einige Eisen im Feuer.

Aber wir können ja Freunde bleiben und uns weiterhin treffen, beeilte sich Gregor vorzuschlagen.

Jaaa, kam es zögernd von Martin. – Ich hab natürlich noch viel zu erledigen in der nächsten Zeit. Wahrscheinlich werd ich auch nicht mehr hier wohnen.

Zwei Wochen später kam Martin mit einem uralten Cabriolet in die Schule gefahren. Die gesamte Klasse stand staunend um den Oldtimer herum und bewunderte Martin und dessen Gefährt. Zunächst blieb er hinter dem Steuer sitzen und genoss die allseitige Aufmerksamkeit. Er trug ein weißes Hemd unter einem hellgrauen Sommersakko und auf dem Kopf einen großen schokoladenbraunen Schlapphut. Mit einer weit ausholenden Bewegung griff er zum Zündschlüssel, schaltete den Motor aus und blickte in die Runde. Betont langsam stieg er aus, blieb vor Gregor stehen und sagte: Na Kleiner, da staunst du, was?

Stimmt, sagte Gregor. Mit dem Schlapphut und der alten Karre kannst du schon als echter Künstler durchgehen, sogar ohne Studium.

Martin lachte hell auf. – Das ist eine irre Kiste, sag' ich euch. Das ist natürlich nichts für kleine Pennäler. Die Mädels sind ganz scharf drauf, mit mir zu fahren.

Wie lange bleibst du noch hier auf der Penne?, fragte Gerhard.

Überhaupt nicht mehr, erwiderte Martin. Ich wollte mich nur kurz von euch verabschieden. Und morgen Nachmittag kann ich mein Zeugnis beim alten Micki abholen.

Martin setzte sich wieder ans Steuer, startete den Motor, der mit einigen Fehlzündungen ansprang. Dann setzte sich das schwarze Schiff, in eine graue Rauchwolke gehüllt, in Bewegung und verschwand durch das Burgtor. – Gregor ist Martin nie wieder begegnet.

In den folgenden Wochen und Monaten ging Gregor mal mit diesem, mal mit jenem Klassenkameraden vom Bahnhof zur

Schule und umgekehrt. In vielen Gesprächen erfuhr er von vielfältigen Interessen, die jeder zu Hause verfolgte.

Da gab es Harry, den rothaarigen Lockenkopf, der sich im Sportangeln sehr gut auskannte. Gregor hatte ihn zweimal in ein Angelfachgeschäft begleitet und gestaunt, wie er sich mit dem Ladeninhaber unterhalten und mit welcher Sachkenntnis er Posen und Haken ausgewählt hatte. Die Zeit in der Obertertia fristete Harry am unteren Leistungslimit, weil er eigentlich in allen Fächern überfordert war. Jedenfalls beteiligte er sich nicht am Unterricht, sondern zog es vor, sich hinter seinem Vordermann zu ducken. Er verließ die Schule noch während des Schuljahrs.

Heinz Schuh, die Witzfigur mit der komischen Stimme, wurde eigentlich von niemand ernst genommen. Gregor erfuhr von ihm, dass er im Garten und auf den Wiesen allerlei Raupen sammelte, sie in Einmachgläsern mit Blättern fütterte, bis sie sich in schöne Schmetterlinge verwandelt hatten, denen er dann die Freiheit gab. Mit Fünfen in Latein und Englisch zum Schuljahresende gab er auf.

Werner Lander, Gregors Sitznachbar aus der Quarta, musste, wie er Gregor erzählte, früh morgens im Stall helfen, bevor er in die Schule fahren durfte. Dann war er fast zwei Stunden mit Fahrrad, Bus und Bahn unterwegs gewesen, wenn er in der Burg ankam. Ab der dritten Stunde überkam ihn eine bleierne Müdigkeit. Er hielt die Augen nur mühsam offen, konnte aber kaum mehr dem Unterricht folgen. Wegen schlechter Leistungen in Latein und Mathematik wurde er nicht versetzt und wiederholte die Klasse. Gregor verlor ihn aus den Augen.

Rudi war ein eifriger Kinogänger, der montags früh immer erzählte, was er am Samstag oder Sonntag gesehen hatte. Meistens waren es äußerst komische Streifen gewesen, und wenn Rudi von den Gags erzählte, musste er bisweilen so hefig lachen, dass die Erzählung auf der Strecke blieb. Er sammelte auch Kinoprogramme, die er nach Nummern archivierte. Zugleich hatte er eine umfangreiche Kartei angelegt, anhand deren er nach Filmtiteln, Schauspielern und Regisseuren suchen konnte.

Günther Lodenthal, der bei Tacker die Zeitansage übernommen hatte, war ein passionierter Fotograf. Er hatte sich eine Systemkamera zusammengespart, die legendäre *Exa* aus der Ostzone, und machte mit Hilfe eines Balgengeräts Makroaufnahmen von Pflanzen und Insekten. Er werde wahrscheinlich Biologie studieren, erzählte er Gregor.

Dann gab es da noch Robert Bärhausen in der Klasse, der, nachdem er mit seinen Eltern und dem jüngeren Bruder aus dem Osten geflohen war, in die Klasse kam. Er trug seine dunklen Haare modern, das heißt, lang bis über den Kragen im Nacken und mit einer riesigen geölten Tolle über der Stirn. Eines Morgens erschien er im Aufenthaltsraum mit einer Mütze, die er nur zögernd herunterzog.

Bis zu diesem Zeitpunkt hatte Gregor dem Neuen wenig Beachtung geschenkt. Nun schrie er: Was ist das? Seht euch den an: Der Bärhausen hat eine Sträflingsfrisur!

Einige sahen kurz von ihren Hausaufgaben auf und lachten. Der arme Robert sah erbärmlich aus. Seine Haare waren zwischen einem und drei Zentimeter lang, als wäre eine Schere wahllos durch sie gefahren.

Gregor konnte sich noch immer nicht beruhigen und fragte den derart Zurechtgestutzten: Nun sag schon, was ist denn mit dir passiert?

Robert grinste ein wenig verlegen. – Eine Woche lang hat mein Vater gesagt, ich soll mir endlich die Haare schneiden lassen, aber mir hat meine Frisur gefallen und ich fand sie überhaupt nicht zu lang. Am Samstag war er mit seiner Geduld am Ende. Das Ergebnis siehst du.

Oh, du Ärmster!, sagte Gregor. – Einen solchen Gewaltakt würde ich meinem Alten auch zutrauen.

Seit dem Gespräch über die Sträflingsfrisur empfand Gregor zunehmende Sympathie für Robert. Nach Martins Abgang kamen sie einander näher, und allmählich entwickelte sich eine Freundschaft zwischen ihnen.

Neue Kleider für den Alltag zu kaufen war seinerzeit, Anfang der Fünfzigerjahre, für viele Familien noch ein Luxus. Gregor trug damals in der Schule eine braune Uniformjacke, von der seine Mutter natürlich die Schulterstücke und sonstige Tressen abgetrennt hatte. Die Familie Bärhausen erhielt gelegentlich von entfernten Verwandten aus Amerika ein Care-Paket. In einem dieser Pakete hatte Robert ein passendes Sakko gefunden. Der hellbeige Zweireiher war natürlich viel zu elegant für die Schule, gab Robert jedoch durchaus etwas Weltläufiges. Um den Spott seiner Mitschüler abzufangen, spielte Robert bisweilen nicht ungern die Rolle einer Durchlaucht oder ließ sich mit Euer Gnaden ansprechen.

Gregor griff diese Vorstellung auf und versuchte, für Robert den Spitznamen Graf von Bärhausen einzuführen, dann analog zu Graf Bobby den Namen Graf Robby. Während alle Klassenkameraden an der Kurzform Graf Gefallen fanden und auch Robert das nicht ungern hörte, nannte Gregor ihn von nun an nur noch Robby.

Wenn Robby eine Besorgung zu machen hatte, die er auf dem Weg von der Schule zum Bahnhof erledigen konnte, begleitete Gregor ihn, denn es ging meistens nur um zehn Minuten.

Ich muss für meinen Opa noch Medikamente kaufen. Kommst du mit?

Gehen wir in die Mohren-Apotheke?, fragte Gregor.

Natürlich in die Mohren-Apotheke!, war Robbys Antwort, denn er kannte Gregors Schwäche für die älteste Apotheke am Platz.

Obwohl von zwei Seiten durch fünf große Rundbogenfenster Licht in den hohen Raum fiel, wirkte er finster, und Gregor sah sich hier immer in ein anderes, ein fernes Jahrhundert versetzt. Der Boden war mit Sandsteinplatten gefliest, die Wände bis unter die Decke mit braunem Holz vertäfelt und hinter der langen Theke mit wandhohen Schränken und Regalen zugestellt. Neben der Theke aber stand, als sei es die selbstverständlichste Sache der Welt, die lebensgroße honiggelbe Holzskulptur eines Fischers, der auf seinem Rücken einen riesigen, fast mannsgroßen, Fisch trug. Ja, direkt vis-à-vis gab es ein Fischgeschäft. Da hätte sich niemand über den Fischer mit seinem kapitalen Fang gewundert. Aber hier – in der Apotheke! Die übrigen Kunden schien das nicht zu kümmern, denn sie wandten sich sogleich der Theke zu.

Viele Male schon hatte Gregor überlegt, ob der Bildhauer jemals einen Fischer beobachtet hatte, der einen derart großen Fisch nach Hause schleppte. Und er grübelte über die Frage nach, was dieses sonderbare Motiv wohl mit der Apotheke zu tun haben könnte. Da er nie eine Antwort fand, erweckte der Anblick jedes Mal aufs Neue sein Interesse, jedoch ließ er das Fragen bald sein, suchte nach keiner Deutung mehr. Das Bildwerk selber ließ ihn staunen, und das genügte ihm.

Auf dem Schulweg durch die Altstadt kamen sie täglich an einer Zoohandlung vorbei, wo man in den beiden Schaufenstern ein großes Aquarium mit exotischen Fischen, eine Voliere mit bunten Vögeln und in Käfigen Meerschweinchen, weiße Mäuse und Schildkröten sehen konnte. Gregor fand es kurios, dass in diesem kleinen Laden Tiere aus allen Weltgegenden versammelt waren und zum Kauf angeboten wurden. Bei ihm zu Hause gab es ein Schwein, eine Ziege, Kaninchen, Hühner, Gänse und Enten. All diese Tiere stanken und machten Arbeit, aber sie waren nützlich. Nur Städter konnten auf die verrückte Idee kommen, sich unnütze Tiere in die Wohnung zu holen, dachte Gregor.

Die Beiden näherten sich der Zoohandlung, als Robby sagte: Kommst du kurz mit hinein? Ich muss Futter für unsere Wellensittiche und unsere Guppys kaufen. Robby verlangte Kolbenhirse und getrocknete Wasserflöhe. – Wenn ich Wellensittiche hätte, dachte Gregor, würde ich die Hirse im Garten aussäen, dann hätte ich Futter fürs ganze Jahr. Aber Flöhe – nein, die wollte ich doch lieber nicht selber züchten. – Ja, so war es. Robby lebte mit seinen Eltern und seinem Bruder in Bad Homburg in einer Wohnung, in die sie sich ein klein wenig Natur holten. Vermutlich hatten sie auch ein paar Blumentöpfe vor den Fenstern stehen.

Robby hatte zwei oder drei Jahre lang Akkordeon-Unterricht genommen. Als er in eine Tanzkapelle geholt wurde, beendete er die Ausbildung, suchte den Lehrer aber hin und wieder auf, um Noten von ihm zu kaufen. Herr Heinzelmann wohnte im Zentrum von Friedberg, wo er auch seine Schüler unterrichtete. Wenn die Beiden die Treppe hinaufstiegen, hörten sie schon die Übungen, die durch das Treppenhaus bis zur Eingangstür drangen.

Stopp mal kurz, sagte Herr Heinzelmann zu dem Mädchen mit den schwarzen Zöpfen. Schau dir die nächsten vier Takte mal genau an und überlege, worauf du hier achten musst. Da ist nämlich ein neues Zeichen, über das wir noch nicht gesprochen haben.

Herr Heinzelmann erhob sich, zog die Gurte des Instruments von den Schultern und stellte es auf den Boden. Er war ein großer und schwerer Mann mit konturlosen Gesichtszügen und schütterem blondem Haar. Seine weiche Stimme bildete einen sonderbaren Gegensatz zu seiner Statur. Freundlich, fast ein wenig verlegen lächelnd, streifte sein Blick Gregor nur kurz und wandte sich an Robby.

Alle Noten sind da. Na, Robert, inzwischen hast du schon ein ganz beachtliches Repertoire. Natürlich gäbe es auch noch anspruchsvollere Literatur. Hier zum Beispiel: Irische Folklore. Wär das nicht was …?

Robby verzog kurz das Gesicht und blickte auf die Uhr. – Wir müssen zum Zug. Vielleicht ein andermal.

Als sie die Treppe hinabstiegen, meinte Robby: Folklore – dass ich nicht lache! Ich will moderne Musik spielen und nicht so eine lächerliche Volksmusik.

Was gäb ich drum, wenn ich ein Instrument spielen könnte! Aber mein Alter ist geizig. Er ist gegen alles, was Geld kostet.

Meine Eltern sind auch nicht selber draufgekommen. Aber mein Onkel hat so eine kleine Quetschkommode. Er spielt nur Volkslieder. Er hat mich mal ein bisschen spielen lassen, und dann hat er meine Eltern überredet. So war das.

Einige Male besuchten sie einander. Robby war der einzige Klassenkamerad nach Martin, der jemals Gregors Elternhaus betreten hatte. Und Gregor hatte sogar einmal in der Wohnung der Familie Bärhausen in Bad Homburg übernachtet. Die Freundschaft zwischen Gregor und Robby beruhte auf Sympathie und einem gesteigerten Interesse an Mädchen; weitere gemeinsame Interessen hatten sie nicht. Und es war die freundschaftliche Beziehung, welche die Schulzeit und alle darauffolgenden Lebensphasen der Beiden überdauerte. – Es gab in Gregors Leben immer wieder einmal den einen und den anderen Menschen, in dem er zeitweise einen Freund gesehen hatte. Diese Beziehungen waren durch gemeinsame fachliche oder politische Interessen, durch den Beruf zustande gekommen oder hatten sich ganz allmählich aus einer Nachbarschaft heraus entwickelt, doch unversehens lösten sie sich auch wieder auf und verflüchtigten sich.

Der Laden

Heinrich Schulze war immer gegen ein Ladengeschäft gewesen. Ihm ging nichts über einen festen Arbeitsplatz mit einem geregelten Einkommen. Für eine selbstständige Existenz fehlte ihm die Bereitschaft zu jeglichem Risiko.

Handele, hatte er ein über das andere Mal gesagt, handele, das überlasse wir de Jude und de Zigeuner. Wir verdiene unser Geld mit ehrlicher Arbeit.

Farben will er verkaufen. Davon versteht er doch was, erklärte Gregor. Und Waschmittel. Das brauchen alle Frauen, hat er zu mir gesagt.

Und wenn er bankrottgeht, weil zu wenig verkauft wird? – Aber den stillen Friedrich schreckten die Risiken nicht ab. Er hatte es sich in den Kopf gesetzt, ein eigenes Farbengeschäft aufzumachen, und er wollte nicht warten, bis er das notwendige Kapital beisammenhatte, um ein bestehendes Ladenlokal zu mieten und einzurichten. Er wollte auch weiterhin bei dem Frankfurter Farbenhändler arbeiten und den winzigen Laden zunächst von Olga betreuen lassen, die in der Fabrik gekündigt hatte. Ein Jahr zuvor hatte sie den kleinen Hartmut, den sie Hardy riefen, zur Welt gebracht. Doch fühlte sie sich durch diese Pflicht nicht ausgelastet.

Nach einem langen und zähen Ringen hatte Friedrich seinem Vater die vordere Hälfte des Heuschuppens abgetrotzt. Der Umbau in den allerersten Laden, der eigentlich ein winziges Lädchen war, wurde ausschließlich in familiärer Eigenleistung zustande gebracht.

Die Bretterbude kann ich selber mit Tuffsteinen ausmauern und verputzen. Eine Kleinigkeit. – Da war Friedrich sich sicher.

Der vier Jahre jüngere Wotan, der im Nachbarort als Schreinergeselle arbeitete, baute die Fassade mit Eingangstür und einem kleinen Schaufenster, eine seitliche Tür vom Hof her und eine Theke. Die ersten Regale wiederum zimmerte Friedrich aus sägerauen Baubrettern zusammen.

Olga Schulze, Farben und Lacke, hatte Friedrich in plakativen, tiefroten Lettern auf eine große Holztafel über Eingang und Schaufenster gemalt. Die Regale füllte er mit einer Vielzahl von Pigmenten, für die Wotan Holzkästen gefertigt hatte, eine noch beschränkte Auswahl an Lackfarben, jeweils für innen und außen, ein erstes Sortiment von Pinseln sowie Waschpulver und Seife. Für die Wasch- und Putzmittel hatte Friedrich einen kleinen Hersteller gefunden, bei dem er äußerst günstig einkaufte, sodass er bei den Verkaufspreisen deutlich unter denen der großen Marken bleiben konnte. Damit lockte er die Hausfrauen aus dem Dorf an. Diese wiederum machten ihre Männer auf das Angebot an Farben und Pinseln aufmerksam. So lief es zunächst einmal darauf hinaus, dass Friedrich während der Woche abends und am Samstag die männliche Kundschaft bediente und Olga Zeit hatte, sich allmählich in die neue Materie einzuarbeiten.

Wir haben neuerdings auch Schulhefte, eröffnete Friedrich dem Pennäler Gregor. Einfach und doppelt liniert, kariert, mit und ohne Rand. Und natürlich auch blanko.

Du musst aber billiger sein als die anderen Geschäfte, wo sie fünfundzwanzig Pfennig kosten. Nicht mehr als zwanzig darfst du verlangen. Geht das?

Ich dachte, fuhr Friedrich fort, du könntest auch an deiner Schule Hefte verkaufen.

Iwo! Was denkst du! Ich will doch nicht mit einem Bauchladen in der Schule rumlaufen. Nein, das ist nichts für mich.

Aber du sollst das doch nicht umsonst machen; du kannst auch etwas dabei verdienen. Du bekommst das Heft von mir für fünfzehn und verkaufst es für zwanzig, verdienst also pro Stück fünf Pfennig. Versuch's doch mal!

Gregor nahm zunächst einmal von jedem Heft zwei Exemplare mit und erwähnte sein Angebot vor Unterrichtsbeginn im

Aufenthaltsraum der Fahrschüler. Als er mittags nach Hause fuhr, hatte er vier Hefte verkauft. Aus Pappe klebte er sich einen vier Zentimeter breiten Schuber zusammen, damit er die Hefte künftig schonend in seiner Schultasche transportieren konnte.

Als er am nächsten Morgen auf dem Bahnsteig stand und der Zug einfuhr, winkten ihm einige Schüler aus offenen Fenstern zu und riefen: Hier her, Schulze! Hier her!

Nanu, dachte Gregor. Seit wann haben die Vilbeler Sehnsucht nach mir? Es waren sechs Aufbauschüler aus unterschiedlichen Klassen, die aus Vilbel und der näheren Umgebung kamen. Zwei brauchten dringend Hefte, um schnell noch ihre Hausaufgaben abzuschreiben. Fast jeden Morgen wurde Gregor nun zu dieser Gruppe gelotst, von denen immer jemand mit einer Aufgabe im Verzug war. Im Aufenthaltsraum ging der Verkauf weiter und sogar während des Unterrichts kam es immer wieder einmal vor, dass ihm zwei Zehner und ein kleiner Zettel zugeschoben wurde mit der Notiz *kariert mit Rand* oder einer ähnlichen Anforderung. Längst musste Gregor bei Olga nicht mehr auf Pump einkaufen, sondern konnte sofort bezahlen, denn sein kleiner Laden hatte sich an der Schule herumgesprochen und lief so gut wie von selbst. Es machte ihm Freude, dass man ihn brauchte und er auch noch etwas dabei verdiente. Die Umsätze hielten sich natürlich in Grenzen, aber es kamen immerhin ein paar Mark pro Woche zusammen. Außerdem bekam er vom Vater sein bescheidenes Sonntagsgeld, das im ersten Jahr eine Mark betrug und pro Jahr um eine Mark stieg.

Bereits nach drei Jahren drohte Olgas provisorischer Laden aus den Nähten zu platzen. Wenn Gregor sich abends zu Friedrich und Olga in deren Küche setzte, ging es meistens um das Geschäft und die Notwendigkeit einer räumlichen Vergrößerung und einer Erweiterung des Sortiments.

Du wirst dich wundern, sagte Olga zu Friedrich. Aber die Feinseifen gehen besser als die Kernseife. Zweimal wurde ich schon nach Geschenkpackungen gefragt.

Dann bestelle ich gleich mal drei verschiedene Größen von 4711. – Friedrich blätterte in dem Katalog seines Grossisten.

Hier, das sieht doch gut aus, die Packung mit der altmodischen Postkutsche. Ein Stück Seife und eine Flasche Kölnisch Wasser.

Olga war begeistert. – Endlich mal was Schönes in unserem Laden!, rief sie. Friedrich wollte auch Tapeten und Fußbodenbeläge verkaufen, er wollte das Angebot an Farben und Werkzeugen vergrößern, und schließlich wollte er Lacke selber produzieren.

Noch warf der Laden zu wenig Gewinn ab, als dass Friedrich seinen Arbeitsplatz in Frankfurt hätte aufgeben können. Es gab noch einen viel gewichtigeren Grund, für eine gewisse Zeit in dem Arbeitsverhältnis zu bleiben. Schließlich hatte er als Jugendlicher nur eine Malerlehre absolviert, und nun sammelte er Erfahrungen nicht nur im Verkauf, sondern auch in der Produktion, und er wollte erst kündigen, wenn er alle Vorgänge vollkommen beherrschte, um seine eigene Firma fachlich kompetent aufzuziehen.

Friedrich rechnete vor: Wenn ich Farben einkaufe und wiederverkaufe, verdiene ich, wenn ich die Steuer und sonstige Kosten abziehe, vielleicht zehn bis fünfzehn Prozent. Wenn ich sie selber produziere, mindestens fünfzig, vielleicht hundert, womöglich sogar zweihundert Prozent.

Gregor staunte. Stimmt das wirklich?

Wenn ich nur die Rohstoffe kaufe, umgehe ich die Lackfabrik und den Großhandel. Dann summieren sich bei mir drei Verdienstspannen. Ist doch ganz leicht zu kapieren. Oder?

So kann man ja reich werden! Warum machen das nicht alle so?

Weil's nicht alle können. Aber ich komme allmählich dahinter, weil mein Chef es genauso macht.

Friedrich bedrängte seinen Vater so lange, bis dieser bereit war, ihm ein Stück seines Gartens abzutreten. Hier entstand ein anderthalbstöckiger unterkellerter Bau, der genug Platz für alles bot, was Friedrich in sein Programm aufnehmen wollte. Im Hof stand nun ein elektrischer Kessel zum Kochen von Lack aus Kunstharz. Bei einer Firmenauflösung kaufte Friedrich zum Schrottpreis ein großes Mischwerk, zwei Trichtermühlen, einen Walzstuhl sowie eine Tiegeldruckpresse mit zwei Sätzen Bleilettern. Alle Maschinen stellte er im Keller des Neubaus auf.

Gregor, kannst du mir mal beim Abfüllen helfen? – Gregor, du hast doch oft schon zugeguckt, wie ich Etiketten bedruckt hab. Willst du's auch mal versuchen? – Gregor, du könntest mal diesen Stapel Dosen etikettieren.

All diese Arbeiten waren interessant und gar nicht schwer, sodass zwei Stunden wie im Flug vergingen. Nur selten steckte Friedrich ihm eine Mark zu. Aber Gregor vermisste die Entlohnung nicht, denn mit Friedrich war er gerne zusammen. Bei ihm lief die Arbeit ruhig und entspannt.

Friedrich hatte nun sehr viel zu tun und konnte in der Frankfurter Firma kündigen. Über viele Jahre hatte er seinen Chef, wie er sagte, mit den Augen bestohlen und sich dessen Wissen und Fertigkeiten zu eigen gemacht. Er las regelmäßig die Fachzeitschrift *Farbe und Lack*, aus der er weitere Erkenntnisse, vor allem über moderne Dispersionsfarben und wasserlösliche Lacke, gewann. Als auch der Schriftverkehr zunahm und in dem vergrößerten Laden die erste größere Inventur zu schreiben war, kaufte Friedrich eine alte Schreibmaschine. Allerdings ging das Tippen mit zwei Fingern so langsam, dass er anfangs schier verzweifelte.

Wenn doch nur einer in der Familie mit zehn Fingern schreiben könnte!, beklagte er sich bei seinem Vater.

Wozu schicke wir den Gregor auf die Schul?, antwortete Heinrich.

Natürlich war das noch nicht die Lösung des Problems, denn an einer höheren Bildungsanstalt erlernte man nicht eine derart banale mechanische Fertigkeit. Deshalb bekam Gregor von seinem Vater einen Kurs im Maschinenschreiben mit zehn Fingern an einer privaten Handelsschule finanziert, musste die jährlichen Inventurlisten tippen und durfte sich im Gegenzug die Schreibmaschine jederzeit ausleihen.

Olgas Geschäft, das eigentlich Friedrichs Firma war, machte mittlerweile gute Umsätze. Friedrich sprach davon, dass er in absehbarer Zeit ein Auto kaufen wolle, einen Kombi, damit er auch Firmen und einige Ladengeschäfte beliefern könnte. – Die Ladentür stand jedoch nur selten offen. Von Anfang an gab es eine Klingel, mit der die Kunden sich melden mussten. Laut rasselte die Schelle im Treppenhaus, sodass es durchs ganze Haus scholl. Olga riss ihre Küchentür auf und rannte die Holztreppe hinunter. Das klang wie eine Maschinengewehrsalve. So ging das zwanzig- oder dreißigmal am Tag, und Gregor war derjenige, dem dieser Lärm am meisten auf die Nerven ging. Ein über das andere Mal beklagte er sich bei seinen Eltern.

Es wäre doch allmählich an der Zeit, dass Friedrich auch einmal an das Privatleben von sich und seiner Familie denkt und endlich ein Wohnhaus baut. – Aber Vater Heinrich musste den Lärm nicht ertragen, denn wenn er von der Arbeit nach Hause kam, war der Laden geschlossen. Und für Mutter Margot, die seit ihrer Kindheit daran gewöhnt war, alle Zumutungen als gottgegeben hinzunehmen, war dies kein Grund zu einer Klage.

Tatsächlich bauten Friedrich und Olga auch ein Wohnhaus in den Garten der Eltern. Aber das war erst nach dem Ende von Gregors Schulzeit, als die Beiden bereits zwei Kinder hatten, den Sohn Hardy und die Tochter Maika.

Haus und Hof

Von Jahr zu Jahr wurde Gregor mehr in die Arbeiten in Haus, Hof und Garten einbezogen. Heinrich brachte ihm das Mähen mit der Sense bei. Ab sofort musste er jeden Nachmittag mit dem Handwagen zur Wiese fahren, die auf halber Strecke zur Wetter lag, um Gras für die Ziege zu mähen. Die Mutter ließ ihn im Garten die Beete umgraben, während sie das Glattrechen und Einsäen übernahm. Da unter den Brüdern viel über Technik diskutiert wurde, ging die Mutter davon aus, dass hinter den forschen Reden auch Kompetenzen stünden.

Gregor, befahl sie, das Bügeleise wird net mehr heiß. Bring mir das mal in Ordnung.

Natürlich sagte Gregor niemals, dass er etwas nicht könne. Diese Blöße durfte er sich nicht geben. Er ging also mit dem Bügeleisen in Wotans kleine Kellerwerkstatt, schraubte es auseinander, untersuchte alle Kontakte und Verbindungen, fand eine lose Klemme, schraubte sie fest und präsentierte der Mutter stolz das intakte Bügeleisen.

Gregor, der Schalter vom Flurlicht funktioniert net mehr. Bring den mal in Ordnung.

Dann war eine Scheibe vom Fenster des Hühnerstalls zerbrochen.

Bring das in Ordnung, sagte die Mutter.

Fühlte Gregor sich einmal überfordert, fragte er abends einen der Brüder, von denen immer einer Rat wusste, sodass er das Problem doch noch lösen konnte.

Es gab weder einen Dank noch ein Lob von der wortkargen Mutter, und Gregor hatte sich daran gewöhnt, das auch nicht zu erwarten. Das Erfolgserlebnis war für ihn ein Triumph, den er bewusst genoss, denn er hatte wieder einmal bewiesen, dass er mit den älteren Brüdern gleichziehen konnte. Mehr war sowieso nicht möglich.

Wenn Gregor samstags den Schweinestall ausmistete, trieb er das Schwein in den Hof. Bevor er es wieder in den frisch gestreuten Stall ließ, hatte er mehrmals versucht, auf dem kräftigen Tier zu reiten. Es hätte ihn ohne weiteres tragen können, dazu war es stark genug, aber es bockte und rannte los, sodass Gregor herunterfiel, da es keine Möglichkeit für ihn gab, sich festzuhalten.

Blöde Sau!, rief er. Wir könnten doch wirklich ein bisschen Spaß miteinander haben. Dieses dumme Vieh hat wirklich keine Spur von Humor.

Vor dem Krieg war Vater Heinrich für das Schlachten von Hühnern zuständig gewesen. Danach hatte Friedrich diese Aufgabe übernommen, bis auch er Soldat wurde. Schließlich kam Wotan an die Reihe. Nach dem Krieg wandte sich die Mutter, wenn ein Huhn keine Eier mehr legte oder den Kopf hängen ließ, wieder an Heinrich. Der spielte einige Male den Scharfrichter, bis er sich erinnerte, dass er ja große Söhne hatte, die das auch übernehmen könnten. Dieses Spiel des Delegierens wurde einige Male geübt, wobei es auch hilfreich sein konnte, wenn jemand eine treffende Ausrede hatte oder mal ganz schnell wegmusste. An einem Samstagnachmittag lief diese Kette zum ersten Mal durch bis zu Gregor. Da er schon oft zugeschaut hatte, wusste er, was zu tun war. Er wollte auch überhaupt nicht über eine Ausrede nachdenken – im Gegenteil. Für ihn als dem Jüngsten galt das Prinzip: Was die anderen können, kann ich auch. Was die anderen dürfen, will ich auch. Er war sechzehn, hielt sich aber schon für fast erwachsen.

Er trug also den Hackklotz zur Rinne beim Wasserhahn an der Hausecke zum Garten und lehnte das Beil an den Klotz. Im Zwinger wartete das auserwählte Huhn schon in einer Ecke. Als Gregor es packen wollte, flatterte es davon. Nach drei Runden durch den Pferch musste es sich geschlagen geben. Gregor hielt es an den Flügeln, nahm dann noch die Füße und den Schwanz dazu, sodass es sich nicht mehr bewegen konnte. Nur den Kopf wandte es noch hin und her, überlegte wohl, was denn jetzt käme. Gregor legte den Hals auf den Hackklotz und strich zweimal sanft über die Federn. Jetzt lag es ganz still und schien zum Sterben bereit zu sein. Ganz langsam bückte Gregor sich, nahm das Beil, holte aus und schlug in der Halsmitte den Kopf ab, der zu Boden fiel. Nun wollte er noch wissen, ob es tatsächlich zutrifft, was alle erzählten, dass nämlich ein Huhn auch ohne Kopf fliegen könne. Er hob also das kopflose Huhn an, hielt es in Richtung Garten und ließ es los. Tatsächlich hob es ab und verschwand flatternd in einer Reihe Buschbohnen, wo es liegenblieb.

Die Stallhasen hatte Heinrich nie selber geschlachtet. Dazu ließ er entweder Herrn Windisch kommen, der die nötige Handfertigkeit besaß, oder er brachte den Hasen, der in einen Sonntagsbraten verwandelt werden sollte, am Samstag zu dem alten Ruppert, dem pensionierten Oberförster von gegenüber. Gregor hatte immer zugeschaut, jeden Handgriff verfolgt, jahrelang. Herr Ruppert war ein drahtiger kleiner Mann, wahrscheinlich schon lange verwitwet, denn er lebte, solange Gregor sich erinnern konnte, in der Familie seines Sohnes. Sein Schädel war kahl, und im Gesicht trug er einen mächtigen weißen, an den Enden hochgezwirbelten Schnurrbart, der vom Pfeifenrauchen in der Mitte braun eingefärbt war. Das Schlachten und Abschwarten, wie er das Abziehen nannte, hatte er früher unzählige Male an Hirschen, Rehen, Füchsen und Feldhasen geübt. Aus dieser Zeit besaß er noch sein sorgsam gehütetes Jagdmesser mit Ledergriff und gebogener Klinge, die scharf war wie ein Rasiermesser. Herr Ruppert packte den Hasen zunächst an den Ohren, in der anderen Hand hielt er das frisch abgezogene Messer, schritt zur Mistgrube, wo er das Messer auf dem Mäuerchen vorsichtig ablegte. Er umfasste mit der linken Hand die Hinterläufe, drehte den Hasen um, sodass der Kopf nach unten hing. So wartete er, bis das Tier sich ganz ruhig verhielt. Dann versetzte er ihm mit der rechten Handkante einen kräftigen Schlag in das Genick. Der Hase zuckte nur kurz. Ruppert legte ihn auf das Mäuerchen, schnitt ihm mit dem Messer die Kehle durch und hob ihn wieder an den Hinterläufen zum Ausbluten über dem Mist in die Höhe.

Das war immer ein eigentümlicher Moment, bei dem es Gregor ein wenig fröstelte. Innerhalb einer Sekunde hatte der Alte aus dem lebenden einen toten Hasen gemacht. Und das tat er mit einer Sachlichkeit, so wie wenn ein Schreiner ein Brett absägt und glatthobelt. Ob ich das auch könnte, fragte sich Gregor. Ich glaube, der Ruppert hat noch nie einen Hasen gestreichelt oder gekrault.

Herr Ruppert war ein schweigsamer Mann. Gregor durfte ihm zusehen, sollte nicht viel reden oder fragen und vor allem nie im Wege stehen. So konnte sich die Möglichkeit ergeben, dass Ruppert auch einmal einen erklärenden Satz äußerte. Aber beim Ausbluten gab es nichts zu erklären. Ruppert band die Hinterläufe an einen hölzernen Bügel, der im Heuschuppen mit einer Schnur an einen Balken geknüpft war. Er führte die üblichen Schnitte an den vier Füßen, wo an diesen das Fell blieb, an den Beinen entlang und der Länge nach an Bauch und Brust. Dann begann er mit dem Abziehen des Fells, wobei er immer wieder mit der scharfen Klinge nachhalf, das Fell von der Unterhaut zu trennen. Dabei ging er sehr behutsam vor.

Fasziniert von der Sicherheit des alten Ruppert, verfolgte Gregor jeden Handgriff, jeden Schnitt. Nein, es gab hier wirklich nichts zu fragen, denn nach wiederholtem Zuschauen wusste er schon, was als nächstes kam. Die Wortkargheit des Alten ließ Gregor umso konzentrierter hinsehen, machte es zu einem geradezu sachlichen Vorgang. Niemals hatte er beobachtet, dass Ruppert einmal in das Fell geschnitten hätte. Bei Herrn Windisch war das öfter vorgekommen. Gregor musste dann schnell einen Schritt zurücktreten, weil der Windisch sogleich heftig fluchte. Gregor war sich nie sicher, wer dieses Missgeschick verschuldet hatte, der Hase, das Messer oder gar er. Herr

Ruppert behielt sogar die Ruhe, wenn er den Kopf abzog, was besonders schwierig zu sein schien. Wenn er den Bauch aufschnitt, führte er die Messerklinge zwischen zwei Fingern, um den Darm nicht zu verletzen. Wenn Ruppert mit der Rechten in die Bauchhöhle fasste, lief Gregor eine Gänsehaut über den Rücken. Das musste doch eklig sein, dachte er. Vorsichtig zog Ruppert Magen und Gedärm aus dem Inneren, die auf dem Misthaufen landeten, wo sie später abgedeckt wurden.

Wenn Ruppert die Gallenblase mit der Messerspitze aus der Leber schnitt, sagte er immer: Hier muss man ganz sorgsam vorgehe. Wenn die Gall ausläuft, ist die ganz Lewer versaut. Die kann man dann net mehr esse.

Er trennte noch das Zwerchfell durch und entfernte die beiden Lungenflügel sowie die Speiseröhre und die Luftröhre. Nieren, Herz und Leber beließ er an ihren Plätzen. Nachdem er sich die Hände und das Messer gewaschen hatte, band er den ausgenommenen Hasen vom Bügel los und packte ihn mit der einen Hand, das Fell mit der anderen.

Komm, Gregor, sagte er. Mach mir das Tor uff.

Sie gingen über die Gasse nach Hause, wo die Mutter den Hasen entgegennahm und Heinrich das Fell. Herr Ruppert bekam eine Mark, die er für das Schlachten verlangte.

Also dann. Und lasst en euch schmecke! – Ohne sich länger aufzuhalten, ging er.

Heinrich spannte das Fell auf einen dreieckigen Lattenrahmen, den er zu den anderen Fellen zum Trocknen an die Schuppenwand hängte.

Drei- oder viermal im Jahr erscholl ein Ruf durch die Gasse: Hasefell – Hasefell – Hasefell!

Gregor wusste, dass das der Fellsammler war. Er lief hinaus, winkte dem Mann zu, ließ das Hoftor offenstehen und holte die getrockneten Felle vom Schuppen. Inzwischen stand der Sammler, der seinen Karren vor dem Tor hatte stehen lassen, im Hof.

Na, wie viel hast de? Wie sehn se aus? Für jedes Loch gibt's Abzug.

Für jedes gute Fell zahlte er fünfzig Pfennige. Für jedes Loch wurden zehn Pfennig abgezogen. Stolz legte Gregor das Geld auf den Küchentisch.

Das war nun schon einige Jahre her, denn nach der Währungsreform hatte Vater Heinrich damit aufgehört, die Hasen zu vermehren. Nach einem Jahr waren alle aufgegessen. Gregor bedauerte das, denn er hatte immer einmal einen Hasen aus dem Stall geholt, ihn im Hof hoppeln lassen oder ihn in ein Wägelchen gesetzt und umhergefahren. Oder er hatte ihn einfach auf seinen Arm genommen und gestreichelt. Dafür blieb ihm jetzt nur noch der Hund, der wohl an der Kette lag, es aber sehr gern mochte, wenn Gregor ihn zwischen den Ohren kraulte oder streichelte. Die Ziege hingegen mit ihrem borstigen Fell mochte überhaupt keine Zärtlichkeiten.

Warum haben wir eigentlich keine Hasen mehr? Ich finde es schade. Hab sie damals immer gern gestreichelt und mit ihnen gespielt.

Ach was, die Hase – die warn doch zum Esse da und net zum Spiele, gab Vater Heinrich zurück.

Ich hab das Hasenfleisch auch gern gegessen.

Das Hasefleisch schmeckt doch nach nix, sagte Heinrich. Außerdem hat mer da ka groß Stück, sondern immer die viele klane Knöchelchen. Die Nagerei kann ich gar net leide.

Aber Hühner sind noch kleiner. Die magst du.

Hühnerfleisch schmeckt besser. Aber mit de Knoche is das genauso lästig.

Willst du die Hühner etwa auch noch abschaffen?

Natürlich net. Wir brauche doch die Eier. Außerdem is das Schlachte einfacher. Das kannst du sogar schon. De Kopf wird abgehackt, und die Mama braucht das Huhn nur noch zu rupfe und auszunemme.

Das Hasenschlachten, warf Gregor ein. Das wär doch kein Problem gewesen, das hätt ich übernehmen können. Ich hab lange genug zugeguckt, wie der alte Ruppert es gemacht hat.

Heinrich wandte den Kopf zur Seite und winkte energisch ab. Schluss jetzt damit! Es geht nix über e ordentlich Stück Schweinefleisch.

Unter Kunstverdacht

Zeichnen war das einzige Fach, in dem Gregor, auch ohne sich besonders anzustrengen, eine Eins oder eine Zwei bekam. Allerdings zeichnete und malte er auch bisweilen zu Hause. Doch wäre er nie auf den Gedanken verfallen, diese Bilder mit in die Schule zu nehmen, um sie dem Kunstlehrer zu zeigen. Herr Kutscher war wie fast alle Lehrer nicht besonders aufgeschlossen. Niemand wusste, ob er überhaupt mit einem Pinsel umgehen konnte. Auf seinem Lehrertisch lagen meistens zwei Leicas mit diversem Zubehör. Doch hatte Gregor auch nie Fotos von Kutscher zu Gesicht bekommen. Anscheinend besaß er keinen Ehrgeiz, mit seinen Kreationen an die Öffentlichkeit zu treten.

Gegen Ende der Untertertia hatte Kutscher gesagt, sie sollten nächste Woche einen Spiegel mitbringen, um ein Selbstporträt zu zeichnen. Gregor lieh sich zu Hause einen postkartengroßen Aufstellspiegel aus. Einige Schüler hatten bis zu dreißig Zentimeter hohe Spiegel, andere nur kreisrunde Taschenspiegel. Kutscher sagte lediglich, dass zum Selbstporträt der ganze Kopf gehöre, einschließlich Hals und Kragen.

Sie gaben sich redliche Mühe, und das Feld der Resultate streute mächtig. Kutscher lobte Gregors Zeichnung, aber er selber war überhaupt nicht zufrieden, weil er mit der von vorne gesehenen und verkürzten Nase nicht klargekommen war.

Nächste Woche bringt ihr den Spiegel noch einmal mit und auch eure Deckfarben, sagte Kutscher. Dann werden wir die Zeichnung farbig fassen.

Am Sonntagnachmittag, als seine Eltern zu einem Spaziergang aufgebrochen waren, band Gregor sich eine Krawatte um, nahm sich seinen Zeichenblock und einen weichen Bleistift, setzte sich auf den Küchentisch und stellte die Füße auf einen Stuhl. In dieser Position konnte er sich im Spiegel, der über dem Spülbecken angebracht war, sehr gut sehen. Zunächst experimentierte er mit seiner Mimik. Zum Grinsen zog er die Mundwinkel in die Höhe, riss die Augen weit auf, wobei sich neben diesen viele Lachfältchen zeigten. Er zog die Mundwinkel nach unten, schob die Unterlippe vor und presste die Augenlieder zu winzigen Sehschlitzen zusammen; diese finstere Miene gefiel ihm schon besser. Er kniff einmal das linke, danach das rechte Auge zu, zog den einen, dann den anderen Mundwinkel in die Höhe.

Er musterte seine ernsthafte, nunmehr wieder entspannte Miene. Ja, die Krawatte machte sich gut. Aber die Haare zwischen den Augenbrauen störten ihn. Er stieg vom Tisch herunter und trat dicht vor den Spiegel, um die Härchen mit einer Pinzette auszuzupfen. Auch mit seiner Frisur war er nicht zufrieden. Er rieb sich Wasser in die Haare, kämmte sie locker durch und schob sich rechts eine Tolle hin. Die nass gesträhnten Haare würden sich leichter zeichnen lassen. Er hob die Augenbrauen und schob sie zugleich zusammen, sodass auf seiner Stirn zwei lange, gewellte Falten entstanden und sich über der Nasenwurzel zwei kurze senkrechte Falten bildeten. Nun sah er deutlich älter aus. – So entstand sein zweites Selbstbildnis, das in seiner Qualität über das erste hinausging.

Als die Eltern zurückkehrten, war die Zeichnung fertig. Mutter Margot lobte das Bild und bemerkte, sie hätten so etwas nie in der Schule gelernt. Immer nur Ahornblätter hätten sie zeichnen müssen. Vater Heinrich meinte trocken, es sei noch kein

Meister vom Himmel gefallen. Üben – üben – üben, heißt die Parole!, mahnte er.

Das Kolorieren der im Unterricht gefertigten Zeichnung fand Gregor langweilig, weshalb er sich auch wunderte, dass dann trotzdem eine Eins auf der Rückseite stand. Zu Hause zeichnete er noch zwei weitere Selbstporträts, bei denen er die allmählichen Fortschritte erkannte. Ein grimassierendes Porträt traute er sich noch nicht zu. Stattdessen zeichnete er leichtere Motive. Knochen, Pflanzen und Rosen in einer Vase. Hier war er freier, und ein Betrachter hätte es schwerer gehabt, dem Zeichner einen Fehler nachzuweisen. – Alle Zeichnungen wanderten in eine Mappe, und es gab niemanden im Haus, der sich für deren Inhalt interessiert hätte.

In der Obertertia bekamen sie eine Zeichenlehrerin. Von ihr wurden sie gleich in der ersten Doppelstunde mit dem Thema Bildnis überrumpelt. Diesmal sollte jeder einen Klassenkameraden seiner Wahl porträtieren. Gregor entschied sich spontan für Otto, der älter als der Klassendurchschnitt war und ein hageres Gesicht mit ausgeprägten Zügen hatte. Ottos Nase war, im Gegensatz zu seiner eigenen, ein wenig plattgedrückt und nicht ganz symmetrisch. Gregor zeichnete los, musste nicht viel radieren und war nach einer guten halben Stunde fertig.

Das läuft ja gut bei dir, sagte Frau Pfitzner. Du kannst noch ein zweites Porträt zeichnen. Such dir ein anderes Modell!

Jetzt entschied Gregor sich für Gunter, dessen Jochbeine stark ausgeprägt waren, was seinem Gesicht einen slawischen Einschlag gab. Gregor zeichnete ihn allerdings nicht frontal, sondern entschied sich für das Halbprofil. Das macht nun richtig Spaß, dachte er. Die Nase kam jetzt fast von selber. Er hatte auch das rein konturierende Zeichnen aufgegeben. Da Gunter dicht beim Fenster saß, gab es starke Kontraste zwischen Licht und Schatten auf dem Gesicht, die Gregor in großzügige Schraffuren übersetzte. – Jetzt muss ich dranbleiben, dachte er. Ich glaub, ich hab den Bogen raus.

Zu Hause mussten die Eltern ihm Modell sitzen. Allerdings standen sie an einem Abend nur für maximal eine Zeichnung zur Verfügung. Zunächst arbeitete er sich am Kopf von Vater Heinrich ab – mal strenges Profil, mal Halbprofil. Als er sich Mutter Margot vornahm, wollte er sich die Arbeit ein wenig erschweren, weshalb er nicht mit dem Bleistift, sondern mit einem schwarzen Kugelschreiber zeichnete. Aber diesmal hatte er sich doch übernommen. Denn natürlich unterliefen ihm Fehler, die sich nicht leicht korrigieren ließen. Mit Deckweiß strich er die misslungenen Stellen zu und zeichnete darüber. Allerdings hatte er nun zwei verschiedene Weißtöne auf dem Blatt. Dieser Versuch war endgültig misslungen.

Einmal ließ Gregor den Neffen Hardy Modell sitzen. Er merkte gleich, dass der Kleine nicht stillhalten wollte. Wenn überhaupt etwas zustande kommen sollte, musste er sehr schnell zeichnen. Er warf großzügige Strichlagen auf das Blatt, wobei er den Formen wiederholend nachging. Nach zehn Minuten war die Studie fertig. Die Ähnlichkeit ließ sehr zu wünschen übrig, aber der Gesamteindruck übertraf die bisherigen Porträtversuche an Lebendigkeit bei weitem.

In der Untersekunda gab es schon wieder eine neue Zeichenlehrerin. Sie hieß Frau Carlson und war eine kleine rundliche Person. Bei ihr wurde nur gemalt – zunächst auf den Zeichenblock A3, dann bekamen sie braunes Packpapier, das in unregelmäßige Stücke geschnitten war. Frau Carlson wollte sie zu einem pastosen und deckenden Malen anleiten, was aber mit den Farben aus dem Farbkasten nur möglich war, wenn sie Deckweiß beimischten.

Eigentlich solltet ihr Temperafarben in Tuben haben, sagte Frau Carlson. Deshalb werdet ihr auch über Etüden nicht hinauskommen. Aber ich kann doch sehen, ob ihr das Prinzip verstanden habt und ob ihr gut moduliert. Malen ist modulieren und nicht anstreichen, meine Lieben!

Als Gregor wieder einmal seinem großen Bruder Friedrich in dessen Farbküche zur Hand ging, erzählte er ihm von den Malversuchen in der Schule.

Richtige Tubenfarben kann sich keiner von uns leisten, meinte Gregor. Du hast doch damals als Lehrling Landschaften mit Ölfarben gemalt. Die sind wohl sehr teuer?

Das kommt auf die Qualität an, war Friedrichs Auskunft. Gute, lichtechte Farben, die sich über Jahrhunderte nicht verändern sollen, müssen mit teuren und reinen Pigmenten hergestellt werden. Aber für Übungszwecke kann man die Pigmente stark mit Füllstoffen verschneiden, genauso wie wir das bei unseren Lacken machen. Du siehst ja hier die Säcke mit Champagnerkreide, Schwerspat und Lithopone stehen. Das sind die Stoffe, mit denen wir Geld verdienen, nicht mit den Pigmenten.

Friedrich schmunzelte verschmitzt. – Deshalb nennen wir die Füllstoffe auch Dividendenpulver.

Friedrich zeigte auf einen Stapel Kartons. Da sind leere Tuben drin. Nächste Woche will ich pastose Ölfarben abreiben, die wir in Tuben abfüllen und die dann als Abtönfarben in den Laden kommen.

Gregors Augen leuchteten.

Damit kann man doch auch malen?

Natürlich kannst du das. Du hilfst mir beim Abfüllen, druckst Etiketten und klebst sie drauf. Und am Schluss kannst du dir ein Farbsortiment zusammenstellen.

Gregor war begeistert. Wann fangen wir an?

Gleich am Montag.

Gregor machte sich auf die Suche nach einem Stück Hartfaserplatte, fand auch einen Rest, der etwa zwanzig auf dreißig Zentimeter maß. Er grundierte die Platte mit weißer Fassadenfarbe, bevor er an seine Hausaufgaben ging, die er mäßig konzentriert hinter sich brachte. Eigentlich wusste er, was er malen wollte. Er erinnerte sich, dass Friedrich seinerzeit als Lehrling Landschaftsbilder nach Postkarten gemalt hatte. Also brauchte auch er eine Vorlage. Nach dem Abendessen nahm er sich seine Sammelmappe vor, in der er alle Kalenderbilder aufbewahrte, deren er in den letzten Jahren hatte habhaft werden können, und bald hielt er in der Hand, was er gesucht hatte. Es war eine Alpenlandschaft mit allem, was ihm schön und reizvoll dünkte. Auf einer mit saftigem Gras bewachsenen hügeligen Wiese stand eine Almhütte mit tief heruntergezogenem Dach, das mit dicken Felsbrocken beschwert war. Die Wände bestanden aus dunkelbraunem Fachwerk, das weiß ausgefacht war. Es gab eine grob gezimmerte Tür und zwei kleine Fenster, vor denen es tiefrot blühte. Vermutlich waren es Geranien – was sonst? Seitlich reichte ein Weidezaun in das Bild hinein, hinter dem eine braunweiße Kuh stand. Dort, wo die Wiese im Mittelgrund aufhörte, standen ein paar Laubbäume und danach stieg der Fels steil und bizarr an bis in die Region des ewigen Schnees. Gregor war noch nie in den Alpen gewesen, aber genauso und nicht anders musste es dort aussehen. Daran gab es für ihn keinen Zweifel. Schließlich hatte er schon eine Vielzahl von ähnlichen Bildern gesehen.

Am Sonntag zeichnete er die Landschaft in groben Zügen auf die grundierte Platte. Kaum konnte er es erwarten, mit den Farben anzufangen. Aber es dauerte noch eine ganze Woche, bis die wichtigsten Farbtöne abgefüllt und etikettiert waren. Endlich durfte er seine Auswahl treffen: Titanweiß, Chromgelb, Ultramarinblau, Preußischblau, Mischgrün, Lichter Ocker, Umbra, Zinnoberrot, Karminrot, Rußschwarz. Friedrich füllte ihm noch Testbenzin und Leinöl in kleine Fläschchen. Borstenpinsel hatte Gregor bereits.

Sehr bald musste Gregor erkennen, dass die Ölmalerei durchaus ihre Tücken hatte und gar nicht so leicht von der Hand ging, wie er sich das gedacht hatte. Aber er schmierte munter drauf los, schön pastos, sodass die Steine auf dem Hüttendach und vor allem die Felsen ein kräftiges Relief bildeten. Die Wiese bestand leider nur aus einer langweiligen grünen Fläche, die er durch Hineintupfen einiger weißer, gelber und roter Punkte in eine Blumenwiese zu verwandeln suchte.

Entsprechend waren die Kommentare der Familienmitglieder auch eher zurückhaltend. Vater Heinrich sagte: Guck dir das große Ölbild vom Friedrich an, das in der Wohnstub hängt. Ich glaub, das dauert noch, bis du mal so weit bist.

Gregor erwiderte nichts darauf. Aber er wollte ja etwas ganz Anderes. Er wollte kein Kopist werden, sondern sein nächstes Bild nach einem eigenen Entwurf malen – und zwar modern! Die würden sich wundern.

Auf eine grundierte Hartfaserplatte, die etwa vierzig Zentimeter hoch war, zeichnete er bei starkem Seitenlicht nach dem Spiegel ein Selbstporträt. Die Malerei sollte nicht realistisch, sie sollte impressionistisch oder expressionistisch sein – der Unterschied war ihm nicht ganz klar, aber darauf kam es ja auch nicht an. So viel stand fest: Er durfte den Pinsel locker führen, und bei den Farben konnte er sich die größten Freiheiten herausnehmen. Allerdings zeigte es sich, dass das mit dem lockeren Pinsel leichter gedacht als getan war, und so orientierte er sich doch wieder ziemlich konsequent an den gezeichneten Konturen. Die Lichtseite des Gesichts modulierte er in aufgehellten Gelb-, Ocker- und Rottönen, während er die Schattenpartien zwischen Grün- Blau- und Violetttönen variierte.

Die Reaktionen der Familie fielen nun deutlicher aus. Kein Lob, keine Zustimmung, keine Ermunterung. Von wegen modern! Ein ziemliches Geschmier sei das. Wenn man nicht wüsste, dass er, Gregor, das gemalt habe, möchte man meinen, ein Irrer hätte sich hier ausgetobt, kritisierte Vater Heinrich unverblümt.

Das traf Gregor hart. Trotzig gab er Kontra: Was wisst ihr denn von moderner Kunst! Als nächstes male ich ein abstraktes Bild. Dann werdet ihr bestimmt sagen: Jetzt ist er total durchgeknallt.

So ähnlich lief es dann auch. – Aus kreuz und quer laufenden Achsen, die einander überschnitten und miteinander Dreiecke, Vierecke und Vielecke bildeten, ließ der Nachwuchskünstler bunte Facetten entstehen, die er in glühenden Farbtönen modulierte.

Zu Gregors Überraschung hielt die Ablehnung sich in Grenzen. Vater Heinrich brachte den allgemeinen Eindruck auf den Punkt, als er sagte: Die Farbe sin ganz schee, aber das Bild is sinnlos. Es is völlig verrückt. So was kann mer einfach net male. Das gehört verbote. Ich glaub, der Hitler hat gesagt, so was is entartet. Und ich glaub, der hat Künstler, die so was gemacht habe, sogar ins KZ gesteckt.

Gregor war empört: Seit wann hältst du's mit dem Hitler? Wir leben in 'er Demokratie, wo jeder denken und sagen und malen kann, was er will!

Heinrich versuchte einzulenken: Ja, ja, is ja schon gut. In der Freizeit is alles erlaubt.

Gregor erhob sich, stellte sich breitbeinig vor seinen Vater und sagte: Das gilt nicht nur in der Freizeit, sondern auch im Beruf. Ich werde Kunst studieren.

Das war zu viel für Heinrich. Sein Gesicht rötete sich und er schnaufte wie ein gereizter Stier.

Das kommt überhaupt net in Frag! Denk nur an de Onkel Emil in Frankfurt, der hat sei Familie fast verhungern lasse. Das is kein Beruf – brotlose Kunst! Niemals wirst du Kunst studiern!

Der Onkel Emil – da muss ich ja lachen, entgegnete Gregor. Der hat Malerei nie studiert. Und was hat er gemalt? Stillleben und Landschaften. Ich hab gesehen, dass er es auch mit der Figur versucht hat. Er hat mich, als ich einmal in den Ferien bei ihnen war, mit Kohle auf einen großen Bogen gezeichnet, und er ist schier verzweifelt, weil er nicht zurechtkam. Die Arme, die Beine, der Kopf – alles fiel auseinander. Es war ein Graus.

Vergiss das mit der Kunst!, bestimmte Heinrich. Das werd ich nie erlaube. Wenn des wirklich dein Ernst is, gehst du sofort von der Schul runner und lernst Maurer. Dann weißt de, was schaffe heißt.

Gregor wollte noch nicht aufgeben. Deshalb versuchte er es mit einem weiteren Argument: Lernen ist Arbeit, Studieren ist Arbeit und Malen auch.

Wenn du wenigstens was Ordentliches studiere wollst!, presste Heinrich unwillig hervor. Außerdem habe wir sowieso ka Geld für e Studium. Du musst en normale Beruf lerne, wo du gleich Geld verdienst.

Die Hochzeitsfeier

Es war schon später Nachmittag, als Wotan in die Küche gestürmt kam, wo Gregor über die Zeitung gebeugt am Tisch saß.

Zieh' dich warm an! Wir fahrn jetzt los.

Ach ja, die Hochzeit von Ankes Schwester. Zu der Feier war ja auch Gregor eingeladen. Er hatte gar nicht mehr daran gedacht.

Als sie im Hof zu Wotans Motorrad traten, fragte Vater Heinrich: Habt ihr eigentlich e Geschenk für das Brautpaar?

Ach was, antwortete Wotan wegwerfend. Nur direkte Angehörige schenke was.

Es war ein nebliger Sonntag im November und schon recht kalt. Gregor enterte den Sozius der hundertfünfundsiebziger Puch, zog sich den Wollschal noch einmal fest um den Hals. Sie fuhren über Silberstadt zu dem fünfzehn Kilometer entfernten Dorf. Frau Fiedler lebte mit ihren drei Kindern in einem ehemaligen Bahnwärterhaus, denn ihr Mann, der im Krieg gefallen war, hatte hier ehemals Dienst getan. Annette Fiedler war eine hoch aufgeschossene, herbe Frau mit grauen Haaren, die mit dröhnender Stimme ihre Kinder befehligte. Alle, die sie kannten, die Nachbarn, die Verwandten und sogar die zwei Mädels und Bernd, nannten sie einfach Netty. Als Gregor sie mit Guten Tag, Frau Fiedler begrüßte, sagten alle, er solle einfach Netty zu ihr sagen. Gregor gefiel zunächst der laute und unkomplizierte Umgangston bei den Fiedlers und dass er die Netty duzen durfte, obwohl sie fast so alt war wie seine Eltern. Nicht etwa, dass er sie besonders gemocht hätte, denn wirklich nett war sie nicht, sondern einfach eine Art Kumpeltyp.

Die Hochzeitsgesellschaft saß im Wohnzimmer an einer U-förmigen Tafel bei Kaffee und Kuchen. Es ging turbulent zu, kreuz und quer über die Tische wurde geredet und gelacht. Zwischendurch unterhielten sich auch einige über die Köpfe der anderen hinweg, indem sie einander ein paar launige Bemerkungen zuriefen. Da Gregor sich in dem Tumult überhaupt nicht wohlfühlte und er sonst niemanden kannte, setzte er sich neben Wotans Freundin Anke, während dieser umherging, Hände schüttelte und Fremde nach ihren Namen fragte.

Was, wie heißt du?, rief er so laut, dass alle es hören konnten. Da fällt mir ein Witz ein. Also, hört mal zu, der geht so. Eine Frau kommt zum Standesamt und sagt, ich möcht meinen Namen ändern lassen. Der Standesbeamte zieht ein Formular aus dem Fach und beginnt. Wie lautet ihr Zuname?

Bumsen.

Ja, das kann ich verstehen. Diesen Namen werden wir natürlich ändern.

Nein, sagt die Frau. – Es geht nicht um meinen Zunamen. Meinen Vornamen möchte ich ändern.

Und wie ist Ihr Vorname?

Wilma.

Alle grölten durcheinander: Wilma Bumsen, Wilma Bumsen. Ha – ha – haaa. Ist das komisch!

Karl-Heinz, der Bräutigam, wie Gregor von Anke zugeflüstert wurde, sei Ende zwanzig, die Glatze lasse ihn allerdings älter aussehen. Aber Karl-Heinz war eine Frohnatur, und er lachte wiehernd über jeden Witz, wobei er jedes Mal hinzusetzte: Der is gut. Den muss ich mir merke. Den kenne mei Kumpels bestimmt noch net. Gell, mei Gut.

Dabei tätschelte er Birgit, Ankes Schwester, entweder die linke Wange oder den Bauch.

Unser Klaner hat auch sein Spaß, wenn's hier lustig zugeht.

Meinst du wirklich, dass der Kleine im fünfte Monat schon was hörn kann?, wollte ein Weißhaariger mit schnarrender Stimme wissen. Habt ihr ihm denn schon die Ohren gesäumt?

Worauf du einen lasse kannst. Jeden Abend bekommt e paar sanfte Stößchen. Das fördert die Intelligenz.

Gregor spitzte die Ohren. Derart freimütige Reden hatte er noch nie im Leben gehört. Was waren das für Menschen! Zu Hause wurde nicht einmal über eine Schwangerschaft gesprochen – und hier nun so etwas! Er fühlte sich hin- und hergerissen. Einerseits amüsierte ihn das alles, und er musste über die derben Späße lachen. Anderseits fühlte er sich abgestoßen. Eigentlich hatte er noch keine rechte Meinung zu alledem.

Eine Flasche Obstler und eine Flasche Weinbrand machten die Runde. Ein schnauzbärtiger Mittvierziger rief Wotan zu: Komm, setz dich her und steig mit em Kurze ein. Mit dem süße Zeug verdirbst du dir nur de Mage.

Aber Wotan brauchte keinen Alkohol, um in Stimmung zu kommen. Er stellte sich vor den Tisch der Brautleute, gratulierte ihnen und griff in seine Rocktasche.

Ich hab euch en kleine Mann geschnitzt. Das ist der perfekte Eheberater, der euch mit seinem Wegweiser immer zeigt, wo es langgeht.

Aus der Tasche zog er ein etwa fünfzehn Zentimeter großes hölzernes Männchen mit Zylinder. Als Wotan mit dem Zeigefinger auf den Hut drückte, sprang zwischen den Beinen der Figur ein überdimensionaler Penis hervor. Es brach ein ohrenbetäubendes Gejohle aus, das durch alle Stimmlagen ging und vom schrillen Sopran bis zum krachend polternden Bass reichte. Zuerst sah es aus, als würde sich die Braut in Weiß vor dem Männlein mit dem riesigen Ständer ekeln, aber sie griff dann doch beherzt zu, um den Mechanismus zu erproben. Als Karl-Heinz auf den Zylinder drückte, stieß er mit der hölzernen Rute gegen Birgits Bauch.

Kei Konkurrenz für mich, bemerkte er beruhigt. Der passt höchstens in dein Nabel.

Nun musste das Männlein die Runde machen, denn jeder wollte den kleinen Exhibitionisten einmal ausprobieren.

Wotan, du hast den Vogel abgeschosse. Wie bist du nur darauf gekomme?, fragte Bernd.

Ja, der Holzwurm ist halt unverbesserlich, kommentierte Wotan. Er hatte gegenüber von Anke und Gregor einen Platz gefunden. Anke beugte sich vor und sagte: Wotan, rate mal, wer den Brautkranz gefangen hat.

Woher soll ich das wisse? Es interessiert mich auch net.

Wieso nicht? Du weißt doch: Das Mädchen, das den Kranz fängt, wird die nächste Braut.

Wer's glaubt, wird selig. Wer's net glaubt, kommt auch in den Himmel.

Aber Wotan, ich hab' doch den Kranz gefangen. Schau her, hier ist er.

Hör doch auf mit dem Quatsch. Alles fauler Zauber. Hat der Paff das heut in der Kirch erzählt?

Wotan reckte den Kopf und blickte in die Runde, als suche er etwas. Am anderen Ende des Tisches saß Asta, eine geistig behinderte Frau von Ende dreißig mit hellroten Haaren und rotfleckigen Wangen. Sie aß gerade mit sichtlichem Genuss ein Stück Buttercremetorte und lächelte still vergnügt vor sich hin.

Wotan sagte zu Anke: Zeig mal her!

Er nahm den Kranz in die Hand, stand auf und ging zu Asta.

Anke flüsterte Gregor zu: Ach ja, er treibt gern seinen Spaß mit ihr. Wenn er's nur nicht übertreibt. Sie ist doch ganz harmlos und eine ganz Liebe.

Während Wotan den Kranz langsam auf Astas zerrupfte Lockenfrisur senkte, sprach er langsam und feierlich: Asta, ich stell dir ein Orakel. Du wirst die nächste Braut sei, und du wirst im nächsten Jahr einen wunderbaren Mann heiraten.

Asta hörte auf zu kauen, ihr Mund stand offen, sie riss die Augen auf, blickte zu Wotan auf und sagte leise, so dass man es nur in der unmittelbaren Umgebung hören konnte: Ja, Wotan, dich.

Zuerst kicherten nur einige, die es gehört hatten. Dann verbreitete sich die Antwort wie ein Lauffeuer im ganzen Raum.

Asta und Wotan. – Das nächste Brautpaar. – Das wär was!

Dazwischen ertönten brüllende Lacher.

Wotan hatte sich wieder zu Anke gesetzt und freute sich, dass seine Stimmungsbombe eingeschlagen hatte. Er strahlte, und man sah ihm an, dass er stolz auf seinen spontanen Einfall war. Da musste er noch eins draufsetzen. Als es wieder ruhiger im Raum wurde, die Leute wieder aßen und tranken, rief Wotan mit lauter Stimme hinüber. Asta, freust du dich darauf? Wenn du einen richtigen Mann ins Bett bekommst?

Asta nickte ihm mit ernster Miene zu.

Dann kannst du endlich richtig ficki-ficki machen – so.

Wotan schob seinen rechten Zeigefinger in die linke Faust. Damit brachte er Asta allerdings in Verlegenheit, denn sie lachte nur kurz und schrill auf und hielt sich anschließend beide Hände vors Gesicht.

Asta, dann musst du net mehr mit dem Flaschenpinsel da unten rumfege.

Wotan war aufgestanden und führte eine entsprechende Bewegung vor.

Gell, so machst du das doch. Oder?

Nein, Wotan, nein. So mach' ich das net.

So net? Ja, wie machst du's denn mit dem Flaschenpinsel? Zeig's uns doch mal.

Nein, net, nein, Wotan!

Asta war in sich zusammengesunken und schien verzweifelt. Ob sie weinte, konnte man nicht erkennen. Netty hatte, in der Tür stehend, das Ganze verfolgt. Am Anfang hatte sie gelacht, war dann aber zunehmend ernster geworden.

Es reicht, Wotan!, rief sie. Jetzt lässt du mir die Asta in Ruh.

Sie schritt zwischen den Sitzenden hindurch und setzte sich zu Asta. Den Brautkranz, der auf Astas Kopf verrutscht war, nahm sie herunter, legte ihn auf den Tisch. Dann schlang sie einen Arm um Astas Schulter und redete beruhigend auf sie ein.

Mit einem Mal fragte sich Gregor, wie es möglich gewesen war, dass Wotan sich zu einer Art Vorbild für ihn entwickelt hatte. Während Friedrich sich früher geradezu liebevoll um das kleine Brüderchen gekümmert hatte, war Gregor in seiner Kindheit mehr als einmal ein Opfer von Wotans cholerischem Temperament geworden. Einmal hatte er Gregors Dreirädchen wütend gegen die Wand geworfen und hatte so lange auf dem Gestell herumgetrampelt, bis nur noch Schrott übrig war. Als er sein Fahrrad mitten im Hof hatte liegen sehen, war er fest davon überzeugt gewesen, dass der Kleine es umgestoßen hatte. Anschließend verdrosch er den kleinen Bruder noch mit einer Rute und hörte erst auf, als die Mutter ihm Einhalt gebot. An niemand anderem hatte Wotan seinen Jähzorn so hemmungslos ausleben können wie an dem kleinen Gregor.

Bisweilen imponierte Gregor die unbekümmerte Art, wie Wotan sich schnell in den Mittelpunkt stellen konnte, ohne sich je direkt anzubiedern. Natürlich hatte er immer die Lacher auf seiner Seite, wenn er sich auf Kosten eines Dritten lustig machte. Dabei riskierte er es auch immer wieder, Menschen, die er gerade für sich gewonnen hatte, vor den Kopf zu stoßen. Auf diese Weise lieferte er sich selbst und anderen den Nachweis für seine Unabhängigkeit. Im Vergleich mit Wotan war Gregor ein Feigling, der sich nur selten zu einem flotten Spruch durchringen konnte. Bei ihrer Ankunft im alten Bahnwärterhaus hatte es Gregor gefallen, wie Wotan mit den ersten Sätzen alle Blicke auf sich gelenkt und alle zum Lachen gebracht hatte. Nun aber fühlte er sich mit einem Mal nicht mehr wohl in seiner Haut, und er fragte sich, ob das nicht irgendwann einmal zu Wotans Nachteil ausschlagen müsste.

Das Abendessen wurde aufgetragen. Es gab Schnitzel, Salzkartoffeln sowie ein Erbsen-Möhren Gemüse. Dazu tranken alle, außer Birgit und Wotan, Flaschenbier. Gregor tat so, als sei es für ihn ganz alltäglich, Bier aus der Flasche zu trinken. Er hatte sich zu Bernd gesetzt, weil der neben ihm der Jüngste war. Als das Essen zu Ende ging und der Geräuschpegel wieder deutlich anstieg, unterhielten die Beiden sich über Wildwestromane, die sie Schmöker nannten. Dabei wetteiferten sie um die Frage, wer die größten und verwegensten Helden kannte. Nach einer Weile stand Bernd auf und kam mit einem Stapel Wildwest-Hefte zurück. Billy Jenkins, Tom Brox, Tom und Fred, Buffalo Bill, Sitting Bull und einige andere. Sie verglichen die Titelbilder, blätterten, lasen sich hin und wieder ein paar Sätze vor und schienen völlig vergessen zu haben, dass um sie herum eine turbulente Hochzeitsfeier wogte.

Du kannst die zum Lesen gern mitnehmen, bot Bernd an. Der Wotan soll sie mir irgendwann zurückbringen.

Als es auf zehn Uhr zuging, stand Wotan auf. – Komm, Bruder, wir müsse fahrn. Morgn früh wird das Aufstehen wieder mal hart.

Bernd schnürte die Hefte mit einer Kordel zusammen, sodass Gregor das Paket bequem tragen konnte. Anke schlang ihre beiden Arme um Wotans Hals.

Wotan, du warst heute so abweisend und kalt zu mir. Kommst du am Mittwochabend?

Mal sehn. Vielleicht.

Gregor konnte das nicht verstehen, denn er mochte Anke. Sie war immer freundlich zu ihm, und sie sah auch hübsch aus. Na ja, sie war eine Fließbandarbeiterin und vielleicht ein bisschen langweilig. Gespräche mit ihr waren nicht besonders ergiebig.

Als Gregor zwei Wochen später das Päckchen mit den Schmökern Wotan hinhielt und ihn bat, es für Bernd mitzunehmen, bekam der die unerwartete Auskunft: Das war wirklich der letzte mögliche Termin.

Wie? Machst du Schluss mit Anke?

Hab' ich schon. Will nur noch ein paar Sachen holen.

Warum das? Habt ihr euch verkracht?

Du warst doch dabei und hast gehört, dass sie vom Heiraten gefaselt hat. Das war nicht das erste Mal, und es geht mir auf den Wecker.

Wotan, du bist vierundzwanzig. Meinst du nicht, dass es allmählich an der Zeit wäre?

Lächerlich! Ich hab' noch viel Zeit.

Dr. Heizmann

Ab der Untersekunda hatte Gregor Herrn Tacker, der mittlerweile zum Studienrat befördert worden war, nur noch als Englischlehrer. Neuer Klassenlehrer, der Latein und Geschichte erteilte, war der hagere, schneidig auftretende Studienassessor Dr. Heizmann. Als der vorwitzige Gerhard ihn in der ersten Stunde mit Herr Heizmann angesprochen hatte, war er sofort scharf gerügt worden.

Der Doktortitel ist Bestandteil des Namens!, wurde er und mit ihm die gesamte Klasse belehrt. Ihn wegzulassen, bedeutet eine grobe Missachtung der Person. Merkt euch das ein für alle Mal!

Sie lasen und übersetzten monatelang *De bello Gallico*, und Dr. Heizmann konnte sich nicht genugtun, den Schülern Caesar als überragende Persönlichkeit, als Idol und heldenhafte Figur zu präsentieren. Wenn er den Namen Caesars aussprach, hob er seine Stimme an, rief, ja, schrie er ihn fast, und es klang den Pennälern wie ein Fanfarenstoß in den Ohren. Neben der anspruchsvollen Lektüre wurden weiterhin in jeder Stunde Vokabeln abgefragt, ebenso wie der junge Assessor keine Gelegenheit verstreichen ließ, um grammatische Formen zu pauken.

In der Geschichtsstunde saß Heizmann ausschließlich an seinem Pult, auf dem er das Manuskript, aus dem er vortrug, liegen hatte. Sein Oberkörper war kerzengerade aufgerichtet; beide Hände lagen unbeweglich beiderseits der Papiere flach auf der Tischplatte. Der auf einem langen Hals mit großem Adamsapfel sitzende Kopf ragte wie das Sehrohr eines U-Boots auf. Wachsam ging der Blick ständig über die gesamte Klasse hinweg, und die markante Nase schien Witterung nach heimlichen Unbotmäßigkeiten aufnehmen zu wollen.

Da Gregor in der ersten Reihe und direkt vor dem Lehrer saß, musste er sich immer zusammennehmen, durfte keinen Unsinn machen, aber er konnte seinerseits den Lehrer besonders gut beobachten. Während der gesamten Geschichtsstunde wirkte Heizmann äußerst angespannt. Seine Knie hatte er zusammengepresst und nur die Schuhspitzen berührten den Fußboden, während die Beine fortwährend nervös auf- und niederwippten. Anscheinend hatte der Assessor seinen Vortrag zu Hause mehrfach geübt, denn er musste nur selten einen Blick auf die Notizen werfen.

Wären die Sekundaner ein wenig hellsichtiger gewesen, hätten sie ahnen können, dass dieser Lehrer ein höheres Ziel verfolgte, als an einem mittelmäßigen Gymnasium Karriere zu machen. Drei Jahrzehnte später, als Gregor seinem früheren Lehrer wieder begegnete, der inzwischen Professor für Pädagogik war, fiel es ihm wie Schuppen von den Augen. Schon der Assessor hatte seine Karriere als Hochschullehrer klar vor Augen gehabt. Letztlich ging es Heizmann in Geschichte niemals um das Fach selbst. Es ging ihm nicht darum, dass die Schüler etwa gelernt hätten, in historischen Kategogien zu denken oder Ereignisse politisch zu bewerten. Der Vortrag war für Heizmann eine rhetorische Übung, die er mit äußerster Konzentration zelebrierte. Darüber hinaus versuchte er, die Jugendlichen in Zwischenbemerkungen dadurch zu beeindrucken, dass er erwähnte, er habe auch Philosophie und Psychologie studiert. Nur sein wahres Hauptfach, in dem er promoviert hatte, wie Gregor später herausfand, erwähnte Heizmann nie: Pädagogik. War dieses Fach ihm womöglich zu hausbacken und insofern peinlich?

Im Mittelpunkt des Unterrichts standen, wie damals üblich, die Schlachten und einzelne herausragende Persönlichkeiten. In Friedrich dem Großen feierte der Lehrer den heldenhaften Regisseur seiner Kriege, der sich selber nicht schonte und sich somit als Vorbild anbot. Als Quintessenz schleuderte Heizmann den Schülern seine programmatische Forderung wie einen Schlachtruf entgegen: Preußische Pflichterfüllung!

Mit Heizmann gab es zweimal einwöchige Jugendherbergsaufenthalte mit täglichen Ganztagswanderungen. Quasi ganz modern war der Lehrer insofern, als beim Wandern für ihn schon damals der Weg das Ziel war. Eher vordergründig diente eine Burgruine oder eine tausendjährige Eiche nur dazu, eine längere Rast einzulegen, um danach den Rückmarsch anzutreten.

Keiner der Schüler war seinerzeit mit praktischer Freizeitkleidung ausgestattet. An den Füßen trugen sie leichte Halbschuhe mit Ledersohlen oder Sandalen. Der Lehrer bevorzugte Knickerbocker-Hosen, die damals noch als sportlich galten, einen Anorak und feste Schuhe mit starkem Gummiprofil. Damit war er für stundenlange Märsche besser gerüstet als seine Schutzbefohlenen. Jeden Tag mussten nach zwei bis drei Stunden einige aufgeben, weil sie Blasen an den Füßen hatten. Heizmann aber feuerte die Übrigen an, mit ihm in einem forcierten Tempo weiterzulaufen. So konnte er den Jungen demonstrieren, dass er die bessere Kondition besaß.

Gregor hatte keine Fußprobleme, empfand das stumpfsinnige Marschieren auf Feldwegen jedoch als langweilig, bisweilen als geradezu sinnlos. Gerne hätte er immer einmal verweilt, Bäume oder Bachläufe genauer angesehen, Vögel oder anderes Getier beobachtet. Aber dafür hatte Heizmann keinen Blick; immerfort drängte er voran.

Tanzstunde

Viele Gleichaltrige waren schon mit sechzehn in die Tanzstunde gegangen, und Gregor sah diese Altersgenossen bald danach bei der Kirmes mit den Mädchen auf dem Tanzboden und wie sie an der Bar poussierten – da wusste er, dass es nun auch für ihn allerhöchste Eisenbahn war.

Immer wieder hörte er – vor allem von Mädchen und später von Frauen – dass es ihnen beim Tanzen nur ums Tanzen gehe und nicht um die Männer, dass ein Mann ein guter Tänzer sein müsse und dass sein Aussehen und seine Intelligenz überhaupt keine Rolle spiele. Gregor sah das völlig anders, und er fand das auch von vielen Klassenkameraden bestätigt. Das Tanzen bot eine der wichtigsten, gesellschaftlich akzeptierten Gelegenheiten, sich dem anderen Geschlecht zu nähern, sich unbefangen zu unterhalten, sich zu verabreden, um etwas miteinander zu unternehmen und so weiter. Und genau darauf kam es an, auf jenes geheimnisvolle Undsoweiter. Untereinander wurde das nicht weiter ausgeführt, sondern lediglich mit einem Augenzwinkern oder einem verschmitzten Grinsen angedeutet. Aber den Eltern gegenüber hätte Gregor nicht einmal eine versteckte Andeutung gemacht.

Zu Gregors Erstaunen waren seine Eltern sofort einverstanden und bereit, den Kurs zu bezahlen. Immerhin hatte er ja zwei ältere Brüder, die ebenfalls tanzen gelernt hatten und bei denen dies zu keinen Komplikationen geführt hatte. Das Kursangebot im Dorf wollte Gregor allerdings nicht nutzen, sondern er meldete sich in Friedberg an, denn er vermutete, dass in der Kreisstadt das Angebot an hübschen Mädchen reichhaltiger wäre.

Der Tanzlehrer Ostmann führte seine Kurse in einem ehemaligen Kino durch, das den Namen *Casino* trug und das für diesen Zweck leergeräumt war. Lediglich an den beiden seitlichen Wänden war jeweils eine lange Reihe einfacher Bänke aufgestellt. Der Bühnenvorhang war zugezogen, und links vor der Rampe saß ein Musiker; es war Herr Heinzelmann, der Akkordeon-Lehrer von Robby. Mitten im Raum standen etwa fünfundzwanzig junge Männer in Anzug und Krawatte und ebenso viele junge Damen in farbenfrohen Kleidern. Es war Frühsommer, die ideale Zeit für einen Tanzkurs, wie Gregor meinte. Ein Stimmengewirr erfüllte den Saal, dominiert von einigen dröhnenden Bässen und akzentuiert durch ein hin und wieder aufklingendes helles Mädchenlachen.

Herr Ostmann, ein weißhaariger Herr von Ende fünfzig im dunklen Anzug mit weißem Hemd und bordeauxroter Fliege, klatschte in die Hände und rief: Darf ich Sie bitten, meine sehr verehrten Damen und Herren! Bitte Platz zu nehmen auf den Bänken, die Damen zu meiner Rechten, die Herren zu meiner Linken.

Mit weit ausholenden, einladenden Bewegungen seiner Arme verdeutlichte er das Gesagte. Für eine Weile hörte man noch einige Schuhe scharren, dann nur noch Flüstern. Der Tanzlehrer stand nun in der Mitte des Parketts, verbeugte sich elegant, breitete erneut die Arme aus und bedankte sich bei seinen Schülerinnen und Schülern für ihr Erscheinen.

Das Tanzen, meine sehr verehrten Damen und Herren, das Tanzen ist nicht nur tanzen, ist nicht nur eine elegante rhythmische Bewegung zu Musik.

Während Herr Ostmann sprach, wandte er sich einmal den Damen und dann wieder den Herren zu, lächelte zwischendurch und unterstrich seine einführende Rede durch elegante, bisweilen theatralisch wirkende Gesten.

Der Tanz, fuhr er fort. Der Tanz stand und steht auch heute in der Mitte unseres gesellschaftlichen Lebens. Er markiert die Höhepunkte in einer festlich gestimmten, einer kultivierten Gesellschaft. Der Tanz bedeutet sozusagen die höchste Form unserer Umgangsformen. Deshalb, meine lieben jungen Freundinnen und Freunde, geht es nicht nur um Tanzschritte, sondern es geht nicht zuletzt um formvollendete Umgangsformen.

Gregor steckte noch immer der gelinde Schrecken in den Knochen, der bei der Hochzeitsfeier im Bahnwärterhaus in ihn gefahren war. Hier befand er sich in einer anderen, einer kultivierteren Umgebung. Derartige Rohheiten, wie Wotan sie sich geleistet hatte und wie sie von der Hochzeitsgesellschaft goutiert worden waren, würde er hier wohl nicht erleben. Dafür stand Herr Ostmann. Und er, Gregor, wollte sich dem Rat und Vorbild dieses offenbar vollendeten Kavaliers gerne anvertrauen. Vielleicht, so dachte Gregor, konnte Herr Ostmann dazu beitragen, das mit Leben zu füllen, was er im vorletzten Jahr im *Einmaleins des guten Tons* gelesen hatte.

Herr Ostmann sprach weiter: Zunächst geht es um die richtige Form der Aufforderung. Ich darf Ihnen das vorführen. Sobald die Musik mit ihrem Vorspiel beginnt, gehe ich in aufrechter Haltung und gemessenen Schrittes auf eine Dame zu, bleibe zwei Schritte vor ihr stehen, blicke sie freundlich an, verbeuge mich artig und frage: Darf ich Sie bitten? – Ihre Zustimmung kann die Dame mit einem einfachen Ja oder Ja, sehr gerne, oder auch mit einem Kopfnicken und einem verbindlichen Lächeln geben. Die Dame erhebt sich, und der Herr reicht ihr elegant seine Rechte oder, wenn Sie mögen, den Arm, um sie auf die Tanzfläche zu führen. Am Ende des Tanzes begleitet der Herr die Dame zu ihrem Platz zurück und bedankt sich mit einer leichten Verbeugung, die natürlich von einigen freundlichen Worten begleitet werden darf. Das, meine Damen und Herren, wollen wir zunächst einmal üben. Bitte sehr!

Ostmann trat zur Seite, um die Tanzfläche frei zu machen. Herr Heinzelmann spielte einige Akkorde, die ersten jungen Männer sprangen auf und rannten auf ein Mädchen zu, das sie sich längst ausgeguckt hatten. Die Schüchternen folgten mit leichter Verzögerung.

Aber, aber, meine lieben verehrten Herren! Da haben Sie doch etwas missverstanden. Gemessenen Schrittes hatte ich gesagt. Ich mache es Ihnen noch einmal vor.

Ostmann spielte die Aufforderung zum Tanz mit vollendeter Grandezza vor.

So, meine Herren. Nun versuchen wir es abermals.

Nun sprangen alle Jungs nahezu gleichzeitig auf und sprinteten hinüber, denn es war ihnen natürlich nicht entgangen, dass auf der anderen Seite nicht nur Rosen und Orchideen warteten, sondern dass es auch weniger ansehnliche Pflänzchen gab. Während des gesamten Kurses musste Herr Ostmann immer wieder einmal die gemessenen Schritte anmahnen, jedoch ohne durchschlagenden Erfolg. Sobald das Signal zum Auffordern kam, rannten die meisten Männer los, bremsten einige Schritte vor der Erwählten blitzartig ab, schlitterten dann auf dem glatt gewachsten Boden auf sie zu, keuchten atemlos ein Darfichbitten und streckten ihr die rechte Hand entgegen.

Mehr Erfolg hatte Herr Ostmann, als er versuchte, den jungen Leuten die richtige Haltung beim Tanzen beizubringen. Seine Anweisung zur Unterbringung der männlichen Hände auf dem weiblichen Körper wurde zum überwiegenden Teil befolgt. Allerdings lief seine Mahnung, dass die Tanzpartner sich ansonsten nicht berühren sollten, ins Leere. Nicht nur die jungen Männer, auch die Damen, fanden Gefallen an der Nahkampfhaltung, bei der nur noch ein textiler Millimeterbruchteil die beiden Körper voneinander trennte.

Am ersten Abend wurden auch die ersten Tanzschritte geübt, und Herr Ostmann begann mit dem Langsamen Walzer, auf den der Wiener Walzer folgte, der leichtfüßigste, jedoch nicht gerade der leichteste Tanz. Danach kamen Marsch, Ländler, Foxtrott, Tango, Samba, Rumba und schließlich sogar der Boogie-Woogie. Jeder Tanzabend dauerte zwei Stunden mit einer viertelstündigen Pause zur Halbzeit, zu der man hinaus ins Freie ging. Es bildeten sich rauchende Männergrüppchen, Damengrüppchen und gemischte Gruppen. Aber man sah auch Pärchen, die sich bald gefunden hatten und es vorzogen, ein Stück in die angrenzende Grünanlage hinein zu promenieren.

Gregor hatte sich schon ab dem zweiten Abend auf eine Partnerin konzentriert, für die vieles sprach. Heide war ein munteres Mädchen vom Lande, hatte eine frische Gesichtsfarbe, eine eher originelle Kurzhaarfrisur, die mehr hingewuschelt als gekämmt aussah. Sie trug ein strahlendes, offenes Lächeln auf dem Gesicht – nein, ein geradezu herausforderndes Lachen war es – und sie war überhaupt nicht schüchtern. Das zog Gregor zunächst an. In der Pause flanierten sie Hand in Hand durch den benachbarten Park, und Gregor hielt nach der ersten Kurve an. Er zog Heide an sich und küsste sie – sie war einverstanden. An den folgenden Abenden wurde er mutiger, fasste dahin und dorthin, sah sich ihr Kleid genauer an, und auch als er ihr etwas robuster an die Wäsche ging, hatte sie nichts dagegen einzuwenden.

So macht man das doch, dachte er. Jedenfalls hatte er das immer wieder erzählen hören. Ran gehn wie Blücher und beweisen, dass man nicht schüchtern ist, sondern schon Erfahrungen mitbringt. Ja, aber nun irritierte es ihn, dass Heide keinerlei Widerstand leistete. Wenigstens ein leichtes Widerstreben hätte er doch gerne gespürt, damit es etwas zu erobern gegeben hätte.

So aber mussten ihm seine Bemühungen als sinnlos erscheinen. Tatsächlich hatte Gregor sich diesen abgekürzten Weg so erträumt. Aber in der Realität erschien ihm dies alles mit einem Mal fragwürdig. Es fehlte etwas; er fand Heide sympathisch, aber mehr nicht. Es kribbelte nicht, und er war keine Spur von verliebt.

Als der Termin des Mittelballs heranrückte, stand fest, dass Heide seine Tanzpartnerin wäre und dass sie nebeneinandersitzen würden. An diesem Abend verspürte er keine Lust, mit ihr auch nur einen Schritt vor die Tür zu gehen. Gregor fühlte, dass er ihrer bereits überdrüssig war.

In den letzten Tanzstunden war ihm ein besonders hübsches Mädchen aufgefallen, das keinen festen Tanzpartner hatte. Sie wurde mal von diesem und mal von jenem aufgefordert. Am ersten Tanzabend nach dem Mittelball schien die Gelegenheit günstig, denn Heide war nicht gekommen. Gregor steuerte gleich beim ersten Tanz direkt auf sie zu, und es kam ihm auch niemand in die Quere. Sie hieß Rosemarie und wollte Rosi genannt werden. Mit einem Mal war das Tanzen für ihn aufregend. Sie hatte mittelblonde Locken, die ihre Ohren nicht ganz bedeckten und winzige rosafarbene Ohrstecker sehen ließen. Und sie verströmte einen Duft, der ihm irgendwie bekannt vorkam und der ihn schwach machte. War es eine Pflanze, eine Blume, die so roch? Nein, es war Vanille! Rosi duftete ganz leicht nach Vanille. Schließlich mochte Gregor am liebsten Vanilleeis.

Rosi anzusehen, sie anzufassen, sich mit ihr zu bewegen! Sie gingen auch in der Pause miteinander ins Freie, flanierten durch den Park, jedoch ohne einander zu berühren. Sie erzählte mit einem verlegenen Lächeln, dass sie als Kindermädchen bei einer reichen Familie angestellt war. Gregor hätte ihr eigentlich mehr zugetraut, denn sie sprach nicht viel, jedoch war alles, was sie sagte, klug und wohl durchdacht.

Eine Woche später, Gregor blickte sich um und suchte mit den Blicken nach Rosi, da kam Heide auf ihn zugeeilt.

Letzte Woche ist es mir nicht gut gewesen, aber nun bin ich wieder auf dem Damm. – Dabei strahlte sie ihn schelmisch an. Gregor fühlte sich etwas unwohl in seiner Haut. Musste er Heide etwas erklären? Eigentlich nicht.

Zum Glück saßen Heide und Rosi im Saal weit auseinander, und Gregor suchte sich auf der langen Bank einen Platz, der direkt gegenüber von Rosi lag, so dass er den direkten und kürzesten Weg zu ihr hatte. Danach hatte er nie wieder mit Heide gesprochen. An allen folgenden Tanzabenden stand er permanent unter Hochspannung, dachte, dass er versuchen müsse, Rosi allmählich näher zu kommen und fühlte sich doch immer wieder wie gelähmt, wenn sie in seiner Nähe war. All sein Mut hatte ihn verlassen. Er musste sich eingestehen, dass das nicht er gewesen war, sondern dass er diesen Draufgänger vor Heide nur gespielt hatte. Doch nachdem er seine Rolle abgelegt hatte, blieb er ratlos.

Zum Abschlussball, meine sehr verehrten Damen und Herren, sprach Herr Ostmann, sind auch Ihre Eltern eingeladen. Zu diesem Anlass, meine Herren, besorgen Sie einen hübschen Blumenstrauß für Ihre Partnerin, den Sie ihr überreichen, wenn Sie sie zu Hause abholen und sich den Eltern vorstellen.

Himmel, auch das noch! schoss es Gregor durch den Kopf. Ich weiß nicht, wie ich mit ihr klarkommen soll – und nun auch noch die Eltern. Ich kann mir überhaupt nicht vorstellen, was ich ihnen sagen, wie ich mich verhalten soll. Herr Ostmann ist ein so perfekter Kavalier, gibt sich so souverän. Aber eigentlich könnte er uns auch beibringen, wie man – was man … Ach, ich weiß nicht einmal, was ich ihn fragen müsste.

Dann, meine Herren, fuhr Ostmann fort, bringen Sie Ihre Dame hier in den Saal, in dem dann natürlich wieder Tische und Stühle stehen werden, eine Tanzfläche jedoch ausgespart bleibt.

Die beiderseitigen Eltern sollten ihren Weg alleine hierher finden. So weit ist alles klar? Festliche Kleidung natürlich – aber das kennen Sie ja bereits vom Mittelball.

Vater Heinrich murrte sofort, als Gregor erzählte, dass die Eltern auch eingeladen seien: Da gehn wir net hin. Bei Friedrich und Wotan hat man das auch net von uns verlangt. Ich glaub, du kannst das auch allein.

Gregor war ein wenig enttäuscht. Dann bin ich der einzige, der ohne seine Eltern kommt, wandte er ein.

Vielleicht fahren Friedrich und Olga mit dir nach Friedberg. Wir jedenfalls net.

Bruder und Schwägerin fuhren tatsächlich hin, allerdings saß man nicht beieinander. Gregor hatte einen Zug genommen, der eine Stunde früher fuhr, kaufte ein Sträußchen mit rosa Rosen am Friedberger Bahnhof und lief zu der Adresse, die Rosi ihm genannt hatte. Ein Wohnblock in der Nähe der Kaserne. Klopfenden Herzens stieg er die Treppe hinauf und läutete. Die Tür öffnete sich, und da stand Rosi in einem cremefarbenen Kleid mit rosa Bändern, die auf den Schultern, am Ausschnitt und an der Taille eingeflochten waren. Er streckte ihr die Blumen sprachlos entgegen, und sie strahlte ihn an, als sie die Blumen sah.

Woher hast du das gewusst?, rief sie aus.

Ach, ich dachte, stotterte er. Ich dachte, die gefallen dir vielleicht.

Aber ja, und ob sie mir gefallen. Sie passen perfekt zu meinem Kleid. Siehst du das?

Natürlich sah er das, sagte aber nichts, sondern schluckte und nickte nur. Rosis Mutter kam durch den schmalen Flur.

Da ist ja der junge Mann. Guten Tag! Na, dann geht mal los. Wir kommen gleich nach. Der Papa muss sich noch anziehen.

Ja, dachte Gregor. So ist es recht. Nur schnell weg von hier!

Irgendwie hatte es sich so ergeben, dass Gregor und Rosi mit anderen Tanzschülern an einem langen Tisch saßen. Rosis Eltern sowie Friedrich und Olga hatten irgendwo zwischen den übrigen Eltern Plätze gefunden, ohne dass sie einander kennengelernt hätten. Natürlich hatte Gregor gar nicht daran gedacht, sie miteinander bekannt zu machen.

Ein Trio, bestehend aus Herrn Heinzelmann, dem bereits bekannten Akkordeonisten, einem Bassisten und einem Schlagzeuger, machte Musik. Es wurde viel getanzt, und zudem war es ein sehr schwüler Sommerabend, der zusätzlich einheizte und Durst machte. Gregor schwitzte stark und trank viel Bier. Seine Anspannung begann nachzulassen.

Herr Ostmann war bester Laune, was man seiner Moderation anmerken konnte, denn seine Ansagen wurden im Laufe des Abends humorvoller und auch gewagter. Viele Eltern riefen ihn an ihren Tisch und luden ihn zu einem Glas Sekt ein. Seinen Höhepunkt erreichte der Abend, als der Tanzlehrer ankündigte, einem vielfachen Wunsch könne er sich nicht versagen. Er werde nun einen Boogie-Woogie solo tanzen.

Die Musik setze ein. Ostmann im Frack stand mitten auf der Tanzfläche zunächst still, begann allmählich zu wippen, breitete die Arme aus, steppte, wirbelte nach links, nach rechts, die Beine lösten sich vom Parkett, die Frackschöße flogen in die Höhe, und die Tanzschüler begannen vor Begeisterung im Rhythmus zu klatschen. Nun wurde der Tanzmeister noch mutiger, setzte zu einem Sprung an, doch er hatte seine Füße nicht mehr ganz unter Kontrolle. Er strauchelte und landete ziemlich unelegant und unsanft auf dem Parkett. Die Musik hatte schlagartig aufgehört; der Perkussionist bewies die größte Geistesgegenwart, war aufgesprungen und half Herrn Ostmann schnell wieder auf die Beine. Applaus brandete auf. Ostmann, ein echter Gentleman, verbeugte sich tief nach allen Seiten und begab sich, leicht hinkend zu seinem Platz.

Und nun spielen wir wieder für alle!, rief der Schlagzeuger ins Publikum, und sofort begann der Bassist mit einem Foxtrott, und die beiden Kollegen fielen ein. So war es den Musikern gelungen, den peinlichen Auftritt des angetrunkenen Tanzlehrers einigermaßen zu überspielen. Dennoch begann die Stimmung zusehends zu kippen. Allenthalben sah man Leute, die aufgestanden waren, um sich von Tischnachbarn zu verabschieden.

Rosi beugte sich zu Gregor herüber und flüsterte: Ich geh mal kurz zu meinen Eltern. Meine Mutti hat eben herübergewinkt.

Als sie zurückkehrte, blieb sie vor ihm stehen. Ihr Lächeln hatte nun einen traurigen Zug. Wir gehen jetzt auch nach Hause. Auf Wiedersehen. Es war schön. Gute Nacht!

Sie schien auf etwas zu warten. Langsam erhob sich Gregor, gab ihr die Hand, aber mehr als ein Gute-Nacht fiel ihm nicht ein. Er hatte es nicht fertiggebracht, sich mit Rosi zu verabreden. Woran hatte es gelegen? War Rosi zu schön? War er zu verliebt? Eine derartige Blockade durfte ihm nicht noch einmal unterlaufen – das nahm er sich fest vor. – Allerdings musste er, wenn er ehrlich war, sich auch eingestehen, dass er zu viel Bier getrunken hatte.

Pleinair

Unterricht im Freien – das hatte Gregor in der Volksschule nie erlebt – außer wenn vielleicht der Lehrer bei einer Wanderung auf Pflanzen und Tiere hingewiesen oder zu einer Burg die passende Sage erzählt hatte. Lehrer zogen es vor – so schien es Gregor – ihre Schüler innerhalb der übersichtlichen Verhältnisse eines Klassenzimmers unter Kontrolle zu halten. In diesem Punkt unterschied sich die Einstellung der Gymnasiallehrer von derjenigen der Volksschullehrer nur wenig. Allerdings gab es doch ein paar Ausnahmen.

Sport hatten an der Volksschule nur diejenigen Lehrer unterrichtet, die das selber unbedingt wollten; offenbar war es ihnen freigestellt, denn meistens fiel dieses Fach ganz aus. Wenn das Wetter dazu einlud, war die Klasse manchmal zu Leibesübungen, wie es hieß, auf den Schulhof gegangen, wo sie exerzierten, gymnastische Übungen oder Wettläufe machten. In der letzten halben Stunde durften sie Völkerball oder Fußball spielen. In Unter-Warstein gab es weder eine Turnhalle noch sonstige Sportanlagen außer dem zwei Kilometer entfernten Fußballplatz.

An der Aufbauschule waren die Verhältnisse deutlich komfortabler. Im Winterhalbjahr wechselte der Sportlehrer Hauptmann von Woche zu Woche zwischen Turnhalle und Hallenbad. Für Leichtathletik stand im Sommer die komplett ausgebaute Anlage der Turngemeinde zur Verfügung. Hier gab es ein Spielfeld für Ballspiele, Laufbahnen und Anlagen für Weit- und Hochsprung. – Herrn Hauptmann fiel es nicht schwer, mit seinem polternden Militärton die Klasse jederzeit zu disziplinieren.

Gregor mochte gerne Geräteturnen und Schwimmen, weil er in beidem eine direkte Fortsetzung seiner Aktivitäten der Kindheit erlebte. Für die Leichtathletik auf dem Sportplatz hingegen konnte er sich nicht begeistern, obwohl er auch in der Kindheit mit den Freunden im Laufen, Werfen und Springen gewetteifert hatte. Aber dem Knausern um Zentimeterbruchteile und Sekunden mochte er keinen Sinn abgewinnen. Er machte mit, ohne innerlich beteiligt zu sein. Auch erinnerten ihn die Aktivitäten auf dem staubigen Sportplatz allzu sehr an die Feldarbeit zu Hause.

Im Übrigen konnte Gregor sich nur noch an zwei Stunden innerhalb seiner Friedberger Jahre erinnern, in denen jeweils eine

Lehrkraft einen Unterricht im Freien gewagt hatte. Beide Versuche waren, so schien es Gregor im Nachhinein, offenbar gescheitert.

Während der Obertertia war Frau Pfitzner ein einziges Mal mit der Klasse zum Zeichnen ins Freie gegangen. In der Woche zuvor hatte sie den Schülern Dias nach Malereien von Monet und Pizarro gezeigt. Nun standen sie mit ihren Zeichenblöcken unterm Arm unter dem Zeichensaal im Freien.

Ich hatte euch vor einer Woche gezeigt, sprach Frau Pfitzner, dass die französischen Impressionisten als erste Künstler konsequent Pleinair, also im Freien, gemalt haben. Aber gezeichnet haben Künstler schon vorher draußen im Freien. Von Dürer haben wir wunderbare Landschaftsstudien, aber auch von Pieter Bruegel dem Älteren. Sie wussten, dass man die Natur nur in der Natur studieren kann. Das wollen wir heute auch einmal versuchen. Also, verteilt euch hier in Sichtweite, sucht euch ein Motiv und beginnt zu zeichnen. Ich werde herumgehen und schauen, wie ihr klarkommt.

Gregor blickte sich um. Die Vorgärten waren zum Schulgelände hin durch ein niedriges Bruchsteinmäuerchen begrenzt. Da sie keine Hocker mitgenommen hatten, setzte er sich auf das Mäuerchen und hielt Ausschau nach einem Motiv. Robby und Anselm gesellten sich zu ihm.

Nachdem Frau Pfitzner gegangen war, bemerkte Anselm: Erst könnte man mal eine rauchen.

Aber sie ist bestimmt gleich wieder zurück, wandte Robby ein. Außerdem kommt hier immer mal ein Lehrer vorbei. Sucht euch ein Motiv, hat sie gesagt. Die ist gut. Meint sie jetzt ein Haus oder einen Baum oder den VW vom alten Fully? Gregor, was zeichnest du?

Ich bin noch am Überlegen, war seine Antwort. Mit den Daumen und den Zeigefingern bildete er einen provisorischen Rahmen und visierte nach links, nach rechts und geradeaus. Der Physikbau mit der Platane, meinte er, wäre ein geeignetes Motiv im Hochformat. Hier gegenüber die drei Fachwerkhäuser mit den Vorgärten sehe ich im Querformat. Hingegen den Fernblick würde ich nicht zeichnen. Das Gittertor mit dem Schulhof dahinter, die Gebäude und die Kastanien – das wäre mir zu kleinteilig. Ich glaube, ich entscheide mich für die Fachwerkhäuser.

Inzwischen waren einige ihrem Beispiel gefolgt und hatten sich auf dem Mäuerchen niedergelassen. Ein Grüppchen, dem Frau Pfitzner folgte, überquerte die Straße und betrat eben den Schulhof; eine andere Gruppe, es war fast die halbe Klasse, bog nach rechts ab in Richtung Burgkirche. Ich schätze, die wollen sich verdrücken, meinte Anselm und blickte ihnen nach.

Gregor skizzierte zunächst mit dünnen Strichen den Umriss der drei Häuser in Schrägansicht. Wo die Häuser sich nach links verjüngten, sollten noch die wilde Vegetation der Gärten sowie ein kurzes Stück des Bruchsteinmäuerchens in den Vordergrund ragen. Ein kurzer Blick nach links und rechts zeigte ihm, dass Robby und Anselm sich für den Physikbau entschieden hatten.

Nach einer halben Stunde kam Frau Pfitzner zum ersten Mal vorbei. Zunächst wandte sie sich Anselm und Robby zu.

Das Gebäude und der Baum daneben – das ist so nicht besonders interessant. Vor allem: Der Baum ist zu klein. Schaut mal: Die Platane überragt doch das Haus, und ihre Krone überschneidet zugleich das Dach. Sie muss größer sein, den Stamm solltet ihr mehr an den Rand rücken und die Krone oben und rechts anschneiden, damit mehr Spannung entsteht. Ab und zu müsst ihr ein Auge schließen und dann zeichnen, was ihr seht und nicht, was ihr wisst. – So jetzt zu dir, Schulze. Du musst aufpassen, dass du dich nicht zu sehr in Einzelheiten des Mittelgrunds verlierst. Vor allem: Nicht erst die Häuser zu Ende zeichnen und danach die Pflanzen im Vordergrund. Versuche es mal gleichzeitig, sodass der Blick mehrfach vor- und zurückspringt. Hier, diese Tomatenpflanzen an den Pfählen, dann Teile der Fenster im Durchblick und dann wieder Tomaten. Aus deiner Perspektive erscheinen sie doch größer als die Häuser. Konzentriere dich stärker auf den Vordergrund.

Gregor merkte, dass er sich mit dem Motiv übernommen hatte. Zuvor hatte er klug dahergeredet. Mit den beiden vor- und zurückspringenden Raumebenen aber kam er nun nicht zurecht. Sollte er nicht doch den Physikbau mit der Platane zeichnen? Das wäre einfacher und noch schwer genug gewesen. Er klappte sein Zeichenblatt um und begann von Neuem, indem er zunächst mit ein paar Linien den Physikbau und die Platane andeutete. Die Fassade visierte er mehrfach an und konstruierte sie, während er die Baumkrone zunächst einmal durch eine zittrige Kontur andeutete. Er war mit sich und seiner Arbeit unzufrieden, und er fürchtete, dass die Zeit ihm davonlaufe.

Eine Viertelstunde vor Ende der Doppelstunde kam Frau Pfitzner mit einem Pulk von Schülern, die sie auf dem weitläufigen Gelände aufgesammelt hatte und deren Zeichenblätter so gut wie leer geblieben waren. Die meisten grinsten verlegen wie ertappte Sünder.

Kommt!, rief sie den auf dem Mäuerchen Sitzenden und noch emsig Zeichnenden und Radierenden zu. Kommt, wir gehen hinauf in den Zeichensaal.

Oben angekommen, sammelte Frau Pfitzner die Blätter ein und entließ die Klasse. – Eigentlich hätte sie noch Zeit für ein Gespräch gehabt, dachte Gregor. Aber vielleicht möchte sie sich die Ergebnisse genau ansehen und sie nächste Woche mit uns ausführlich besprechen. – Eine Woche später erhielten sie ihre Zeichnungen zurück – ohne jeglichen Kommentar, jedoch mit einer Note auf der Rückseite. Bei Gregor war es zweimal eine Zwei. Er war enttäuscht, denn er hätte gern Frau Pfitzners Kritik gehört und danach einen weiteren Versuch unternommen.

Entweder war Frau Pfitzner zu dem Schluss gekommen, dass das Zeichnen in der freien Natur zu schwierig war, oder sie wollte die Klasse nun vor Ablenkungen bewahren. Denn sie hatte heute auf ihrem Pult aus Flaschen, Konservendosen und einer Blechkanne ein Stillleben aufgebaut, das es in dieser Doppelstunde zu zeichnen galt. Sie erläuterte die Aufgabe: Zeichnen mit weichem Bleistift, sagte sie. Aber wirklich nur zeichnen und nicht schummern. Achtet auf die Einzelformen und auf klare Überschneidungen – also notfalls mal den Blickpunkt verschieben. Sodann: Modellierung der plastischen Formen durch Licht und Schatten.

Gregor hatte verstanden. Hier kann sie uns schärfer kontrollieren, dachte er. Außerdem ist durch diese Aufgabe niemand überfordert.

Von der Quarta bis zur Obertertia unterrichtete Studienrat Mendicke in der Klasse Mathematik. Er war in seinem Metier kompetent, aber sehr streng – sozusagen alte Schule. Jede Verfehlung, ob nun ein Schüler geschwätzt oder in einer Hausaufgabe oder beim Vorrechnen an der Tafel einen Fehler machte, jede Verfehlung ahndete der Alte mit einer harten Kopfnuss. Mendickes Kopfnüsse waren sehr gefürchtet, weil äußerst schmerzhaft, denn er ließ den Mittelfinger immer ein wenig aus der Faust herausstehen und schlug hasserfüllt und mit roher Gewalt zu. Da Mendicke aus Oberschlesien stammte, sprach er mit einem unüberhörbaren Akzent, der für die Schüler polnisch anmutete. Man hätte ihm das durchgehen lassen, wenn er nicht mehr als einmal in jeder Stunde betont hätte, dass die Hessen kein richtiges Deutsch sprechen könnten. So war es kein gutmütiger Pennälerspott, wenn die Schüler ihm den Spitznamen *Pieronje*, was so viel heißt wie Schurke, angehängt hatten. Die meisten hassten ihn.

In der Obertertia stand der Satz des Pythagoras auf dem Lehrplan. Überrascht war man, als Pieronje ausnahmsweise eine Stunde nicht mit der Kontrolle der Hausaufgaben begann, sondern die Klasse aufforderte, ihm zu folgen und nur einen Notizblock und einen Bleistift mitzunehmen. Sie gingen in den

Physiksaal, wo schon alles, was sie für einen Unterricht im Freien brauchten, bereitstand. Einem drückte der Lehrer eine Maßbandrolle, einem anderen ein paar Zimmermannsnägel in die Hand. Wumbo und Gregor, die eher zufällig in Pieronjes Nähe standen, erhielten je einen Fluchtstab.

Schulze und Wolters, hier, jeder nimmt einen. Aber ihr haltet den Stab senkrecht, mit der Spitze nach unten. Und wehe, einer macht Unsinn!, drohte er.

Mendicke selbst schulterte ein Holzstativ, auf das ein Theodolit geschraubt war. So marschierte die Klasse, der Alte voran, auf den Platz bei der Burgkirche. Nachdem sie den Brunnen passiert hatten, drehte Pieronje sich ganz unvermittelt um, und sah, womit er anscheinend gerechnet hatte. Die beiden Stangenträger waren etwas zurückgeblieben. Wumbo, als ein unverbesserlicher Spaßvogel bekannt, hatte seinen Fluchtstab mit dem stumpfen Ende auf seine Hand gesetzt und balancierte ihn während des Gehens. Gregor hielt seinen weiß-roten Speer horizontal mit der Rechten in Schulterhöhe, den speerwerfenden Poseidon darstellend, den linken Arm zielend vorgestreckt.

Dacht' ich mir's doch, diese verfluchten Kerle!, brüllte Pieronje und setzte seine Last behutsam ab. Kommt her, ihr Artisten und holt euch euren Lohn!

Die Beiden hielten nun ihre Stäbe vorschriftsmäßig mit der Spitze nach unten und näherten sich langsam und gesenkten Hauptes dem Alten.

Herr Mendicke, ich hätte nicht geworfen. Ich wollte nur mal ausprobieren …

Weiter kam Gregor nicht. Pieronje gab ihm eine derart kräftige Kopfnuss, dass er fast in die Knie gegangen wäre. Der Schädel brummte ihm, und er spürte den Einschlag noch, als die Stunde längst um war. Immerhin, es war die letzte Kopfnuss, die er in diesem Schuljahr einstecken musste.

Wumbo begann schon mit seinen Entschuldigungsversuchen, als er noch vier Schritte von Pieronje entfernt war: Herr

Mendicke, es bestand keinerlei Gefahr – für niemanden. Niemand war in meiner Nähe. Und ich habe das auch schon oft geübt. Soll ich es Ihnen noch einmal …

Auch für ihn gab es kein Pardon. Pieronje schlug einmal kräftig zu, aber Wumbo hielt sich tapfer. Das schadenfrohe Grinsen einiger Mitschüler war Gregor nicht entgangen. Natürlich waren sie glücklich, diesmal nichts abbekommen zu haben.

Mendicke drückte Günther und Walter je einen der Stäbe in die Hand. Dann erläuterte er ganz ruhig, als sei nichts geschehen, den Theodolit.

Wir schwenken nur in der Horizontalen. – Es folgte die Aufgabe: Wir wollen die Entfernung von hier, wo der Theodolit steht, bis zu der Statue dort drüben messen. Dazwischen befindet sich der Brunnentrog, sodass wir mit dem Maßband nicht genau messen könnten. Welche Möglichkeit bleibt uns? Denkt an den Satz des Pythagoras. – Müller!

Natürlich konnte diese Frage Reiner nicht in Verlegenheit bringen. Er sagte: Die Strecke von hier bis zu der Statue ist eine Kathete. Wir befinden uns am Punkt C, die Statue am Punkt A. Wir visieren die Statue an, schwenken den Theodolit um neunzig Grad nach links und messen von hier aus eine Strecke mit dem Maßband ab. Das wird die zweite Kathete, und an ihr Ende kommt dann der Punkt B.

Mendicke brummte etwas Unverständliches, was hieß, dass Reiner seine Sache gut gemacht hatte. Alle Punkte wurden zunächst durch Nägel markiert, zum Anvisieren dann die Fluchtstäbe aufgestellt.

Mendicke fuhr fort: Damit haben wir zwei Katheten und einen rechten Winkel. Reicht uns das?

Auch hier wusste Reiner Rat: Wir müssen jetzt die Hypotenuse zwischen A und B messen.

So, den Rest rechnet ihr zu Hause aus! Mendicke überlegte kurz: Wie lautet die Regel?

Nur Reiner hob den Arm. Gregor spürte noch immer die kapitale Kopfnuss, und innerlich grollte er dem Alten. Den Buckel soll er mir runterrutschen, der alte Mistkerl, dachte er. Von mir bekommt er keine Antwort. – Natürlich wäre Gregor nicht auf den Gedanken gekommen, sich bei seinen Eltern zu beklagen. Kein einziger Schüler beschwerte sich über eine Kopfnuss, denn die Eltern hätten nur bestätigt, dass der Lehrer im Recht war. Es hatte sich noch nicht bis in die Friedberger Aufbauschule herumgesprochen, dass im fortschrittlichen Hessen bereits 1946 die Prügelstrafe abgeschafft worden war. Jedenfalls wussten die Schüler das nicht.

Zum Donnerwetter!, polterte Pieronje. Das müssen doch alle wissen. Ja, ja, ich verstehe, brummte er. Zu Hause habt ihr eure Formelsammlung und bei der Klassenarbeit vielleicht einen Spickzettel. Im Kopf sollt ihr die Regeln haben, im Kopf, verdammt noch mal!

Jetzt gingen noch zwei weitere Arme zögernd in die Höhe.

Na, was meinst du?

Gerhard wusste die Regel: $a^2 + b^2 = c^2$.

Und, wie lang ist b?

Anselm meldete sich. $b = \sqrt{c^2 - a^2}$

Na, Gott sei Dank, dass der Homberger auch mal was weiß! Das sollte aber jeder wissen, der im nächsten Zeugnis keine Sechs haben will. Morgen prüfe ich alle Regeln aus dem letzten Vierteljahr. Anselm grinste, denn Reiner hatte ihm die Lösung zugeflüstert.

Mendicke diktierte ihnen noch sechs weitere Aufgaben. Eigentlich hatte ich vor, grummelte er, mit euch demnächst, wenn ihr euch mit der Trigonometrie auskennt, noch Entfernungen im Gelände mit Hilfe der Triangulation zu bestimmen. Aber ich habe überhaupt keine Lust, mit so einem Haufen, wie ihr es seid, mich hier herumzuärgern. Nein, wir verlegen die Geodäsie ins Klassenzimmer und machen das an der Tafel. Das ist für mich viel angenehmer.

Neue Übungsfelder

Nachdem Gregor zu Beginn der Untersekunda die Tanzstunde besucht hatte, eröffneten sich ihm neue Möglichkeiten, Vergnügungen fürs Wochenende, von denen er bisher nur hatte träumen können. Im Tanzunterricht war es unter den Augen des Lehrers noch recht steif zugegangen. Doch als diese Übungsphase vorbei war, konnte er zu den Tanzveranstaltungen in Unter-Warstein und den Nachbardörfern gehen.

Nach den ersten Kirmestanzveranstaltungen hatte er bald vergessen, was er über kultiviertes Benehmen gelesen und vom Tanzlehrer Ostmann gehört hatte. Er war scharf auf Mädchen seines Alters und rückte ihnen auf die Pelle. Dabei stellte sich schon bald heraus, dass die so genannten höheren Töchter für ihn nicht in Frage kamen, die Töchter der Lehrer, des Pfarrers, des Arztes, der selbstständigen Handwerksmeister, der Kaufleute, selbst die Mädchen, deren Eltern einen Bauernhof besaßen – sie alle lebten ein anderes Leben. Die meisten von ihnen erhielten Klavierunterricht, die Familien besuchten einander, und es gab Freundschaften zwischen den Eltern.

Mit jemandem wie Heinrich Schulze redete man, da man ihn als Kunden brauchte und an seinem Geld interessiert war. Aber es blieb immer bei einigen freundlichen, aber unverbindlichen Sätzen. Die Klassenschranken hatten sich auf Gregor übertragen, sie klebten an ihm und ließen sich nicht einfach abstreifen. Das Gymnasium hatte Gregor noch nicht von der Unterschicht in die Mittelschicht befördert, das spürte er mit einem Mal. Diese Mädchen wären höchstens daran interessiert gewesen, mit dem Pennäler Gregor ein wenig Konversation zu führen. Auch kamen die höheren Töchter meistens in Begleitung ihrer Eltern in den Saal und gingen mit diesen noch vor Mitternacht nach Hause.

Die Mädchen ohne Begleitung hingegen blieben bis weit über Mitternacht hinaus, bis zwei, drei oder vier, tranken Alkohol, gingen auch mit einem jungen Mann einmal vor die Tür, um frische Luft zu schnappen. Draußen im Dunkeln wurde dann auch ein wenig geknutscht und gefummelt. Obwohl es meistens bei diesem Geplänkel blieb, hatte Gregor den Eindruck, dass er auf dem rechten Weg war. Genauso nämlich hatte sein Bruder Wotan, so hatte Gregor es aus Andeutungen herausgehört, seine bisherigen Freundinnen kennengelernt.

In dem Anstandsbuch hatte wohl auch einiges darüber gestanden, wie man eine gepflegte Konversation führt, wie man einer Dame ein Kompliment macht. Aber das schien Gregor weder bei den höheren Töchtern, noch bei den Mädchen aus niederen Verhältnissen angebracht. Wenn seine Hormone hochkochten, war sein Verstand einschließlich aller guten Vorsätze außer Kraft gesetzt; Impulse kamen dann nicht mehr aus dem Kopf, sondern nur noch aus der Hose. Er tanzte die halbe Nacht mit einigen Mädchen, kaprizierte sich zu vorgerückter Stunde auf eine, verliebte sich ganz schnell. Sie tanzten eng, ganz eng, drückten ihre jungen Körper aneinander, erregten sich. Begann der Tanzsaal sich gegen vier Uhr zu leeren, tanzten nur noch einige Unentwegte. Nicht immer konnte Gregor erkennen, was ihn so lange in Bewegung hielt. War es die Leidenschaft für die Tanzpartnerin oder die eigene Erregung oder der Alkohol?

Irgendwann legte sich eine leichte Müdigkeit wie eine Wolke auf ihn und kühlte seinen Kopf. Er blickte seine Tanzpartnerin an, erkannte in ihr nur eine Fremde und war plötzlich desillusioniert. Mit ihr wollte er sich auf keinen Fall morgen treffen! Ausschlafen wollte er, sonst nichts. Sie verabschiedeten sich schnell. Wenn sich zwei Tage später die Libido wieder ganz verstohlen meldete, ließ er vielleicht die Bilder der Mädchen, mit denen er getanzt hatte, noch einmal kurz vor seinem geistigen Auge Revue passieren.

Dann gab es das Problem mit dem Geld. Gregor bekam in der Woche vier Mark Taschengeld, doch konnte er damit keine großen Sprünge machen. Bisweilen steckte Friedrich ihm eine oder zwei Mark zu, wenn er bei der Farbenproduktion geholfen hatte. Aber das machte den Kohl nicht fett. Deshalb entschloss Gregor sich, in den sechs Wochen der Sommerferien arbeiten zu gehen. Es war bekannt, dass auf dem Bau am meisten verdient wurde, dass hier aber auch Schwerstarbeit zu leisten war. Er fand leicht eine Stelle in Friedberg, schippte Sand, fuhr Schubkarren, schleppte Steine, Balken, Zementsäcke von früh um sieben bis nachmittags um fünf Uhr. Wenn er abends nach Hause kam, schmerzten seine Hände, Arme und Beine, sodass er die Freizeit eigentlich nicht so recht genießen konnte und früh zu Bett ging. Nach vier Wochen kündigte er. Die Schule war weit, weit weg. Andere Schüler hatten Reisen mit ihren Eltern unternommen oder Radtouren mit Freunden. Gregor brauchte ein paar Tage, um wieder recht zur Besinnung zu kommen und sich an seinen Ersparnissen ein klein wenig erfreuen zu können. Er war nun finanziell nicht mehr völlig von seinem Vater abhängig.

Gregor verspürte das Bedürfnis, sich für die durchgestandenen Strapazen zu belohnen. Er fuhr nach Friedberg, kaufte sich bei einem Optiker ein Fernglas und in der Buchhandlung ein Vogel-Bestimmungsbuch. So konnte er im Garten und im Feld Vögel beobachten und auch solche bestimmen, die er bisher nicht gekannt hatte. Vögel hatten ihn schon immer fasziniert. Nun begann er, sie näher kennenzulernen und sich auch sachliche Kenntnisse über sie anzueignen.

Die Gartenarbeit mit Vater Heinrich war Gregor schon lange zuwider, diese elende Schufterei! Jedes Frühjahr und jeden Herbst musste der ganze Garten umgegraben werden, und Heinrich legte Wert darauf, dass das Blatt des Spatens bei jedem Stich ganz im Boden verschwand.

Net zu flach grabe!, rief er, wenn Gregor durch flachere Stiche versuchte, sich die Arbeit ein wenig zu erleichtern.

Nach einem solchen Arbeitseinsatz fühlte er sich abends genauso zerschlagen wie nach der Arbeit auf der Baustelle. Dennoch ging er abends oder auch sonntags gerne durch den Garten. Denn es gab immer etwas zu beobachten: Im Frühjahr die Knospen, wie sie von Tag zu Tag dicker wurden, die ersten Blüten, das helle Grün der Blätter, die Saat von Salat und Gemüse und später das Obst – Äpfel, Birnen, Zwetschgen, Mirabellen, Johannisbeeren und Stachelbeeren.

Vor seinem eigenen Gärtchen blieb Gregor stehen. Eigentlich war es nur ein winziges Beet, ein auf zwei Meter, das er seit seinem sechsten Lebensjahr nach seinen eigenen Vorstellungen bepflanzen durfte. Da standen eine Himbeere, eine Stachelbeere, eine Sonnenblume und ein paar gesäte Sommerblumen. Außerdem gab es einen Apfelwildling, der schon zwei Meter hoch war. Im letzten Winter hatte Gregor sich in der Friedberger Buchhandlung eine Broschüre aus der Lehrmeister-Bücherei über die Veredlungsarten gekauft. Im April hatte er von der Cox-Orange ein einjähriges Reiß, nachdem er die Blätter abgeknipst hatte, auf das wilde Stämmchen gepfropft.

Tatsächlich! Es hatte geklappt. Drei von vier Knospen waren ausgetrieben. Vater Heinrich hatte, wenn es ums Veredeln von Bäumen ging, immer Herrn Windisch kommen lassen, und Gregor hatte ihm bei der Arbeit zugesehen. Für schwierige Arbeiten ließ Heinrich immer jemanden kommen. Aber man konnte auch schwierige Dinge selber machen; man musste sich nur informieren und es ausprobieren. Nun war Gregor stolz auf seinen Erfolg. Im nächsten Frühjahr wollte er auf einen Zwetschgenwildling ein Reis von einer Mirabelle und eines von einer Reineclaude pfropfen. Dann würde dieser Baum zweierlei Früchte tragen.

Die Naturbeobachtungen, vor allem diejenigen hier im Garten, weckten immer wieder aufs Neue Gregors Interesse. Je öfter er die Wege entlangschritt, umso genauer kannte er jede Pflanze und ihre Entwicklung. Andererseits kam jedes Mal auch das Gefühl einer inneren Leere bei ihm auf, wenn er vor seinem winzigen Beet stand und er sich vergegenwärtigte, dass seine Eltern über die vielhundertfache Fläche verfügten, aber ihre Möglichkeiten nicht annähernd nutzten. Er, Gregor, war jedoch nur der nützliche Gehilfe, der sich höchstens mal bei den Obstbäumen oder Beerensträuchern bedienen durfte.

Wunderbar müsste es sein, dachte Gregor, einen eigenen Garten zu besitzen und diesen anlegen zu können. Kein reiner Nutzgarten sollte es sein, und an einem fließenden Gewässer oder See sollte er liegen, eine Vielfalt von Bäumen und Hecken sollte es geben, dachte er. Grünflächen und auch Beete würde ich anlegen. Es ist ein Jammer, dass sich in der Schule anscheinend niemand für das Gärtnern interessiert, nicht einmal die Biologielehrer. Für sie gibt es Pflanzen und Tiere und deren Gattungen, aber keine Lebensgemeinschaften.

Das Laternenfest

Die Schule hatte nach den Sommerferien wieder begonnen, und das Thermometer zeigte nach der vierten Stunde schon vierundzwanzig Grad an. Es gab Hitzefrei! Auf dem Weg von der Burg zum Bahnhof schlichen sie von einer zur nächsten der schmalen Schattenzonen, die beim mittäglichen Sonnenstand rar waren. Unter einer Linde blieben sie stehen. Robby erzählte: Nächstes Wochenende ist in Bad Homburg Laternenfest. Da ist was los. Ein Mordsrummel, sag ich dir. Du solltest unbedingt kommen. Du kannst auch bei uns übernachten.

Gregor überlegte kurz und brachte zögernd hervor: Bad Homburg – wie soll ich da hinkommen? Das ist doch viel zu umständlich – eine kleine Weltreise ist das.

Robby lachte: Weltreise – dass ich nicht lache! Natürlich musst du in Friedberg umsteigen. Ich schreib dir eine Verbindung auf, dann bist du in einer dreiviertel Stunde bei uns in Homburg. Also kommst du? Du wirst es nicht bereuen.

Robby hatte Gregor am Bahnhof abgeholt. Unterwegs erzählte er, dass sie Besuch hätten. Ein Arbeitskollege seines Vaters sei mit Frau und Tochter gekommen, und man wolle gemeinsam zum Laternenfest gehen.

Wie alt ist das Mädchen?, wollte Gregor wissen.

In unserem Alter, vielleicht auch ein oder zwei Jahre jünger. Aber völlig uninteressant. Kannst du vergessen.

Warum – ist sie hässlich oder blöd?

Ein Stockfisch. Macht den Mund nicht auf. Ich glaub, die ist ein bisschen unterbelichtet. Du wirst sie ja sehen.

Als sie die Wohnung betraten, standen alle schon zum Aufbruch bereit im Flur. Die vier Erwachsenen redeten durcheinander, sodass Gregor kaum ein Wort verstand. Frau Bärhausen war die Kommunikatorin, stellte vor, lobte die Freundschaft der beiden Gymnasiasten.

Familie Derborg ist eigens aus Frankfurt gekommen, sagte sie. Jutta geht in die Mittelschule. Sicher werdet ihr euch was zu erzählen haben, ihr jungen Leute.

Aha, Jutta heißt sie, dachte Gregor. Sieht doch gar nicht übel aus. – Jutta war ein großes Mädchen. Aber sie stand mit hängenden Schultern da und hatte die Augen niedergeschlagen. Sie hatte einen trägen Blick, so schien es Gregor. Aber vielleicht langweilte sie sich auch nur hier und wurde später munter. Man sollte nicht vorschnell sein mit einem Urteil, dachte er. Sie trug ein leuchtend rotes Kleid mit großen weißen Punkten, das oben eng anlag und ihre Figur gut zur Geltung brachte. Unterhalb eines weißen Lackgürtels schwang ein weiter Glockenrock.

Komm Dieter, wir gehen los!, rief Frau Bärhausen. Gemeint war Robbys Bruder, der im hiesigen Gymnasium die Quinta besuchte. Vier Erwachsene und vier Kinder, sagte sie. Schön – das ist doch eine ideale Gesellschaft!

Jeweils zu zwei und zwei gingen sie durch die Straßen. Vorneweg die beiden Männer, dann die Frauen. Es folgten Robby mit Gregor und schließlich der kleine Dieter mit Jutta. Im steten Wechsel ging es mal links, mal rechts – Gregor hätte sich den Weg nicht merken können. Robby erzählte von der Musikkapelle, in der er Akkordeon spielte, von Lambert und Walter Hering, den schläfrigen Brüdern und dem witzigen Schlagzeuger Jörg. Aber Gregor war nicht bei der Sache. Immer wieder einmal wandte er kurz den Kopf um, und sah, dass Dieter sich bemühte, Jutta zu unterhalten, indem er ihr von seiner Schule berichtete.

Jetzt waren sie auf eine breitere, belebte Straße gekommen, auf der es von Menschen wimmelte. Das sei die Louisenstraße, erklärte Robby. Hier würde der große Umzug stattfinden. Von allen Seiten wurden sie angerempelt, und es herrschte ein tumultartiger Lärm, sodass es schwerfiel, nebeneinander zu gehen und sich zu unterhalten. Anscheinend strebte Herr Bärhausen einem Ziel zu, einer Stelle, wo man eine gewisse Übersicht hatte. Immer wieder einmal musste Robby vorangehen, um sich durch das zunehmend dichter werdende Gedränge hindurch zu schlängeln. Sie kamen an Buden vorbei, wo Getränke, Bratwürste, Süßigkeiten und Laternen verkauft wurden.

Papa, krieg ich eine Laterne?, schrie Dieter.

Aber ja, antwortete Herr Bärhausen. Jedes der Kinder bekommt eine. Vier Stück kaufe ich. Wartet hier auf mich!

Nur nicht – nur keinen Kinderkram! Für uns beide nicht, rief Robby ihm nach.

Und Jutta – möchtest du eine?

Juttas Blick wechselte zwischen Dieter und Robby; sie war unschlüssig. Deshalb antwortete Robby für sie: Sie ist genau so groß wie wir. Sie ist doch kein Kind mehr!

Also, nur eine Laterne, entschied Herr Bärhausen.

Dieter bestand darauf, dass die Kerze in seinem Lampion gleich angezündet wurde. Er war nun ständig damit beschäftigt, das Stöckchen hoch zu halten, damit ihm seine Laterne in dem Gedränge nicht aus der Hand geschlagen oder zerdrückt wurde. Robby blieb nichts Anderes übrig, als seinem Brüderchen Geleitschutz zu geben. Damit bildeten Gregor und Jutta jetzt die Nachhut. Auf einer Kreuzung stockte es; sie kamen nicht weiter. Bunt kostümierte Stelzenläufer mit überdimensionalen Laternenköpfen führten einen grotesken Tanz auf.

Gregor zeigte auf eine Figur und sagte zu Jutta: Sieh dir das an, wie dieser rote Ballonkopf hin und her wackelt. Es sieht aus, als wollte er jeden Moment herunterfallen. Sehr komisch ist das.

Jutta kicherte leise und nickte.

Die Sonne war untergegangen, und immer mehr Laternen in allen Farben und Bildmotiven sah man. Nun wurden sie an den Straßenrand gedrängt, weil eine Blaskapelle sich näherte.

Jetzt beginnt der Umzug, rief jemand hinter ihnen. Tatsächlich folgte Gruppe auf Gruppe, viele hunderte vorüberziehende Laternenträger und dann wieder Musikgruppen. Da viele Menschen am Straßenrand stehenblieben, um den Umzug anzusehen, kamen sie nur noch mühsam voran. Ab und zu sah Gregor die Köpfe von Herrn Bärhausen und Herrn Derborg auf- und wieder untertauchen. Robby und Dieter waren im Moment nicht zu sehen. Aber man konnte nicht fehlgehen, denn alle Menschen bewegten sich in dieselbe Richtung.

Schau, da vorne! Da stehen ein Karussell, ein Riesenrad und eine Achterbahn. Da müssen wir hin. Was hältst du davon: Wir beide fahren Achterbahn?

Jutta blickte Gregor unsicher an. Langsam bewegte sie den Kopf hin und her, als überlege sie, ob sie ihn schütteln solle.

Oder noch besser: Wir fahren Geisterbahn. Hab ich als Kind einmal erlebt mit meinem Bruder im Frankfurter Zoo. Dazu hätte ich Lust. Du auch?

Nun sagte Jutta doch etwas. Sie hob die rechte Hand, als wolle sie etwas von sich abhalten: Da hab ich Angst. Ist auch alles so laut. Alles zu laut!

Sie zeigte nach rechts, wo eine breite Straße abzweigte, an deren Ende man viel Grün sah, anscheinend war dort ein Park. Den Anschluss an die Gruppe hatten sie längst verloren. Vielleicht hätten sie die Anderen wirklich zwischen den Fahrgeschäften und Buden gefunden, aber Gregor war mit einem Mal daran gar nicht mehr sonderlich interessiert. Sie bogen also nach rechts ab und wanderten langsam durch die Straße, in der die Straßenbeleuchtung gerade angegangen war.

Jutta schritt rechts neben Gregor. Jetzt muss ich doch mal eine Unterhaltung beginnen, dachte er.

Du gehst in eine Realschule, hat Robert mir gesagt.

Jutta nickte, ohne den Kopf nach links zu wenden.

Welches sind deine Lieblingsfächer?

Jutta blieb stumm.

Welches Fach hast du am liebsten?

Wieder keine Antwort

Hast du lieber Deutsch oder Englisch oder Mathe oder Musik?

Sie hatten ihre Schritte verlangsamt. Nun fiel Gregor bald nichts mehr ein. Irgendetwas muss sie doch interessieren an ihrer Schule. Natürlich! Kunst war es. Das musste ihr Lieblingsfach sein.

Kunst!, rief er. Du zeichnest und malst gern. Stimmt's?

Jutta schüttelte den Kopf. Schließlich sagte sie: Reli gefällt mir. Der Pfarrer erzählt Geschichten, und wir beten und singen schöne Lieder.

Oh Schreck lass' nach, dachte Gregor. Die ist aber einfach gestrickt!

Schon nach wenigen Minuten standen sie an einem Park. Anscheinend hatten alle Homburger sich zur Louisenstraße begeben, denn hier war kaum jemand zu sehen. Ein alter Mann führte seinen Dackel Gassi und redete auf ihn ein. Aus der Ferne hörte man das Getöse der durcheinanderwogenden Musikkapellen und Fahrgeschäfte. In Wellen wehte ab und zu etwas von dem Durcheinander der Stimmen herüber.

Angenehm ruhig ist es hier, meinte Gregor. Wie selbstverständlich lenkten sie ihre Schritte in den Park hinein. Durch die gewundenen Wege, auf denen man sofort die Orientierung verlor, tauchten sie in das Dunkel unter den mächtigen Baumkronen ein.

Er versuchte es noch einmal mit dem Thema Schule: Aber ich zeichne, male und bastele gern, auch zu Hause in der Freizeit. Physik, Chemie und Bio mag ich auch. In Englisch haben wir jetzt eine Ballade gelesen. Ich weiß aber nur zwei Zeilen.

This was the peasant's last Good-night
A voice replied, far up the height,
Excelsior!

Klingt ein bisschen unheimlich. Aber gerade das mag ich. Wenn es düster klingt und geheimnisvoll. Erzählungen von Edgar Allan Poe gefallen mir gerade deshalb. *The Raven.* Müsstest du mal lesen. Man kann das schlecht nacherzählen.

Jutta fasste nach Gregors Hand und flüsterte: Ich glaub, da ist auch ein Teich mit Schwänen. Ich war schon mal da mit meinen Eltern.

Ein richtiges Gespräch wird mit ihr wohl nicht zustande kommen, dachte Gregor. Es wundert mich, dass sie überhaupt in der Realschule mitkommt. Aber es gibt ja auch schwache Realschüler. Vielleicht bekommt sie Nachhilfe.

Gregor suchte keinen Teich, sondern bog immer wieder ab, wenn ein Weg noch schmaler und noch dunkler war. Schließlich endete ein Pfad nach einer engen Kurve. Von drei Seiten von hohen Hecken eingeschlossen, stand eine Bank. Gregor setzte sich und zog Jutta neben sich.

Lange mussten sie es hier ausgehalten haben, obwohl sie so gut wie gar gesprochen hatten. Gregor hatte kein einziges Mal einen Blick auf seine Uhr geworfen. Es war kühl geworden, sodass sie beide zu frösteln anfingen. Auch begannen die Holzdielen der Bank zunehmend härter nach oben zu drücken. Gregor und Jutta sortierten ihre Gliedmaßen, blickten einander an und mussten lachen.

Ich wüsste wirklich ein bequemeres Lager, scherzte Gregor.

Wo ist das?, fragte Jutta zurück.

Da mussten sie beide noch einmal lachen und erhoben sich. Jutta strich ihren Rock glatt, und sie folgten dem Licht, sodass sie auch bald einen Ausgang gefunden hatten. Halb zwei war es, und das Laternenfest war noch lange nicht zu Ende. Sowohl der Lärm als auch die Beleuchtung markierten ihnen den nächsten Abschnitt des Weges. Zu Gregors Erstaunen stießen sie tatsächlich wieder auf die Louisenstraße, jedoch nicht dort, wo sie abgebogen waren. Sie folgten ihr ein längeres Stück, bis Jutta nach rechts deutete: Hierhin, sagte sie selbstsicher.

Hast du dir das merken können?, fragte Gregor.

Jutta nickte: Ich weiß, wo Bärhausens wohnen. – Es ging wieder rechts – links – rechts – links. Aber Gregor verließ sich ganz auf Juttas Instinkt, und er wunderte sich nur noch wenig, als sie vor Bärhausens Wohnungstür standen. Er läutete, und die Tür öffnete sich sofort. Da standen im Flur die Ehepaare Derborg und Bärhausen mit entgeisterten Gesichtern.

Wo kommt ihr denn her? Plötzlich wart ihr weg. Habt ihr euch verirrt? Wo wart ihr so lange?

Als sie ins Wohnzimmer gingen, kam Robby noch hinzu. Gregor spürte das Misstrauen, das ihm entgegenschlug. Das Ehepaar Derborg gar wirkte geradezu feindselig. Sie nervös, er nur mühsam beherrscht.

Oh, was ist hier los?, dachte Gregor. Sie haben wohl schon lange diskutiert und sich in den dunkelsten Farben ausgemalt, was wir getrieben haben. Nun heißt es: Vorsicht ist die Mutter der Porzellankiste!

Ja, plötzlich wart ihr weg. Jutta hat die laute Musik und den ganzen Lärm nicht ausgehalten. Dann haben wir uns verlaufen.

Ja, wo wart ihr denn? Wie habt ihr wieder zurückgefunden?

Da war ein Park.

Ein Park? Wart ihr im Kurpark oder im Schlosspark?

Weiß ich nicht.

Habt ihr euch im Park verlaufen?

Nein, wir waren nicht im Park. Wir haben den Park nur gesehen. Von außen.

Ihr wart an einem Park. Ach so.

Frau Derborg stieß einen tiefen Seufzer aus. Dann atmete sie zweimal tief durch. Sie saß noch immer hochaufgerichtet auf dem Sofa und hatte beide Arme über der Brust verschränkt. Mit einem vorwurfsvollen Blick streifte sie Gregor und bemerkte vieldeutig: Na, das ist mir ja was. Was sagst du dazu, Hermann?

Herr Derborg entschied: Wir fahren jetzt. Morgen sehen wir weiter.

Eilig verabschiedeten sich die beiden Pennäler und zogen sich in Robbys Zimmer zurück. Sie lagen schon in ihren Betten, als Robby flüsterte: Was habt ihr denn gemacht? Ihr habt's ja lange ausgehalten. Erzähl doch mal!

Was soll ich erzählen?

Na, es gibt doch was zu erzählen. Meine Eltern und die Derborgs waren völlig von der Rolle. Dein Freund ist mit der Jutta durchgebrannt. Er wird sie verführen. Weiß er denn, wie es mit ihr steht? Dass sie nicht redet? Dass sie nie nein sagt und allen

Quatsch mitmacht? – Ich weiß nicht, was er weiß, habe ich ihnen gesagt. Und so weiter und so fort. Also, erzähle!

Es gibt nichts zu erzählen.

Ich erzähl dir doch auch alles, wenn ich eine aufgerissen hab. Nun sei kein Frosch. Ich kenn dich doch und weiß, dass du kein Chorknabe bist.

Jetzt bin ich nur müde.

In Friedberg sprachen Gregor und Robby kaum mehr über das Laternenfest. Der Name Jutta fiel überhaupt nicht. Erst nach zwei Wochen kam Robby montags mit einer Neuigkeit.

Stell dir vor, Herr Derborg hat meinen Vater vertraulich angesprochen und ihm einiges erzählt. Tagelang hätten sie Jutta mehrfach ins Kreuzverhör genommen, um zu erfahren, was beim Laternenfest in der Nacht vorgefallen war. Aber Jutta schwieg beharrlich, bis die Mutter ihre letzte Chance in einer Drohung sah. Wenn du uns nicht erzählst, was ihr im Park gemacht habt, geh ich mit dir zum Frauenarzt, habe sie gesagt. Der könne, wenn er sie untersuche, alles haargenau erkennen. Aber, sie werde sich nicht nackt ausziehen vor diesem Arzt, habe Jutta erwidert. Ob sie denn noch öfter an diesen Gregor aus Warstein denke, wollte die Mutter wissen. Juttas Antwort sei prompt gekommen und habe seine Frau schockiert, berichtete Herr Derborg. Sie habe nämlich ganz ruhig aber entschlossen gesagt: Beim nächsten Laternenfest gehe ich mit dem Robert in den Park.

Da musste meine Frau sich erst einmal hinsetzen. Dann fragte sie nur noch: Um Himmels Willen, Kind, wie kommst du denn darauf? Und Jutta habe nur mit den Schultern gezuckt und geantwortet: So halt.

Gregor räusperte sich, dann begegnete er Robbys Blick. Da fingen sie an zu grinsen, scheinbar verwegen, aber auch ein wenig verlegen. Robby winkte ab und stellte sicher: Von der lass' ich die Finger. Diese Geschichte wär mir viel zu heiß.

Ein Maskenball

Wotan hatte seine Puch in Zahlung gegeben und sich ein Goggomobil gekauft, eine winzige Blechkiste mit Zweitaktmotor im Heck, mit er nun viel unterwegs war. Es war Winter, die Saison der Maskenbälle hatte schon begonnen, für die auf der Hauptstraße mit Plakaten geworben wurde. Vor allem Sportvereine und Gesangvereine veranstalteten diese beliebten Tanzabende an den Wochenenden. Einige Male nahm Wotan seinen jüngeren Bruder mit auf die Dörfer rund um Warstein. Die Frauen und Mädchen waren kostümiert, und fast alle trugen Masken. Die Männer hingegen erschienen korrekt angezogen in ihren Sonntagsanzügen.

Vater Heinrich war noch nie in seinem Leben auf einem Maskenball gewesen. Allerdings hatte es sich bis zu ihm herumgesprochen, dass es dort etwas freizügiger zuging als bei einem Kirmestanz. Als Wotan und Gregor aufbrachen, um nach Lockstadt, einem kleinen Dorf bei Friedberg, zu fahren, hielt Heinrich Gregor in der Tür an und ermahnte ihn: Gregor, du gehst noch in die Schul, vergiss das net. Wenn du eine dick machst, is Schluss mit der Schul. Dann schick ich dich auf den Bau, und du lernst Maurer!

Gregor zuckte kurz zusammen, wandte sich grußlos ab und ging.

Bei den Fastnachtsbällen genossen die Frauen ihre größeren Freiheiten hinter der Maske, denn sie mussten nicht warten, bis sie von einem Mann aufgefordert wurden; sie konnten sich auch selber einen Tänzer holen. Gregor blickte sich um und überlegte, ob er gleich nach einer Tänzerin Ausschau halten sollte. Nein, er hatte Zeit. Gleich neben der Eingangstür, deren zwei Flügel man geöffnet und festgekeilt hatte, stand die lange Theke, welche die gesamte Wand einnahm. Sie war von Paaren sowie von einzelnen Männern belagert. Gregor setzte sich auf den letzten freien Hocker, bestellte sich ein kleines Bier und zündete sich eine Zigarette an. Wohl war er nicht volljährig, aber quasi doch erwachsen, wie er meinte. Deshalb nahm er auch alle Erwachsenenrechte, soweit das möglich war, für sich in Anspruch.

Fast zehn Jahre lang hatte er keine Zigarette angerührt. Nun aber gehörte auch das Rauchen zu seinem neuen Status. Als ihm das Bier hingestellt wurde, nahm er einen kräftigen ersten Schluck, wischte sich mit dem Handrücken genussvoll den Schaum von der Oberlippe und drehte der Theke den Rücken zu. Von seinem erhöhten Sitzplatz aus konnte er den ganzen Saal gut überblicken. An der Rückwand hatte man die bei Maskenbällen sehr beliebten Liebeslauben eingerichtet. Das waren winzige Kabinen, die durch einen bunten Vorhang verschlossen und jeweils mit einem kleinen Tisch und zwei Stühlen ausgestattet waren. Mit buntem Krepppapier und Luftschlangen waren sie dekoriert und nur durch die Flamme einer Kerze spärlich beleuchtet. In der linken Ecke der Hallenrückwand auf einem Podium saß die Musikkapelle. Die Glasscheiben der Fenster an den beiden Seitenwänden waren mit schwarzem Papier verklebt, denn dieser Saal diente während des ganzen Jahres als Kino. Vor den Fenstern hingen in regelmäßigen Abständen bunte Bahnen aus Krepppapier von der Decke herab. Zu beiden Seiten standen Tische mit Stühlen und Bänken. Die Mitte, das war etwa die Hälfte der Fläche, war als Tanzboden freigehalten worden.

Gregor nahm einen letzten Schluck aus seinem Glas und ließ sich sachte von dem Hocker hinuntergleiten. Welche Hübsche könnte er um einen Tanz bitten? Während er noch seinen Blick schweifen ließ, packte ihn eine grüne Furie und zerrte ihn auf die Tanzfläche. Sie trug eine grüne Maske; grüne Seidentücher umspielten eine kupferrote Perücke. In Lockstadt war Gregor fremd. Deshalb musste er auch nicht versuchen zu erraten, wer hinter der Maske steckte. Aber ihr Alter wollte er herauskriegen, ob sie eventuell mit ihrem Mann hier war und sich nur ein

Weilchen auf Kosten der Männer amüsieren wollte. Er achtete auf ihre Stimme, die sie offensichtlich verstellte, beobachtete ihre Haut unterhalb der Larve und am Hals.

Als der Tanz zu Ende war, fragte sie, ob er sie an der Theke zu einem Likörchen einladen möchte. Gregor stellte sich vor sie, nahm ihre beiden Hände und sagte: Dein Kostüm gefällt mir ausnehmend gut, und du hast wunderschöne Hände.

Mit einem kurzen Blick erkannte er den Abdruck eines abgezogenen Rings am rechten Ringfinger.

Ein Likörchen, sagst du? Vielleicht nach dem nächsten Tanz. Danke einstweilen.

Er deutete eine förmliche Verbeugung an und ging ein paar Schritte weiter. Wieder schaute er sich um. Wotan sah er mit einer Maskierten an der Theke sitzen. Langsam umrundete er die Tanzfläche und musterte die Sitzenden. Da hatte er ein Mädchen ausgemacht, das jünger zu sein schien. Sie trug ein weißes Dirndl mit schwarz-rotem Muster und aufgesetzten roten Herzen. Es war leicht zu erkennen, dass sie noch keine zwanzig war, denn unter der schmalen schwarzen Larve war das jugendliche Gesicht gut auszumachen. Zusammen mit einer ganzen Gruppe junger Leute saß sie an einem langen Tisch vor einer Cola.

Als die Kapelle mit den ersten Takten eines Rock 'n' Roll begann, ging Gregor direkt auf sie zu.

Darf ich bitten?

Sie errötete ein wenig und erhob sich. Es war ihm recht, mit einem offenen Tanz zu beginnen, denn so konnte er sie umherwirbeln, ihren Rock fliegen lassen, ihr zulächeln, musste nichts sprechen und konnte sie beobachten. Es folgte ein Foxtrott, bei dem sie sich unterhielten. Sie war ein Jahr jünger als er und erzählte, dass sie eine Lehre als kaufmännische Angestellte im Frühjahr abschließe. Als der Tanz zu Ende war, wollte sie sehr schnell zu ihrer Gesellschaft zurück. Offenbar hatte sie bemerkt, dass Gregor weitergehende Absichten hatte, denen sie auf diese Weise zuvorkommen und entgehen konnte. Vielleicht war sie sogar mit ihrem Freund hier.

Gregor drehte jetzt nur eine halbe Runde, ging zwischen einigen Tischen durch bis zur Fensterreihe. Mit dem Rücken zur Wand konnte er unauffälliger den gesamten Raum überblicken und das Geschehen beobachten. Die Kapelle begann mit einem Wiener Walzer. Ein schlaksiger Junge forderte die junge Herz-Dame auf und ging mir ihr zur Tanzfläche. Es gab ältere Paare, die den Walzer beneidenswert souverän hinlegten, doch der junge Kavalier schien große Probleme mit dem Wechselschritt im Dreivierteltakt zu haben. Die Musik hatte noch nicht ganz geendet, da brachte er das Mädchen in Schwarz-Weiß-Rot schon wieder zu ihrem Tisch zurück.

Eine Weile stand Gregor bei der Kapelle und sah den Musikern zu. Für ihn war es immer wieder ein kleines Wunder, wie sie durch ihre schnellen mechanischen Bewegungen einen ausdrucksvollen, bewegten Klang hervorbrachten. Bisweilen machte es ihn melancholisch, dass er das nicht konnte. Da bemerkte er, dass eine maskierte junge Frau in Schwarz und Rot ihn verstohlen beobachtete. Als ein neuer Tanz begann, forderte sie ihn auf. Sie fühlte sich warm und weich an. Das war ein ganz anderes Gefühl als die sperrige Oberfläche der jugendlichen Herz-Dame, bei der er nur grob gewirkte Spitze, aber kaum einen Körper gespürt hatte.

Ohne lange zu überlegen, fragte er nach dem zweiten Tanz: Gehen wir dort hinten etwas trinken?

Mit dem Kopf wies er zu den Liebeslauben hin. Sie nickte lächelnd. Gregor lüftete den ersten Vorhang ein wenig und sah ein eng umschlungenes Liebespaar. Das gleiche Bild bot sich in der zweiten Laube. Die dritte war leer. Gregor hielt den Vorhang auf, ließ seine Tanzpartnerin eintreten und folgte ihr. Auf dem Tisch lag eine schmale Karte, auf der Liköre und Sekt aufgeführt waren. Schnell hatten sie sich auf Sekt geeinigt, als die Kellnerin auch schon erschien und die Bestellung aufnahm. Erst jetzt kam Gregor dazu, seine Tanzdame genauer anzusehen. Sie trug einen schwarzen Rock, aus dessen Falten es bei jeder Bewegung karminrot glänzend hervorblitzte. Das Oberteil war schwarz, ganz schlicht geschnitten mit rundem Halsausschnitt und Trägern. Darüber trug sie einen weit geöffneten karminroten Bolero mit hohem Stehkragen und halblangen Ärmeln. Sie hatte einen bräunlichen Teint, tiefschwarze, schulterlange, leicht gewellte Haare und, soweit die metallisch rot glänzende Larve das erkennen ließ, schön geschwungene Augenbrauen. Mit einem etwas unbeholfenen Kompliment würdigte Gregor das geschmackvolle Ensemble.

Ja, findest du wirklich? Das freut mich, denn ich habe es selber genäht. – Das waren ihre ersten Worte. Die Kellnerin brachte den Sekt, den Gregor sofort bezahlen musste. Nun waren sie ungestört.

Na, denn Prost, meine schöne Unbekannte, raunte Gregor ihr zu.

Prost, mein junger Kavalier, antwortete sie.

Gregor blickte sie an, sah in den Augenöffnungen der Larve jedoch nur den Glanz der Pupillen.

Ich wette, dass du wunderschöne dunkelbraune Augen hast.

Sie schüttelte den Kopf. Jetzt flunkerst du, lachte sie. Mit deiner Wette willst du mich übertölpeln. Aber ich wette nicht. Wer wetten will, der will betrügen.

Na gut, meine Gregor. Du hast mich durchschaut. Wir wetten nicht, und ich gebe mich geschlagen, weil du eine kluge Frau bist. Aber das wirst du ja wohl nicht abstreiten.

Bei dir muss man ja ganz schön aufpassen. Wie alt bist du eigentlich?

Gregor wollte die Kontrolle über das Gespräch behalten. Deshalb sagte er: Eins nach dem andern. Wir sind noch bei deinen Augen.

Sie führte die Hände zu ihren Schläfen und hob die Larve für eine Sekunde. Aaah!, entfuhr es da Gregor, der seinen Stuhl schon dicht zu dem ihren gerückt hatte. Mit der linken Hand fasste er mutig nach ihrer rechten Schulter, mit der rechten hielt er ihren Hinterkopf und küsste sie kurzentschlossen heftig auf den Mund. Dieser Überfall schien für sie überraschend zu kommen, doch wehrte sie sich nicht. Sie atmete tief aus und umarmte ihn, bis das erste Feuer sich gelegt hatte. Als sie sich voneinander lösten, atmeten sie tief durch und strahlten einander an. In der folgenden halben Stunde nippten sie ein wenig an ihren Sektgläsern, umarmten und küssten sich immer wieder und sahen einander tief in die Augen. Dabei sprachen sie kaum etwas. Gregor erfuhr, dass sie Selma hieß. Mehr wollte sie nicht von sich erzählen.

Aber sie kam auf ihre Frage zurück: Du wolltest mir verraten, wie alt du bist.

Achtzehn.

Du schummelst, ich seh es dir an.

Ja, genau genommen, in drei Monaten. Und du?

Das solltest du mit fast achtzehn wissen, dass man eine Dame nicht nach ihrem Alter fragt.

Als der Sekt ausgetrunken war, schlug Selma vor: Komm, lass' uns tanzen.

Sie gingen hinaus und reihten sich in einen langsamen Tanz ein, wobei sie ihre Körper fest aneinanderpressten und sich kaum bewegten. Obwohl in Gregors Kopf die Gedanken hin und her schwirrten und seine Hormone in Turbulenzen gerieten, entging es ihm nicht, dass Wotan sich gerade mit einem Mädchen in eine Liebeslaube zurückzog.

Gregor und Selma setzten sich an einen Tisch über Eck. So konnten sie sich halblaut unterhalten, einander ansehen, und Gregor konnte nach einer ihrer Hände fassen, die sie ihm überließ. Bei der Kellnerin bestellte Gregor für sich ein Bier, für Selma eine Bluna. Selma schien völlig entspannt und zufrieden zu sein, Gregor hingegen fragte sich permanent, was er tun müsste, damit es irgendwie weiterging. Auf Selmas Vorschlag hin tanzten sie, um dann wieder länger zu sitzen und zu plaudern. So verging die Zeit schnell, ohne dass sich etwas ereignete.

Gegen ein Uhr richtete Selma sich auf ihrem Stuhl auf, blickte auf ihre kleine goldene Armbanduhr und sagte: Gregor, das war ein wunderschöner Abend mir dir. Den werde ich so schnell nicht vergessen. Danke schön.

Sie wollte sich erheben, aber Gregor zog sie noch einmal auf den Stuhl zurück.

Treffen wir uns morgen in Friedberg?

Gregor, bitte, du hast da etwas missverstanden

Wir können uns auch anderswo treffen.

Du hast keine Erfahrung mit Fastnacht. Du kennst doch den Schlager: Am Aschermittwoch ist alles vorbei.

Bist du verheiratet?

Pssst, nicht traurig sein, flüsterte sie und legte ihren Zeigefinger auf seine Lippen.

Sie erhob sich, gab ihm noch einen flüchtigen Kuss auf die Stirn, ging schnell durch die Sitzreihen und eilte an der Tanzfläche entlang. In der großen Tür, durch die andauernd Menschen ein- und ausgingen, wurde sie aufgehalten, oder sie hielt kurz inne, als überlegte sie, ob sie sich noch einmal umdrehen sollte. Mit einem Mal war sie in der Menge verschwunden.

Gregor fühlte sich elend. Da sah er, dass Wotan sich ihm von der Tanzfläche her näherte. Ich darf mir nichts anmerken lassen, dachte Gregor. Der versteht das nicht.

Wir fahren jetzt heim, sagte Wotan. Du hast dich auch von deiner Angebeteten verabschiedet, stellte er fest.

Gregor nickte. Wotan setzte sich ihm gegenüber.

Du solltest dich eher an Mädchen in deinem Alter halte. Sie war ja hübsch. Ja, sie hat wirklich sehr gut ausgesehe. Aber sie könnt dei Mutter sei. So was hat doch kei Zukunft. Ich könnt mir sogar vorstelle, dass sie verheirat is und sich nur für heut Abend mal frei genomme hat.

Ja, meinst du wirklich? Und Du – hattest du mehr Glück?

Das wird sich zeige. Jedenfalls hab' ich mich mit der kleine Blonde für morge verabredet, die übrigens nur ein Jahr älter is als du. Also komm!

Zu Hause saßen die Beiden sich noch eine Weile am Küchentisch gegenüber. Wotan begann: Siebzehn bist du, im richtige Alter, um mit Mädchen anzufange. Du willst jetzt so richtig aufdrehn, aber mit den paar Kröte, die du im Sommer verdient hast, kannst du nicht e ganzes Jahr lang ausgehe. Die Mädchen erwarte, dass man se mal ins Kino einlädt, ihne was zu trinke spendiert. Und selbst wenn du dein Abi hast, verdienst du immer noch nix. Das is doch e beschissene Existenz. Ich hab mei Auto und kann eine mitnehme. Und was glaubst du, was dann im Sommer los is! Im Frühjahr bau ich noch die Vordersitze um. Die starre Lehne wern abgesägt und durch arretierbare Scharniere mit de Sitze verbunde. Dann hab ich richtige Liegesitze wie es sie nur in richtige Luxuskarre gibt. Außerdem kauf ich mir e kleines Zelt. Dann mach ich richtige Reise. Wie ist das eigentlich bei deine Klassenkamerade? Hat keiner von dene e fest Freundin?

Gregor rutschte unruhig auf seinem Stuhl hin und her. Kleinlaut antwortete er: Weiß nicht – keine Ahnung.

Wotan erhob sich. Ich glaub, wir gehn jetzt schlafe. Überleg dir, ob das wirklich so weitergehe soll.

Die Quick

Große Geschenke machte man sich nie in der Familie Schulze, weder zum Geburtstag noch zu Weihnachten. Umso mehr erstaunte es Gregor, als er zu Weihnachten 1955 am Abend das Wohnzimmer betrat. Unterm Christbaum lagen ein paar kleine Päckchen, und mitten im Raum stand eine sperrige Holzkiste, einen Meter lang war sie und fast ebenso hoch und tief. Auf den Gesichtern der Eltern lag ein ungewohnt feines Lächeln, Wotan grinste erwartungsvoll.

Was ist los? Was soll denn die alte Kiste hier?, fragte Gregor. Er kannte diese Kisten. Sie wurden in der Fabrik, in der Vater Heinrich arbeitete, für den Versand der Instrumente benutzt. Wenn eine größere Anzahl von Kisten nach vielen Touren ausgedient hatten, zerlegte der Vater sie zu Brennholz, füllte eine weitere Kiste damit, die dann per Bahnfracht nach Unter-Warstein kam. Dann war es nicht nur Gregors Aufgabe, sie von der Güterabfertigung mit dem Handwagen nach Hause zu karren, sondern auch die Bretter klein zu sägen und mit dem Beil in ofengerechte Stücke zu hacken.

Ja, dann wolle wir mal gucke, was das Christkindche uns gebracht hat. Frau, fang du mal an, sagte Heinrich.

Es waren nur Sachen zum Anziehen, die man sowieso brauchte. Für die Mutter eine Strickweste, für den Vater Socken und ein Paar neue Sockenhalter, für Wotan ein dicker Wollschal, rot-blau kariert, für Gregor ein Hemd, weiß mit feinen grünen Streifen. Niemand war besonders überrascht, alle waren zufrieden.

Und was is mit der Kist hier?, fragte Gregor noch einmal.

Mach sie halt uff, feixte Wotan. Dann wirst du's sehe. Da liegt das Werkzeug.

Die Kiste war natürlich zugenagelt, aber Wotan hatte vorsorglich schon einen Hammer, ein Stemmeisen und eine Kneifzange dazugelegt. Diese Arbeit war Gregor gewohnt, doch hatte er sie nie im Haus, sondern immer nur im Hof ausgeführt. Ein Dutzend oder mehr Nägel zog er aus den Brettern, bis er den Deckel abheben konnte.

Zeitungspapier!, rief Gregor. Was soll der Quatsch?

Ja, betonte Wotan. Ein wertvolles Geschenk muss man gut polstern. Also, aufgepasst!

Gregor zog zunächst behutsam die zusammengeknüllten Zeitungen aus der Kiste, aber es wollte damit kein Ende nehmen. Inzwischen hatte er bereits die Hälft ausgeräumt. Nun drückte er einmal vorsichtig in der Mitte nach unten, spürte aber keinen Widerstand. Auch seitlich gab die Polsterung nach. Er wurde ein wenig ungeduldig und begann, die Papierknäuel mit beiden Händen aus der Kiste zu räumen. Der Papierhaufen hatte sich mittlerweile bis zur Zimmertür ausgedehnt. Während Vater und Mutter es sich auf dem Sofa bequem gemacht hatten und milde lächelten, gab Wotan dem kleinen Bruder weiterhin Ratschläge und mahnte zu Vorsicht. Gregor fürchtete schon, auf einen üblen Streich hereingefallen zu sein, denn er spürte bereits den festen Boden der Kiste. Aber er wollte kein Spielverderber sein und tat so, als sei er tatsächlich gespannt, was da nun zum Vorschein käme. Er räumte auch die letzten Papierfetzen aus den Ecken, und schließlich stieß er auf dem Boden auf eine flach ausgebreitete Zeitung.

Natürlich, dachte er. Wotan, dieser Tunichtgut, hat sich auf Kosten des kleinen Bruders einen Spaß ausgedacht. Nun war nichts mehr zu erwarten. Aber er ließ sich seine Verärgerung nicht anmerken. Gleichgültig zog er die Zeitung heraus. Aber da lag ja noch was! Ein blassgrünes Heft mit der Aufschrift *Kraftfahrzeugbrief*.

He – he!, schrie Gregor. Ist das denn möglich?

Alle strahlten ihn erwartungsvoll an, und Wotan meinte gut gelaunt: Na, was sagste jetzt?

Gregor hob das Heft auf und öffnete es. Natürlich war es die NSU Quick, die Wotan nicht losgeworden war, als er die gebrauchte Puch gekauft hatte. Dieses schöne Motorrad hatte er sogar in Zahlung geben können, als er kürzlich sein erstes Autochen, ein Goggomobil, gekauft hatte. Die ganze Zeit hatte die Quick unter einer Plane im Heuschuppen gestanden. Sie war nie Gregors Traum gewesen, aber immerhin, es war ein Kleinmotorrad, das fünfzig Sachen machte – immerhin. Fünfzig, das war ein unglaubliches Tempo, das Gregor ein einziges Mal auf dem Fahrrad bei einer Taunus-Tour erlebt hatte, vom Großen Feldberg abwärts. Fünfzig mit dem Auto, das war nichts Besonderes. Aber wenn einem der Fahrtwind ins Gesicht bläst, ist das ein irres Erlebnis. Und so schnell würde er dann auf flachen Straßen fahren!

Das alte Mühlchen schenkst du mir?, fragte er ungläubig, während er Wotan anblickte.

Ja, die Quick gehört ab sofort dir. Musst nur noch den Führerschein machen. In einem Vierteljahr wirst du ja achtzehn.

Oh ja, er bauchte natürlich einen Führerschein. Und der kostete Geld. Er schaute hinüber zu seinen Eltern, denen das Stichwort nicht entgangen war.

Vater Heinrich nickte ernst. Den Führerschein musst du erst mache. Vorher wird net mit dem Töff-Töff gefahre!

Ist doch klar, Papa, entgegnete Gregor gutmütig. Damit war es eigentlich beschlossene Sache, dass die Eltern die Fahrschule bezahlten.

Bruder Friedrich und seine Frau Olga hatten sich vor zwei Jahren Mofas gekauft, mit denen sie an den Wochenenden kleine Touren unternahmen. Nun wollte Friedrich sein erstes Auto kaufen. Ende Januar meldeten sich die beiden Brüder gemeinsam bei der Fahrschule Peters in Kalmen an. Jeden Mittwochabend fuhren sie mit den Mofas zum Unterricht des wohlbeleibten Herrn Peters. Der setzte sich zu seinem Diaprojektor, zeigte das erste Bild, ließ die Deckenbeleuchtung ausschalten und sagte: Jetzt machen wir erst mal Dampf, dann lernt sich's besser. Er zündete sich die erste Zigarette an, und mindestens die Hälfte der Fahrschüler folgte seinem Beispiel.

Vor der ersten Fahrstunde erklärte Gregor Herrn Peters, dass er schon fahren könne und nicht mehr als eine Fahrstunde brauche. Aber Herr Peters bestand auf zwei Stunden. Gregor hatte hinter dem Fahrschulauto herzufahren, in dem auch gerade sein

Bruder übte. Sie fuhren nach Silberstadt, denn nur dort gab es eine steil ansteigende Straße, die zum Kloster hinaufführte. Mitten auf der Steigung ließ der Fahrlehrer anhalten und wieder anfahren. Natürlich würgten beide Brüder ihre Fahrzeuge ab. Sie übten das Anfahren am Berg sieben- oder achtmal, wobei es Herrn Peters nicht im Geringsten störte, dass sich hinter ihnen ein Stau gebildet hatte, bestehend aus einem Pferdegespann, einem kleinen Lastwagen und einem Traktor mit Anhänger. Erst am Ende der Übungsprozedur stieg er aus, winkte den Wartenden zu und rief: Jetzt geht's weiter.

Bei der zweiten Fahrstunde fuhren sie zu einem kleinen Platz in Kalmen, und Herr Peters verließ ausnahmsweise seinen Beifahrersitz. Er zündete sich eine Zigarette an und sagte zu Gregor: So, jetzt im ersten Gang immer im Kreis. Zunächst linksrum.

Nach zehn Runden dachte Gregor: Nun kann ich's aber. Herr Peters hatte offenbar denselben Eindruck, denn er befahl: Jetzt rechtsrum. Er ging zum Auto zurück, um Friedrich einige Hinweise zu geben. Als er zurückkehrte, brummte er: Und jetzt fährst du Achten, links, rechts, schön zügig, aber nicht zu schnell, damit es dich nicht hinhaut. Bis du ein sicheres Gefühl hast und nicht mehr wackelst. Diese Lektionen waren in der Tat wichtig gewesen, denn Gregor hatte zu Hause wohl einige Fahrten auf den nahen Feldwegen unternommen, wobei er anfahren, schalten und bremsen geübt hatte. Aber hier hatte es keine Steigungen gegeben, und für Kreise oder gar Achten war kein Raum gewesen.

Herr Peters kannte offensichtlich den Prüfer, denn der verlangte exakt dieselben Manöver: Anfahren am Berg, im Kreis und Achten fahren.

Im Sommerhalbjahr fuhr Gregor eine Weile mit seinem Motorrädchen nach Friedberg in die Schule. Natürlich tat es ihm gut, als er beim ersten Mal mit seinem Fahrzeug bestaunt wurde. Als es dann tagelang regnete, zog er es vor, doch wieder die Bahn zu nehmen.

In den Sommerferien hatte er bei einer Mineralwasserquelle in Bad Vilbel einen Job gefunden. Als Ausputzer wurde er mal in diese, mal in jene Abteilung geschickt. Wohl wurden die Flaschen schon automatisch abgefüllt, aber die Schnappverschlüsse mussten noch von Hand verschlossen und die Flaschen vom Band genommen und in Kästen gestellt werden. Hier arbeiteten vor allem Frauen mittleren Alters und Mädchen, die keinen Beruf erlernt hatten. Sie alle freuten sich, dass zur Abwechslung ein junger Bursche neben ihnen auftauchte. Man musste schnell und zuverlässig arbeiten. Aber die Tätigkeit war nicht anspruchsvoll, sodass man sich auch unterhalten und flirten konnte.

Schüler bist du – so, so. Sicher willst du mal studieren. Willst du Doktor werden? Dann komm ich zu dir.

Und schon war man bei Thema Nummer ein. Anzüglichkeiten wurden ausgetauscht, schlüpfrige Witze erzählt, bis der Abteilungsleiter vorbeikam.

Die Hedwig mit ihrem etwas groben Gesicht, der blonden Mähne, ihrem großen Mund und ihrem verwegenen Lachen gefiel ihm gleich. Nach ein paar Tagen bot Gregor ihr an, sie nach Hause zu fahren.

Am nächsten Tag fragte ihn die zierliche Greta, ob er sie wohl auch einmal mitnehmen würde. Gregor musste erst einmal überlegen, ob sie überhaupt sein Typ war. Sie hatte eine blasse Haut mit ein paar Sommersprossen, eine kupferfarbene Lockenfrisur und wasserblaue Augen. Ihm wurde bewusst, dass er hier ja der Hahn im Korb war. Er hatte offenbar die Auswahl. War er es, auf den sie alle abfuhren, oder war es das Motorrad? Wahrscheinlich doch er mit dem Motorrad!

Warum nicht, sagte er sich. Vielleicht gewöhne ich mich an sie und mag sie sogar irgendwann. Oder auch nicht – mal sehen, was daraus wird. Nach Arbeitsschluss schwang Greta sich routiniert auf den Sozius, und anstatt sich an dem hölzernen Griff zu halten, umklammerte sie Gregor. Das gefiel ihm, sodass es ihm gar nichts ausmachte, dass er mit ihr über Unter-Warstein hinaus noch ein paar Kilometer in Richtung Vogelsberg bis nach Steeden fahren musste. Nachdem sie vereinbart hatten, dass Gregor sie am nächsten Sonntag besuche, fuhr sie wieder mit der Bahn nach Hause, und die nächsten vier Wochen verbrachte Gregor jeden Sonntag mit Greta in Steeden. Sie wanderten tagsüber durch Wiesen, Felder und Wälder an den Ausläufern des Vogelsbergs, wobei sie allerdings Gretas jüngste Schwester als Wachhundchen mitnehmen mussten. Abends saßen sie allerdings allein in der dunklen Wohnküche des Bauernhauses, denn die Eltern gingen sehr früh schlafen. So konnten die Beiden es sich auf der geräumigen Ofenbank bequem machen und sich ungestört miteinander beschäftigen.

Als die Schule nach den Sommerferien wieder anfing, schien Greta kaum darüber enttäuscht zu sein, dass ihre gemeinsame Zeit zu Ende ging. Offenbar hatte sie sich keinen Hoffnungen auf eine dauerhafte Freundschaft hingegeben.

Kurze Lehre

Sein großes Ziel hatte Gregor schon eine ganze Weile aus den Augen verloren. Die Kunst hätte ihn gereizt, denn Zeichnen und Malen, das war das Einzige, was er konnte und was durch gute und öfter auch sehr gute Noten honoriert wurde. Ein anderes Fach, in dem er eine Drei hatte, konnte er doch nicht studieren! So dachte er. Es gab außer Kunst nichts, was ihn wirklich faszinierte. Er wäre auch bereit gewesen, sich einmal im Zeichnen und Malen richtig Mühe zu geben, mal hart und fleißig zu arbeiten. Aber niemand erwartete das. Die Kunststunden plätscherten immer so gemütlich dahin. Nicht einmal die Kunstlehrer schienen ihr eigenes Fach wirklich ernst zu nehmen.

Also, wozu dann überhaupt Abitur machen? Es fehlte Gregor die Motivation, intensiv zu lernen. Seine Leistungen waren weder besonders gut noch besorgniserregend schlecht. Er hatte sich im Mittelmaß eines unauffälligen Dreierschülers eingependelt. Lediglich in Französisch stand er schlecht, denn mit der dritten Fremdsprache hatten sie erst in diesem Jahr angefangen – und ausgerechnet mit dem alten Micki als Fachlehrer. Gregor hasste diesen Menschen, und deshalb lehnte er auch dieses Fach, diese Sprache, ab.

In der Untersekunda wurde allenthalben herumgefragt: Gehst du ab, oder machst du weiter?

Gregor war orientierungslos. Deshalb antwortete er: Ich gehe ab.

Dann kam die nächste Frage, die ihn zunehmend nervte: Und was machst du dann?

Welcher Beruf kam für ihn in Frage? Das wusste er nicht. Er erinnerte sich wieder daran, dass Wotan seinerzeit, als er in der siebten Volksschulklasse gewesen war, ihm den Beruf des Werkzeugmachers ans Herz gelegt hatte mit den Worten: Es gibt nichts Schöneres als Metallbearbeitung. Es gab auch die Ausbildung zum Mechaniker, wo es noch anspruchsvoller zuging. – Damals, vor vier Jahren, hatte er sich gegen eine Ausbildung und für das Gymnasium entschieden. Und während der vier Jahre hatte er keinen Gedanken darauf verschwendet, welcher Ausbildungsberuf für ihn in Frage käme. Aber nun, da er die Schule verlassen wollte, sollte er plötzlich eine Entscheidung treffen.

Erst sechs Wochen vor Schuljahresende offenbarte er sich seinen Eltern. Die waren sehr einverstanden, denn sie hatten ihm schon immer gesagt, dass sie ihm ein Studium nicht finanzieren könnten.

Was willst du denn lerne?, fragte Heinrich. Mit der Mittlere Reife stehn dir alle gute Berufe offe. Willst du zu einer Bank gehn? Oder zur Post oder zur Bahn?

Gregor blies die Backen auf und stieß angewidert die Luft heraus. Nur das nicht! Mechaniker will ich lernen.

Aber weißt du denn net, dass sich alle Schüler schon im Herbst beworbe habe? Die Frist is längst abgelaufe.

Im Herbst hatte er noch gar nicht daran gedacht, die Schule zu verlassen. Nun aber erkannte er, dass die gymnasiale Oberstufe eine Sackgasse war. Verlorene Zeit – verlorene Mühe. Irgendwie schwante ihm auch, dass jeder Lehrberuf nicht mehr als eine Verlegenheitslösung wäre. Aber es war die einzige Möglichkeit, bald Geld zu verdienen und eine Freundin zu haben. Wotan hatte das klar ausgesprochen. Aber seine Eltern verstanden das natürlich nicht. Deshalb wollte er dieses Thema auch gar nicht anschneiden.

Bei uns gibt es auch e Lehrwerkstatt, in der wern alle metallverarbeitende Berufe ausgebildet, sagte Heinrich.

Ist das an der Bockenheimer Warte? Gregor hatte die Frage eigentlich nur gestellt, um so etwas wie Interesse zu zeigen.

Nein, antwortete Heinrich. Das is net im Hauptwerk. Die Lehrwerkstatt is in em eigene Gebäude auf der andere Seit vom Westbahnhof. Ich kenne de Leiter. Es is der Diplom-Ingenieur Hessling.

Willst du ihn fragen, ob er mich noch aufnimmt?, fragte Gregor unsicher.

Nein, das kann er net entscheide. Die Prüfunge sin vorbei, und die Gruppe steht schon fest. Das geht jetzt nur noch über de Herr Direktor.

Oh nein, willst du ihn wirklich mit so etwas behelligen? Damit machst du dich nur unbeliebt.

Natürlich werd ich net direkt mit ihm spreche. Ich weiß ja gar net, wann er in der Fabrik is und ob er überhaupt Zeit hätt. Aber sei Sekretärin, das Fräulein von Pappenheim, is immer da.

143

Die kenn ich schon seit viele Jahr, und ich packe mit ihr, das weißt de ja, jedes Jahr die Geschenkkörb vor Weihnachte. Ihr hab ich auch schon den eine oder andere Gefalle getan. Hab ihr vor allem vor de Währungsreform ab und zu was aus unserm Garte mitgebracht. Ich bin ganz sicher, dass sie sich für mich einsetze wird.

Schon am nächsten Abend kam Vater Heinrich mit einer positiven Nachricht nach Hause. Er hatte vormittags eine halbe Stunde im Büro von Fräulein von Pappenheim gesessen.

Am Nachmittag hat se mich angerufe, berichtete er. Sie hat mit dem Chef gesproche und dann noch mit dem Herr Hessling telefoniert. Du sollst am nächste Montag um neun Uhr in der Lehrwerkstatt zur Prüfung erscheine und das letzte Zeugnis mitbringe.

Nun rutschte Gregor doch für einen Augenblick das Herz in die Hose. Dass es so schnell gehen würde, hatte er sich nicht vorstellen können.

Sonst soll ich nichts mitbringen?, fragte er unsicher.

Nur Schreibzeug.

Weißt du, ob das nur eine schriftliche Prüfung ist?

Fräulein von Pappenheim hat mir gesagt, es gibt en schriftliche, en mündliche und en praktische Teil.

Gregor murrte: Die machen aber Umstände! Mit dem Abi-Zeugnis kann man ohne Prüfung jedes Studium aufnehmen.

Ja, unser Firma ist sehr wählerisch bei de Lehrlinge. Das is in Frankfurt bekannt. Schließlich baue wir Präzisionsinstrumente.

Natürlich war die Prüfung, die sich über fünf Stunden hingezogen hatte, für Gregor aufregend gewesen. Am Ende teilte Herr Hessling ihm das Ergebnis mit: Du hast die Prüfung in allen Teilen mit besser als Gut bestanden. Ich freue mich, dass wir dich demnächst bei uns haben werden. Du weißt, deinen Vater kenne ich schon, seitdem ich bei der Firma bin, seit Kriegsende.

Er ist ja schon viel länger bei uns, ich glaube schon vor dem Krieg war er in der Firma. Es ist allgemein bekannt, dass der Direktor ihn sehr schätzt. Und du willst sicher in seine Fußstapfen treten.

Alles andere als das wollte Gregor. Er musste höllisch aufpassen, dass sich das hier nicht herumsprechen würde. Seine Ausbildung wollte er hier machen und sich dann bei einer anderen Firma eine Stelle suchen.

Am Dienstag nach Ostern sollte er um Viertel vor sieben erscheinen und einen blauen Arbeitsanzug mitbringen.

Dann stand Gregor zusammen mit sechzehn neuen Lehrlingen, die alle blau uniformiert waren, vor dem Diplom-Ingenieur im weißen Kittel, der sich hinter seinem Schreibtisch erhoben hatte. Nach seiner Begrüßung übernahm ein Lehrgeselle im grauen Kittel die Betreuung der Gruppe. An einer langen Werkbank bekam jeder einen Schraubstock zugeteilt, eine grobe und eine feine Feile, eine Feilenbürste sowie eine Schieblehre. Die erste Aufgabe lautete: Feile aus einem Eisenzylinder nach vorgegebenen Maßen einen Kubus. Dieser entsprach in seiner Größe annähernd einer Streichholzschachtel. Alle feilten los. In regelmäßigen Abständen kam der Lehrgeselle vorbei, korrigierte die Haltung, überprüfte die Maße des Werkstücks und beurteilte insgesamt den Fortschritt der Arbeit.

Stündlich ging Gregor aufs Klo, nur, um für ein paar Minuten einen Blick über die Hallendächer der Umgebung zu werfen. Wenn er sich in der Werkstatt umsah, wurde ihm klar, dass er vom Regen der Penne in die Traufe eines Straflagers geraten war. Es hatte offensichtlich Methode, dass man die Anfänger durch eine besonders stumpfsinnige Arbeit disziplinieren wollte. Allerdings wunderte Gregor sich, dass keiner der Lehrlinge zu leiden schien, dass sie sogar stolz waren: auf ihren Status, auf ihre Uniform und auf die stupide Arbeit.

Es gab noch zwei weitere Reihen mit Werkbänken für die Lehrlinge des zweiten und des dritten Jahrgangs. Die Lehrlinge in der zweiten Reihe hatten unterschiedliche Werkstücke vor sich; sie feilten nicht nur, sondern sägten, bohrten und montierten selbst gefertigte Teile zusammen. In der dritten Reihe war kaum ein Arbeitsplatz besetzt, denn es gab schließlich noch die Maschinen, vor allem Drehbänke, aber auch elektrische Sägen und Ständerbohrmaschinen. Hier arbeiteten die meisten Lehrlinge im dritten Lehrjahr, die sich schon fast als Facharbeiter fühlten und für die Anfänger keinen Blick übrighatten. Sie mochten in Gregors Alter sein. Herr Hessling hatte ihm nach der Prüfung gesagt, dass es sich bei allen Lehrlingen ausschließlich um gute Absolventen von Volksschulen handelte.

Die Stunden und Tage vergingen gleichförmig, ohne dass etwas Besonderes geschah, außer, dass das Stahlklötzchen allmählich kleiner wurde. In der Halle war alles schwarz, weiß und grau mit Ausnahme der blauen Arbeitsanzüge der Lehrlinge. Und Herrn Hessling sah Gregor im weißen Kittel, der in weiter Ferne, gleich neben dem Eingang, hinter seinem Schreibtisch saß. Wenn Gregor sich aufrichtete, traf sein Blick auf die gegenüberliegende weiße Wand, an der drei große Drahtrollen von etwa einem Meter Durchmesser hingen. Ob jemals einer der Lehrlinge die Drahtrollen beachtet hatte, bezweifelte er. Neben Gregor feilte ein munterer kleiner Berliner mit Namen Schröter. Gregor zeigte auf die Wand mit den Rollen, denn ihm schien, sie waren das Schönste, das Bemerkenswerteste, in der ganzen Werkstatt, und er sagte: Schau mal, die Drahtrollen sehen aus wie eine schwungvolle Zeichnung. Das gefällt mir.

Schröter lachte laut auf: Der Schulze is'n kleener Philosoph!

Sofern er damit meinte, dass Gregor über den Sinn seiner aktuellen Existenz nachdachte, lag er nicht ganz daneben. Aber genau genommen war es so, dass Gregor soeben in einem pragmatischen Ambiente – völlig unpassend – ein ästhetisches Urteil gefällt hatte.

Am Montag der zweiten Woche marschierte die gesamte Gruppe des ersten Lehrjahres zur Bockenheimer Warte, um das

Hauptwerk zu besichtigen. Sie wurden durch einen Saal geführt, wo Frauen am Fließband Tachometer montierten. Dann kamen sie in die Stanzenhalle. An vielen kleinen Maschinen standen Arbeiter, die vorgefertigte Bleche in Pressen schoben, gleichzeitig mit beiden Händen je einen Hebel betätigten, um dann der Maschine ein fertiges Gehäuse zu entnehmen. In eine riesige Stanze, die unter einer Glaskuppel stand und anscheinend über drei Stockwerke reichte, schoben zwei Männer große rechteckige Bleche, aus denen Rohlinge in unterschiedlicher Form gestanzt wurden.

Ein ohrenbetäubender Lärm herrschte hier! Hinzu kam immer wieder der Stoß, der den Hallenboden beben ließ, wenn die Stanze niederging, eine Erschütterung, die Gregor sowohl über die Füße wahrnahm als auch in der Brust spürte. Die Lehrlinge reckten die Hälse, aber keiner versuchte, sich zu unterhalten. Eben schrie Herr Hessling dem Abteilungsleiter etwas ins Ohr. Gregor, der direkt neben den Beiden stand, konnte nur Bruchstücke verstehen.

… nicht alle Abläufe begreifen … von der Größe und Bedeutung des Unternehmens beeindrucken … keine technischen Kenntnisse vermitteln … eine große psychische Überwältigung … stolz sein, in diesem Unternehmen arbeiten zu dürfen.

Gregor war wachgerüttelt. Was bildete sich dieser freundliche Herr Hessling eigentlich ein? So ging es ihm durch den Kopf. Hält er seine Lehrlinge für derart unbedarft, dass sie solche taktischen Überlegungen nicht verstehen? Natürlich finde auch ich große Maschinen schön, dachte er. Aber ich will doch nicht in Ehrfurcht erstarren, und von diesem gewaltigen Eindruck überwältigt werden. Ich will die Dinge schön finden und sie zugleich verstehen. Herr Hessling aber will mein Denken und meine Gefühle steuern. Da spiele ich nicht mit.

Ab sofort hörte Gregor bei der Führung nicht mehr zu.

Am Ende der zweiten Woche, es war am Samstag nach der Vesperpause gegen zehn Uhr, trat der Lehrgeselle zu Gregor und ließ sich das Eisenklötzchen geben. Er legte ein kleines Präzisionslineal auf eine Fläche nach der anderen, und Gregor konnte erkennen, dass diese deutlich von der Kante des Lineals abwichen. Immer berührte das Lineal nur die Mitte der Fläche, und seitlich blitzte das Licht hindurch.

Na, kannst Du etwas erkennen?, fragte der Geselle.

Ja, antwortete Gregor. Mein Klötzchen ist gewölbt.

Stimmt! Und nun wollen wir mal sehen, welche Reserven es noch gibt zum Feilen.

Er schob den kleinen Quader in die Schieblehre, blickte auf die Skala. Dann hielt er sie Gregor unter die Augen. Was siehst du?, fragte er.

Ein Zehntel Millimeter zu klein, antwortete Gregor.

Ja – und das in der Mitte der Wölbung. Außen wollen wir gar nicht nachmessen. Da sind es bestimmt zwei bis drei Zehntel. Tja, mein Lieber. Da ist nichts mehr zu machen. Ich habe euch gesagt, ihr sollt immer parallel feilen und darauf achten, dass ihr auf allen Seiten ebene Flächen bekommt. Solange das Klötzchen noch größer war, konntest du noch etwas korrigieren. Aber wenn die Maße unterschritten sind, gibt es nur noch eine Möglichkeit. Welche? Was meinst du?

Zum ersten Mal blickten die Beiden sich direkt in die Augen. Gregor antwortete nicht, sondern gab den fragenden Blick zurück. Der Mann im grauen Kittel stellte die Situation als ein Dilemma dar. Aber damit konnte Gregor sich nicht einverstanden erklären.

Na, das ist doch ein klarer Fall. Du musst noch einmal von vorne anfangen. Oder?

Der Lehrgeselle ließ Gregor stehen und ging nach vorne zu Herrn Hesslings Schreibtisch.

Für Gregor stand fest: Er würde nicht noch einmal von vorne beginnen. Die ganzen Tage hatte er darüber nachgedacht, wie er sich aus diesem Sträflingslager befreien könnte, ohne dass ihm etwas eingefallen wäre. Schließlich war der Lehrvertrag unterschrieben, und die Ausbildung hatte begonnen. Aber jetzt wusste er, was zu tun war. Deshalb wollte er die scheinbar rhetorische Frage des Lehrgesellen nicht diesem beantworten. Die Antwort musste er dem Mann im weißen Kittel geben.

Eben war der Lehrgeselle in das Materiallager gegangen. Gregor legte seine Schieblehre neben die Feilen auf die Werkbank, ging nach vorne zu Herrn Hessling und sagte: Herr Hessling, heute ist mein letzter Tag. Am Montag gehe ich wieder in die Schule.

Der Diplom-Ingenieur erstarrte für einen Moment. Dann versuchte er, Gregor zu beruhigen. Er solle das nicht so tragisch nehmen mit dem Klötzchen. Schließlich habe er den besten Wochenbericht geschrieben.

Nach wie vor bin ich sehr optimistisch, sagte Hessling, dass du den Abschluss bekommst und noch ein guter Mechaniker wirst. Du kommst am Montag mit deinem Vater, und dann reden wir mal miteinander. Du musst jetzt nicht sofort mit dem neuen Werkstück beginnen. Zunächst bekommst du mal eine andere Arbeit.

Herr Hessling, antwortete Gregor. Ich habe mir das während der ganzen Woche sehr genau überlegt. Davon kann mich niemand abbringen.

Hessling hatte den Ernst der Lange noch nicht erkannt. Er stand auf, legte Gregor die Hand auf die Schulter und sagte, indem er seiner Stimme alle Schärfe nahm: Bitte, Schulze, versteh doch. So geht das nicht. Am Montag also mit deinem Vater.

Er will nicht glauben, dass es mir ernst ist, dachte Gregor. Er meint, wenn er sich weigert, meinen Entschluss zu akzeptieren, dann ginge schon alles nach seinem Kopf. Er wird sich am Montag wundern, wenn wir nicht bei ihm erscheinen. Soll er doch mit meinem alten Herrn telefonieren. Sie können sich ja darüber austauschen, was sie über mich denken. Ist mir egal.

Der Lehrgeselle trug drei Pappschachteln in den Händen, als er aus dem Lager kam.

Komm, sagte er. Wir gehen an deinen Arbeitsplatz. Also, sieh mal her. Das sind verschlissene Unterbrecherkontakte. Das kleine Metallstück hier auf der Grundplatte ist der Amboss. Nur den können wir noch verwerten, der Rest ist Abfall. Den Amboss brichst du mit dieser Zange heraus. Die winzigen Metallstücke legst du hier in die kleine Schachtel, in die große kommt der Abfall.

Eigentlich könnte ich gleich gehen, dachte Gregor. Denn das ist eine Arbeit für eine ungelernte Kraft. Aber ich will nicht mehr Ärger machen als unbedingt nötig. Es ist abzusehen, dass Heinrich schäumen wird. Wahrscheinlich bekomme ich sogar eine gescheuert. Aber das kann ich ihm und mir nicht ersparen.

Im Westbahnhof traf Gregor seinen Vater Heinrich. Als sie sich dann im Abteil gegenübersaßen, wartete Gregor, bis der Zug anfuhr. Er atmete einmal tief durch, dann eröffnete er dem Vater seinen Entschluss.

Heinrichs Gesicht lief rot an, und er schien vor Wut fast zu platzen. Aber Gregor wusste, dass er sich hier unter den vielen Leuten beherrschen würde. Das wirkliche Donnerwetter würde zu Hause losbrechen. Aber das wäre erst in einer Stunde.

Du blamierst mich bis uff die Knoche, zischte er. Du fährst am Montag wieder nach Frankfurt und gehst in die Werkstatt!

Gregor antwortete nicht. Er hatte sich ein wenig zum Fenster hingedreht, aber aus den Augenwinkeln konnte er seinen Vater beobachten. Der atmete schwer und malte mit den Zähnen. Gregor wandte sich nun vollends von ihm ab, rückte sich auf seinem Sitz zurecht und blickte aus dem Fenster, an dem die Telegrafendrähte vorbeiflogen, immer auf und ab, auf und ab.

Zu Hause holte Heinrich noch einmal weit aus: Für dich haben sich alle abgerackert. Eine Ausnahme haben se für dich gemacht. Sogar en Extratermin für die Eignungsprüfung hast du bekomme. Und jetzt bildest du dir ein, du könntest alles hinschmeiße, nur weil de kei Lust mehr hast zum Schaffe. Es bleibt dabei: Du fährst am Montag wieder nach Frankfurt.

Während die Mutter am Herd hantierte, saß Heinrich breitbeinig auf seinem Stuhl, eine Faust auf dem Tisch, bebend vor Zorn.

Gregor, der mit verschränkten Armen mitten in der Küche stand, blickte knapp an Heinrichs Kopf vorbei auf die Wand. Kurz und entschlossen stieß er seine Antwort hervor: Die Idee mit der Lehre war ein Irrtum. Es war eine Schnapsidee. Am Montag fahre ich in die Schule.

Vater Heinrich war in sich zusammengesunken. Er klagte: Wie steh ich da vor dem Fräulein von Pappenheim, vor dem Herr Direktor und dem Diplom-Ingenieur Hessling? Eine Blamage is das, eine Blamage ohnegleiche! Ich hatt immer en gute Stand bei alle, die was zu sage habe. Vor allem für de Herr Direktor war ich e Vertrauensperson. Du weißt doch, dass er mich aus dem Krieg geholt hat, von der Insel Kreta weg und in die Heimat. Sei Jagdhaus im Taunus musst ich bewache. Das war immer noch besser als beim Barras. Dem Schulze kann ich vertrauen, hat er zum Fräulein von Pappenheim gesagt. Und jetzt wird er sage: Der Schulze hat net mal sei eigene Kinder im Griff.

Dass Vater Heinrich bei seinen wütenden Reden am Tische sitzen geblieben war, zeigte, dass er seine Position längst aufgegeben hatte. Er würde es nicht mehr wagen, Gregor, der ihn inzwischen an Körpergröße deutlich überragte, noch einmal zu schlagen. Es mussten etwa sechs Jahre her sein, als die Eltern von der Sache mit den Mädchen Wind bekommen hatten. Damals schon hatte er erkannt, dass die Prügelstrafe zu milde gewesen wäre, um ein unsittliches Verhalten zu ahnden. Zuvor hatte er bei jedem Ungehorsam wild auf seinen Jüngsten eingedroschen, sich in eine unbändige Wut hineingesteigert und fest daran geglaubt, dass er ein gottgefälliges Werk vollbringe. Gregor hatte seinen Vater dafür gehasst. Da war es auch nur ein schwacher Trost gewesen, wenn Friedrich sagte, als der Kleine sei er ja noch geschont worden. Sie, die beiden Großen, Friedrich und Wotan, seien noch härter bestraft, noch gnadenloser verhauen worden. Für Gregor war das kein Maßstab; ihm reichte sein Anteil, um diesen Vater abzulehnen, ihn nicht mehr lieben zu können.

Heinrichs Zornesausbruch war verrauscht; seine bedrohlichen Gebärden beeindruckten Gregor nicht mehr, denn er wusste jetzt, was er wollte: Abitur machen.

Die Brüder gaben unterschiedliche Kommentare ab. Friedrich meinte: Du musst wissen, was du tust. Ich wünsch dir, dass es gut ausgeht. – Wotan sah die Sache weniger wohlwollend. Er sagte verächtlich: Wem man net rate kann, dem kann man auch net helfe. Wie kann nur jemand so e tolle Lehrstelle aufgebe? Eine Mechanikerlehre in so em tolle Betrieb! Ich fass es einfach net.

Am Sonntag fuhr Gregor nach Friedberg. Als das Motorrad über den Schulhof rollte, sah er, dass im Erdgeschoss des Internats ein Fenster offenstand, und er erkannte drei ehemalige Klassenkameraden. Einer saß auf dem Fensterbrett und ließ die Beine herausbaumeln, die beiden anderen lehnten sich weit hinaus und sahen ihn neugierig an, als er sich ihnen näherte. Es gab eine lebhafte Begrüßung: Nah, was machst du denn hier? Hast du schon wieder Sehnsucht nach der alten Penne? Macht die Fabrikarbeit Spaß?

Am Montag komm ich wieder in die Schule.

Da riefen alle Drei durcheinander: Was! Das gibt's doch nicht! Du spinnst! Red' doch keinen Quark! Wir hatten schon drei Tage Unterricht.

Gregor grinste ein wenig verlegen: Zwei Wochen Feilen in der Lehrwerkstatt. Das hat mir gereicht. – Ihr werdet ja sehen: morgen früh sind wir wieder zusammen.

Hängepartie

Am Montag früh um Viertel vor acht war Gregor mit seiner Quick in den Friedberger Burghof gefahren, ging spornstreichs auf die Direktion zur Sekretärin und sagte, dass er den Herrn Direktor sprechen möchte. Er hatte sich gedacht, dass es eine reine Formalie wäre und er eine Viertelstunde später wieder zwischen seinen Klassenkameraden sitzen werde. Deshalb fügte er beiläufig erklärend hinzu: Ich war vor drei Wochen abgegangen, möchte aber jetzt doch zurück in die Obersekunda.

Frau Höfling war eine junge Kriegerwitwe, eine freundliche Frau von Anfang vierzig, die von Lehrern und Schülern unterschiedslos nicht nur geschätzt, sondern auch gemocht wurde.

Hast du dein Versetzungszeugnis dabei?, fragte sie.

Hab' ich, ja, hier bitte.

Sie klopfte an die Tür des Direktors, wartete einen Moment und drückte die Klinke herunter. Jetzt war sie hinter der schalldicht gepolsterten Tür verschwunden. Auf der riesigen Wanduhr, die zugleich die Leutezeichen in allen Schulgebäuden steuerte, war der große Zeiger auf fünf Minuten vor acht gerückt, als Frau Höfling in ihr Büro zurückkehrte. Sie setzte sich an ihre Schreibmaschine, fing an zu tippen, als sie Gregor noch einen ermunternden Blick zuwarf.

Gleich! Es dauert noch einen Moment, sagte sie und tippte weiter.

Gregor blickte aus dem Fenster auf den Schulhof hinunter, der voller Schüler war. Sie bildeten größere und kleinere Gruppen, die Buben und Mädchen aus den Anfangsklassen, die größeren Mittelstufenschüler und die Herren und die wenigen Damen aus den Primen, bei denen man bisweilen zweimal hinschauen musste, um sie von den jungen Assessoren zu unterscheiden.

Das laut rasselnde Klingelsignal erscholl, und die Gruppen bewegten sich auf die drei Schulhäuser zu. Endlich öffnete sich die Tür, und da stand der neue Chef, der vor wenigen Tagen seine Stelle angetreten hatte und den Gregor noch nicht kannte. Es war der gestrenge Herr Dr. Wulfram mit einem Schmiss auf der linken Backe und einer Mini-Frisur, die oben ein winziges Nest bildete. Die breiten Partien über den Ohren und der Hinterkopf waren kahlgeschoren, wo noch zwei oder drei kleinere Schmisse zu sehen waren.

So, Herr Schulze, dann kommen sie mal herein, sagte Wulfram, schloss die Tür hinter sich und stellte sich neben seinen Schreibtisch.

Gregor hielt mit beiden Händen den Griff seiner Aktentasche fest umklammert und stellte sich vor, wobei er versuchte, seiner Stimme Festigkeit zu verleihen: Ich bin Gregor Schulze, habe vor drei Wochen die Schule mit der Mittleren Reife verlassen und war zwei Wochen in einer Lehre. Jetzt möchte ich zurück an die Schule. Ich habe mir das noch einmal sehr genau überlegt. Ich will nun doch Abitur machen.

Für einen Moment herrschte absolute Stille im Raum. Die Blicke der beiden begegneten sich nur für eine Sekunde, dann wich Gregor dem Direktor aus, sah auf dem Schreibtisch sein Zeugnis liegen und versuchte nun doch wieder aus den Augenwinkeln eine Botschaft auf Wulframs Gesicht zu lesen. Doch dieses fleischige und doch feste Gesicht wirkte wie eine Festung; es gab nichts preis. Warum sagte der Direktor nichts? Jetzt griff er zur Seite, nahm das Zeugnis in die Hand und überflog es, als sehe er es zum ersten Mal.

Gregor Schulze, ja, Herr Schulze, hier ist Ihr Zeugnis, sagte er nachdenklich. Er legte das Blatt zurück und wandte sich Gregor wieder zu. Sie standen einander wieder gegenüber. Gregor wäre es lieber gewesen, der Direktor hätte sich hinter seinen Schreibtisch in den Lehnstuhl gesetzt und sich behaglich zurückgelehnt.

So, so, begann er noch einmal. Es schien, als suche er den passenden Einstieg. Sie stellen sich das so einfach vor. Mir scheint, dass Ihnen die Arbeit nicht geschmeckt hat. So ist es doch?

Gregor wollte sich mit einer Antwort nicht beeilen, denn der Direktor traf eigentlich den Nagel auf den Kopf. Er schien auch gar keine Antwort zu erwarten, denn er fuhr ohne Unterbrechung mit seinen Ausführungen fort.

Ein Versetzungszeugnis ist das, gewiss, auch ein ordentlicher Notendurchschnitt, aber mit einer Fünf in Französisch. Das kann ich nicht allein entscheiden. Heute Nachmittag ist Konferenz.

Dr. Wulfram öffnete die Tür und nickte Gregor zu. Nicht unfreundlich. Aber so viel stand fest: Er war entlassen, und es gab nichts mehr zu besprechen.

Gregor spürte seine Knie weich werden, und noch in der Tür stehend fragte er zurück: Ja, dann komme ich – ja, wann ist die Konferenz zu Ende?

Frühestens um siebzehn Uhr, antwortete der neue Direx und schloss die Tür hinter ihm.

Gregor hatte sich das so einfach vorgestellt, und nun war es mit einem Mal äußerst kompliziert. Er hatte gedacht, das Versetzungszeugnis sei die sichere Eintrittskarte in die Obersekunda. Aber offenbar nicht an jeder beliebigen Schule – nicht einmal an seiner alten Penne. Nachdem er davongelaufen und wieder reumütig zurückgekehrt war, hatte der Schulleiter den Wankelmut des Schülers erkannt und machte ihm deutlich, dass er nicht damit rechnen könne, wieder mit offenen Armen aufgenommen zu werden.

In dieser Ungewissheit wagte Gregor es nicht, nach Hause zu fahren, denn er hatte keinen Plan B. Den gesamten Schulvormittag und den ganzen Nachmittag sollte er sich um die Ohren schlagen und warten, bis unter vielen anderen Tagesordnungspunkten sein Fall besprochen und beschlossen war. Für das Kollegium eine Lappalie, für ihn eine schicksalhafte Entscheidung. Der Direx hatte es doch selber gesagt: Er hatte die Versetzung in die Obersekunda. Daran gab es doch nichts zu rütteln. Oder doch?

Gregor hatte die Burg verlassen und ging langsam an den ersten Marktständen entlang. Aber er brauchte weder Obst und Gemüse, noch Wurst oder Käse. Er wollte ja nur wieder zurück an seine Schule, die ihm nun auf einmal, da sie sich gegen sein Begehren sträubte, umso erstrebenswerter erschien als alles andere auf der Welt.

Wohl fünf- oder sechsmal lief er die Kaiserstraße hinauf und hinunter, blieb vor Schaufenstern stehen, ohne wirklich etwas zu sehen. – Die Mutter hatte ihm Geld mitgegeben und ihm aufgetragen, vier Einmachgläser zu kaufen. Aber das wollte er erst auf dem Rückweg erledigen. – In seinem Kopf begannen die Gedanken zu rotieren. Was tun, wenn die Konferenz gegen seine Wiederaufnahme stimmte? Natürlich konnte sie das. Die Konferenz hatte das Recht, die Aufnahme einzelner Schüler zu beschließen oder abzulehnen.

Eine Rückkehr in die Lehrwerkstatt kam überhaupt nicht in Frage. Natürlich hatte es in Gregors jungem Leben schon einige Male Situationen gegeben, in denen er sich in einer Klemme gesehen hatte, Fälle, die ihm ausweglos erschienen waren. Aber nie war er auf den Gedanken verfallen, eine Verzweiflungstat zu begehen. Er hatte einmal gelesen, alle Menschen, die sich das Leben nähmen, befänden sich in einem Irrtum. Sie glaubten, sie befänden sich in einer Sackgasse, aus der es kein Entrinnen gäbe. Daraus konnte er nur einen Schluss ziehen: Ich darf die Ausweglosigkeit nicht anerkennen. Nun, es war ja noch keine Entscheidung gegen ihn gefallen. Insofern gab es keinen Grund zu verzweifeln.

Punkt ein Uhr ging er in die Schillerlinde und bestellte sich für zwanzig Pfennig eine Suppe. Zum ersten Mal saß er alleine in diesem Gasthaus. Schon mehrfach hatte er mit Robby hier den Klarinettisten Lambert Hering getroffen, der hauptberuflich als Anwaltsgehilfe arbeitete und bei einer dünnen Nudelsuppe und einem Bier gern seine Histörchen zum Besten gab. Die kuriosen Fälle hatten natürlich den größten Unterhaltungswert. Meistens ging es um Kleinkriminelle, die zu dumm waren, einen raffinierten Einbruch oder Betrug zu begehen.

Nun aber saß Gregor wie unter einer Glasglocke vor der hellgelben Brühe, in der Sternchennudeln und ein paar Petersilienblättchen schwammen. Er sah die Suppe nicht, er roch sie nicht, sondern er begann wie auf Befehl, sie automatisch in sich hineinzulöffeln. Während es sonst seine Gewohnheit gewesen war, seine Umgebung aufmerksam zu beobachten und er versucht hatte, aus Gesichtern und Gesprächsfetzen Beziehungen und Geschichten zu rekonstruieren, übersah er diesmal das sich flüsternd unterhaltende Rentnerehepaar am Nebentisch und die Bankangestellten, die auch beim Verzehren ihres Mittagsmahls über Geldanlagen reden mussten.

Die Schillerlinde war ein traditionsreiches Lokal, in dem man billig und ordentlich aß. Der Gastraum hatte etwas Gewachsenes. Man kam hinein, setzte sich und gehörte dazu. Von der Theke drangen lautstarke Wortfetzen zu ihm herüber. Gregor blickte kurz auf. Zwei Bierkutschern schob der Wirt jeweils einen Schoppen über die Theke, und die Beiden tranken in langen Zügen und genussvoll, jeder einen Unterarm auf dem Tresen. Offenbar hatten sie einige Fässer abgeladen und durch die Luke in den Keller versenkt.

Draußen blieb Gregor kurz neben dem Bierwagen stehen, vor dem zwei Kaltblüter geduldig wartend aus den vor ihren Mäulern aufgehängten Hafersäcken fraßen. Unwirsch wandte er sich ab und murmelte vor sich hin: Interessiert mich alles nicht.

In seiner Schultasche steckten nur ein paar leere Hefte aber keine Bücher. Sollte er sich etwas zum Lesen kaufen? Ein Buch oder eine Illustrierte? Das war sinnlos, denn er hätte sich nicht konzentrieren können. Zur gleichen Zeit saßen die Heimschüler im Speisesaal beim Essen, während die Fahrschüler auf dem Weg zum Bahnhof waren. Er wollte jetzt auch niemandem aus der Klasse begegnen. Worüber hätten sie sprechen sollen? Erst musste geklärt sein, ob er an die Schule zurückdurfte. Er sollte nach einer Lösung suchen. Er musste eine Lösung finden für den Fall, dass es wirklich nicht klappte mit der Schule. Aber wie? Aber was? Ihm fiel nichts ein.

Wieder lief er die Kaiserstraße entlang, dann drehte er einige Runden im Burggarten. Er musste sich etwas einfallen lassen. Es musste einen Ausweg geben, falls er nicht in die Obersekunda kam. Natürlich könnte er davonlaufen. Aber die Polizei würde ihn finden. Er stand an der Burgmauer und ließ seinen Blick schweifen. Da ist Norden, sagte er sich. Und da ist Nordosten. Dort liegt die Ostzone, aus der einige Klassenkameraden mit ihren Eltern geflohen sind. Weshalb er heute früh sein Sparbuch in die Tasche gesteckt hatte, wusste er nicht. Aber das Geld könnte ihm nützlich sein. Er wusste nicht genau, wie weit es bis zur Zonengrenze bei Fulda war, aber in zwei Stunden könnte er mit der Quick dort sein, dachte er. Es müsste doch auch möglich sein, dort drüben zu leben. Er könnte um Asyl bitten. Trotz Versetzungszeugnis in die Obersekunda wurde ihm die Rückkehr an die Schule verwehrt, ihm, dem Arbeiterkind. Es wäre unstrittig, dass er politisch verfolgt war. Bestimmt würden sie ihn drüben mit offenen Armen aufnehmen, seinen Fall womöglich sogar propagandistisch ausschlachten. Ob sie ihn auch wieder ziehen ließen nach dem Abitur? Wahrscheinlich nicht. – Andererseits: Es fliehen so viele Menschen von Ost nach West. Von einem umgekehrten Fall habe ich nie gehört, dachte Gregor. Ja, drüben gibt es keine Meinungsfreiheit. Und angeblich sitzen überall Spitzel, ähnlich wie das unter Hitler war. Daran kann ich mich noch gut erinnern. Aber welche Wahl habe ich, wenn die Schule mir verschlossen bleibt?

Die Zeiger von Gregors Armbanduhr rückten nur unmerklich voran. Schließlich meinte er, die Spannung nicht mehr aushalten zu können. Um zehn vor vier stieg er langsam und mit schweren Beinen die Treppe hinauf zur Direktion.

Guten Tag, Frau Höfling – wissen Sie schon etwas?

Ach, sagte sie beruhigend. Es ist doch alles in Ordnung. Geh' und hol' dir nebenan deine Bücher.

Gregor staunte. War das nur ein Scheinmanöver gewesen? Hatte Wulfram ihm nur einen kleinen Schrecken einjagen wollen, damit er nicht bei nächster Gelegenheit, vielleicht nur aus einer momentanen Laune heraus, wieder eine übereilte Entscheidung traf?

Gregor stand schon in der Tür, als die Sekretärin ihm nachrief: Die Abteilung! Für eine Abteilung musst du dich noch entscheiden. Du weißt doch: Es gibt nicht mehr die Klassen A und B, sondern zum ersten Mal differenzieren wir in der Oberstufe in eine Sprachliche und eine Mathematisch-naturwissenschaftliche Abteilung.

Gregor überlegte kurz. Eigentlich liegt mir Deutsch, Englisch und Latein mehr als Mathe. Aber in der Naturwissenschaftlichen Abteilung fällt Französisch weg. Das gibt für mich den Ausschlag.

Gut, sagte Frau Höfling. Ich habe es mir notiert und lege Herrn Dr. Heizmann eine entsprechende Notiz ins Klassenbuch.

Am Dienstag stand Gregor in der Obersekunda und wurde von allen Klassenkameraden verwundert begrüßt. Sie hatten, so war sein Eindruck, diese Episode jedoch bald vergessen. Für ihn hingegen war die zweiwöchige Lehre ein einschneidendes Erlebnis gewesen. Umso mehr verwunderte es ihn, dass die Lehrer seinen Wiedereintritt in die Schule kaum zur Kenntnis zu nehmen schienen. Die Fachlehrer trugen seinen Namen in ihr Notenbüchlein ein und wandten sich ihrem Stundenpensum zu. Dr. Heizmann schlug das Klassenbuch auf und rief mit erhobener Stimme und gespielter Empörung: Wir müssen diesen Herrn Schulze noch in das Schülerverzeichnis eintragen. Ist es nicht ärgerlich, dass er die alphabetische Folge gleich zu Schuljahresbeginn durcheinanderbringt?

Am Baggersee

Bald nach Ostern brachte Wotan seine neue Freundin mit nach Unter-Warstein. Rosa Hartacker hatte ein rundes, fröhliches Gesicht, eine blonde Lockenfrisur und begrüßte alle mit einem strahlenden Lachen. Ankes Gesicht war ebenmäßig, schön und ernst gewesen, Rosa hingegen beeindruckte unmittelbar durch ihre natürliche Heiterkeit. Gregor fiel sofort auf, dass Rosa sich von Wotan lenken und leiten ließ, ohne ihn allerdings anzuhimmeln. Sie kam aus Heiligenberg, nur sechs Kilometer von Warstein entfernt, wo sie mit ihrer Mutter in einer winzigen Wohnung, die lediglich aus einer Wohnküche und einem Zimmer bestand, lebte. Die Beiden waren nach Kriegsende aus dem Sudetenland geflohen; der Vater galt als vermisst. Rosa war, ebenso wie Anke, eine Fabrikarbeiterin, allerdings kannten sie sich nicht. Rosa war neunzehn, und sie musste wohl eine gute Schülerin gewesen sein, denn sie erzählte die ersten Male viel von der Schule; dass es eine schöne Zeit gewesen sei und sie eigentlich alle Fächer gern gemocht habe. Aber Mutter und Tochter waren sich einig gewesen, dass sie sofort Geld verdienen solle; sie werde ja doch bald heiraten. Da Frau Hartacker sehr großzügig war, durfte Wotan, trotz der äußerst beengten räumlichen Verhältnisse, bei Rosa übernachten. Das ging über ein Jahr sehr gut, und man merkte Wotan an, dass er sich wohlfühlte.

Wotan hatte damals seine Tätigkeit als Schreinergeselle aufgegeben und arbeitete in einem Betrieb, der Maschinenwerkzeuge herstellte, Bohrer, Gewindebohrer, Gewindeschneider, Kreissägeblätter und ähnliches. Hier verdiente er mehr als in der Schreinerei, jedoch ödete ihn die Akkordarbeit sehr bald an. Zu dem enormen Leistungsdruck musste er sich einen Ausgleich schaffen. So deckte er sich zunächst einmal mit allen Erzeugnissen der Firma ein. Die Kleinteile verstaute er in den Socken, größere Stücke wie Kreissägeblätter verschwanden, vom Gürtel gehalten, zwischen Hemd und Hose. So konnte er ruhigen Gewissens vor den Augen des Pförtners seine Tasche öffnen und durfte die Pforte unbehelligt passieren. Eher per Zufall lernte er den Schreiner Kammerer kennen, der in Frankfurt eine kleine Werkstatt betrieb, in der er allein arbeitete. Als er einmal einen Neubau mit Fenstern auszustatten hatte, bat er Wotan um Hilfe. Der feierte zwei Wochen lang krank und fräste Fensterteile. Sie montierten sie gemeinsam und bauten sie ein. Danach ging Wotan wieder in den Stahlbetrieb, half dem Kammerer aber weiterhin an Samstagnachmittagen und auch sonntags. In der Familie wurde er für seinen Fleiß sehr gelobt.

Er scheint vernünftig zu werde, kommentierte Heinrich den neuen Arbeitseifer seines Sohnes. Ja, man muss arbeite und strebe. Wahrscheinlich will er bald heirate, und dann braucht er natürlich Geld für die Einrichtung.

Auch Rosa hatte für Wotans häufige Abwesenheit volles Verständnis, weil sie ähnliche Vermutungen wie der Schwiegervater in spe hegte.

Friedrich, der von Montag bis Samstag unermüdlich Farben produzierte und verkaufte, genoss die Sonntage mit Olga und dem kleinen Hardy. Mit dem Auto, das er kürzlich gekauft hatte, fuhr die junge Familie in den Taunus, in den Vogelsberg oder besuchten den Frankfurter Zoo. Manchmal durfte auch Gregor mitfahren. An einem heißen Sonntag im Sommer schlug Friedrich vor, dass sie gemeinsam zu einem großen Baggersee zum Baden fahren könnten. Gregor war sehr angetan von dieser Idee. Sie packten ihre Badesachen, eine Thermosflasche mit Pfefferminztee und ein paar belegte Brote ein und fuhren los.

Als sie sich Heiligenberg näherten, meine Olga: Wir könnten doch die Rosa mitnehmen. Das Mädchen langweilt sich bestimmt zu Hause.

Sie hielten vor dem Haus an und schickten Gregor hinein. Rosa war hoch erfreut über diese unverhoffte Abwechslung. Schnell hatte sie ihr Bündel gepackt, sodass sie weiterfahren konnten. Wohl gegen elf Uhr erreichten sie den See, wo es von Menschen wimmelte. Olga und Friedrich, die beide keine guten Schwimmer waren, kühlten sich ein wenig im Wasser ab und legten sich auf ihre Decke, um sich zu sonnen. Hardy spielte in einer Sandkuhle. Gregor und Rosa schwammen bis zur Mitte des Sees und wieder zurück.

Während Rosa sich auf ihre Decke legte, sagte Gregor: Ich lauf mal um den See, um zu sehen, ob vielleicht Bekannte hier sind.

Das ist sehr unwahrscheinlich, meinte Friedrich. Wir sind mehr als zwanzig Kilometer gefahren. Der Baggersee liegt nicht weit von Hanau entfernt.

Ich schau mich trotzdem mal um.

Gregor trabte am Steilhang des Ufers entlang. Mal warf er einen Blick nach unten auf die Badenden, die im Wasser plantschten, mal auf die Sonnenanbeter vor sich, wobei er sich vor allem für die Bikinis interessierte, was diese zeigten und was sie verbargen. Auch registrierte er, welche Autos und welche Motorräder im Gras parkten.

Doch was war das? Da stand ein Goggomobil in demselben hellgelben Farbton wie Wotans? Und war das nicht auch Wotans Kennzeichen? Er trat näher heran und blickte durch die Seitenscheibe. Auf dem Rücksitz lag Wotans hellblaue Windbluse, und auf dem Boden standen ein paar Damensandalen. Himmel und Hölle, dachte Gregor. Jetzt ist aber die Kacke am Dampfen! Das also waren Wotans sonntäglichen Arbeitseinsätze. Dieses Schlitzohr! Und hier musste er mit seiner zweiten Freundin sein. Ich muss sie suchen und Wotan warnen, damit er so schnell wie möglich Leine zieht, bevor es zu spät ist.

Er ging ein Stück dicht an der Uferkante entlang, blickte nach unten. Dann kehrte er um und lief wieder zurück. Da erkannte er Wotan, der bis zu den Knien im seichten Wasser stand, und vor ihm Rosa, die Gregor nun von einer anderen

Seite kennenlernte. Das Mädchen, das er bisher nur für angepasst, ja, bisweilen sogar für unterwürfig gehalten hatte, trat nun
äußerst selbstbewusst auf. Sie hatte sich erhobenen Hauptes vor
ihrem Freund aufgebaut, gestikulierte heftig und schimpfte wie
ein Rohrspatz. Nur zwei Schritte neben Wotan, der sich ein wenig zur Seite gedreht hatte, sah Gregor ein zierliches, dunkel-
haariges Mädchen. Das musste Wotans neue Freundin sein. Etwas hilflos und unentschlossen stand sie mit hängenden Schultern da und schien zu überlegen, ob auch gleich eine Schimpf-
tirade von dieser blonden Walküre auf sie niedergehen werde.
Einmischen wollte sie sich auf keinen Fall, denn Wotan war
dem Zorn dieser Frau schon hilflos ausgesetzt. Das wollte schon
etwas heißen, wenn ihm einmal die Worte ausgingen.

Schwimmer, die eigentlich an Land gehen wollten, blieben
erst einmal stehen, um dieses Schauspiel zu verfolgen. Auch
oben an der Uferkante umringten immer mehr Menschen Gregor, der auch einige Kommentare mit anhören konnte.

Was ist denn da los?

Streit, wahrscheinlich Eifersucht.

Pack schlägt sich, Pack verträgt sich.

Der Schwarzhaarige scheint ein Zigeuner zu sein.

Kein Wunder, aber die Blonde gibt ihm Saures. Recht hat
sie. Ha – haaa.

Rosa war am Ende mit ihrer Gardinenpredigt. Sie ging ein
paar Schritte, wandte sich noch einmal um und, indem sie den
Zeigefinger der rechten Hand drohend erhob, rief sie Wotan
noch etwas zu. Dann stieg sie hinauf. Bei Friedrich und Olga
trafen Rosa und Gregor zusammen.

Nun begann alles noch einmal von vorne, allerdings unter
Tränen. Tief verletzt und weinend beklagte sie sich: Dieser
Schuft, dieser Lump, dieser scheinheilige Lügner! Angeblich
muss er schaffe und treibt sich hier mit einer anderen herum.
Ich halt das net aus! Was soll ich nur mache? Das ist noch net
vorbei! Der bekommt von mir noch was zu hören.

Olga, die sich aufgesetzt hatte, fasste nach Rosas Hand. Komm, setz dich. Wir wollen uns doch nicht den ganzen Tag verderben lassen. Jetzt essen wir erst mal was.

Das taten sie dann auch, und allen außer Rosa schmeckten die mit Hausmacherwurst belegten Brote und der Pfefferminztee. Aber es gab nur noch ein einziges Thema. Gregor ging noch einmal ins Wasser, um diesmal den ganzen See zu durchqueren. Gegen fünf Uhr traten sie die Rückfahrt an.

An der Ortseinfahrt von Heiligenberg sagte Rosa entschlossen: Ich fahr mit euch nach Warstein. Ich muss mit den Eltern rede, und ich bleib so lang, bis er kommt.

Gregor überlegte: Was hat sie nur vor? Will sie Wotan mit Gewalt wieder zurückholen? Da unterschätzt sie aber seinen Dickkopf ganz gewaltig. Keine zehn Pferde bringen ihn dazu, etwas zu tun, was er nicht will.

Die dritte Auflage von Rosas tränenreichem Lamento mussten sich Heinrich und Margot anhören. Zunächst lauschten sie geduldig. Obwohl die Beiden in der Frage von Partnerbeziehungen ihre anspruchsvollen Prinzipien hochhielten, waren sie nun anscheinend ratlos und am Ende, wie sich zeigte, sogar parteiisch.

Heinrich begann zögernd: Es is halt passiert. Was solle wir da mache?

Mit ihm schimpfe!, rief Rosa. Mit ihm rede, dass er von der dumme Dunsel ablässt und zu mir zurückkommt. Wir wolle doch heirate.

Aber ihr seid net mal verlobt. Hat er dir das wirklich versproche?

Gesagt hat er's net, aber ich hab's mir doch gedacht. Es war doch alles so schön gewese bisher. Und jetzt soll alles vorbei sein. Nein – nein!

Und wieder heulte sie. Margot hatte sich aufgerichtet, bewegte ihre Hände unruhig und signalisierte, dass sie auch etwas sagen wollte.

Rosa, du meinst, du kannst es erzwinge. Ich glaub, das geht net. Ich weiß auch net, ob das recht is, wie der Wotan sich verhalte hat. Aber er ist unser Sohn, und er bleibt unser Sohn, egal, was er macht. So, ich geh jetzt in die Küch.

Auch Heinrich erhob sich. – Ich muss jetzt das Vieh füttern, sagte er.

Rosa blieb allein im Wohnzimmer sitzen. Gregor hatte vom Flur aus durch die offene Wohnzimmertür das Gespräch verfolgt.

Nun saß Gregor in der Küche, und während er in der Zeitung blätterte ohne zu lesen, beobachtete er die Mutter, die stumm am Herd, am Küchenschrank und am Tisch hantierte. Anscheinend wollte sie nicht angesprochen werden, denn sie wich Gregors Blicken aus, und sie hatte ihr mürrisch abweisendes Gesicht aufgesetzt, das sagte: Ich bin jetzt für niemanden zu sprechen. Küchentür und Wohnzimmertür standen offen, aber von Rosa, die im Wohnzimmer allein zurückgeblieben war, hörte Gregor keinen Laut. – Es ist doch sonderbar, dachte Gregor, dass alle zu Wotan hielten, trotz seiner Verfehlung. Niemand hatte Rosa beigepflichtet, niemand hatte auch nur die Andeutung eines Tadels für Wotan geäußert. Für alle schien es eine ausgemachte Sache zu sein, dass mit Wotans Seitensprung die Beziehung zu Rosa beendet war. Nicht einmal zu einem tröstenden Wort für die Betrogene hatte sich jemand durchringen können. Aber diese Bedenken wischte Gregor schnell beiseite und versuchte diesem Verhalten noch eine positive Seite abzugewinnen. Die Familie hat ganz klar Partei ergriffen. Die Familie steht zusammen. Es ist angenehm zu wissen, dass sie uns in einer schwierigen Situation nicht fallen lässt.

Nachdem die Mutter den Tisch gedeckt hatte, sagte sie zu Gregor: Geh' und sag' dem Papa und der Rosa Bescheid, sie solle zum Esse komme.

Auf dem Tisch standen Brot, Butter, Hausmacherwurst, geräucherter Schinken, Handkäse, Kräuterquark und ein Glas mit sauren Gurken. Zunächst saßen die Vier stumm da. Rosa warf vorwurfsvolle Blicke abwechselnd auf Heinrich und Margot.

Gregor überlegte: Was war es, was Rosa hier hielt? Liebte sie Wotan über alles, sodass sie bereit war, ihm alles zu verzeihen, oder wollte sie ihn einfach haben – und zwar um jeden Preis? Rosa rührte nichts an. Sie wollte also eigens gebeten werden.

Komm, iss was, Rosa, es wird schon alles wieder. Margot korrigierte sich: Das Lebe geht weiter. Man muss was esse, auch wenn's einem schlecht geht.

Rosa seufzte tief und aß eine winzige Ecke Brot mit Kräuterquark. An diesem Abend musste sie noch viel Geduld aufbringen. Sie half Margot beim Abdecken, Spülen und Abtrocknen. Danach gingen die drei Erwachsenen in den Garten, wo sie sich unterm Birnbaum auf die Bank setzten. Gregor strich ums Haus herum, weil er Wotan abfangen wollte.

Es begann schon zu dämmern, als er das typische Zweitaktgeräusch von Wotans Goggo hörte. Er trat in das kleine Hoftor und wartete auf einen Wink des Bruders, um das große Tor zu öffnen.

Der verstand, stieg aus und fragte in gedämpftem Ton: Ist sie noch da?

Gregor nickte. Ja, im Garten.

Na, dann machen wir's kurz und schmerzlos.

Er schob Gregor beiseite und ging mit langen entschlossenen Schritten in den Garten. Du bist noch hier?

Ja, wie du siehst. Jetzt fahr' mich heim.

Dann komm!

Der Abschied musste dann wohl doch länger gedauert haben als geplant. Jedenfalls hatte Gregor Wotan nicht mehr zurückkommen hören. Am nächsten Abend fragte er ihn, als sie allein im Hof standen: Hast du Schluss gemacht mit ihr?

Ich muss noch mal hin, um ein paar Sache zu hole. Sie lässt net locker.

Und deine Freundin – was ist mir ihr?

Was soll sein? Sie wohnt in Frankfurt, ist Sekretärin. Wir treffe uns erst mal nur dort, bis sich hier alles beruhigt hat.

In den nächsten Wochen fuhr Wotan zweigleisig, wobei er Gregor durch kurze Andeutungen informierte. Er fuhr abwechselnd nach Frankfurt und nach Heiligenberg. In dieser Zeit war er oft missgelaunt, fluchte bei der Arbeit und warf mit Werkzeugen um sich.

Als es Herbst wurde, erhielt Gregor wieder einmal einen Hinweis im Telegrammstil: Mit dem Bürofräulein ist jetzt Schluss.

Warum das auf einmal?

Die hat von Heirate geredet. Er lachte kurz auf. Die heirate! Dass ich net lache. Nein!

Und Rosa? Du fährst doch weiter zu ihr?

Sie hat sich beruhigt. Eigentlich geht jetzt alles besser als vorher.

Es muss im Frühjahr des darauffolgenden Jahres gewesen sein an einem Samstagabend. Gregor war in der Gastwirtschaft zum Goldenen Ross gewesen und hatte bei zwei oder drei Bier ferngesehen. Als er nach Hause kam, sah er, dass die Türen von Wohnzimmer und Schlafzimmer offenstanden, dass bei den Eltern noch Licht brannte. Anscheinend waren sie gerade erst zu Bett gegangen.

Da hörte er auch schon Heinrichs Stimme: Gregor, komm mal!

Die Eltern lagen in ihren Betten, jeder auf dem Rücken. Die helle Deckenlampe brannte noch. Vater Heinrich richtete sich ein wenig auf. Dann folgte das übliche freundliche Verhör: Na, wo warst du? Wie war's? Wen hast du getroffe? Was war im Fernsehn?

Es gab einen bunten Abend mit Peter Frankenfeld, sehr lustig war's. Wir haben viel gelacht.

Frau, wenn das so weitergeht, müsse wir auch noch so e Kist kaufe auf unsere alte Tage. Also Gregor, lass den Riegel von der Haustür offe, der Wotan ist noch net da.

Weiß ich doch, wenn das Auto nicht im Hof steht.

Da hörten sie, wie bei der Haustür der Schlüssel sich im Schloss drehte. Das war Wotan. Er schloss ab und kam unaufgefordert ins Schlafzimmer.

Na, Wotan, du kommst aber früh. Es ist erst halb elf.

Gregor und Wotan standen nebeneinander am Fußende des Elternbettes. Wotan begann stockend: Ja, ich will … es ist weil … wir müsse heirate.

Rosa?, fragte Heinrich.

Ja natürlich, wen sonst?

Ja, wenn ihr müsst, ja, dann werdet ihr halt heirate. Schließlich bist du alt genug. Wann soll es sein?

Das wisse wir noch net. Aber wir müsse noch anderes überlege – zum Beispiel wo wir wohne.

Ihr mietet euch erst mal e Wohnung, spart e paar Jahr, und dann könnt ihr baue.

Geld sparen, wenn wir Miete bezahle. Wie soll das gehn? Wenn schon, dann baue wir sofort.

Sofort? Ihr habt noch kan Platz, und ihr habt auch ka Geld.

Ihr hattet damals auch ka Geld, und trotzdem habt ihr's geschafft. Ich hab' schon e Idee. Aber ich muss das alles noch mal durchdenke. Gut Nacht.

Und schon war er draußen. Als Gregor oben ins Zimmer kam, lag Wotan im Bett, das Gesicht zur Wand gedreht und schien bereits zu schlafen.

Wotan wird heiraten – dieser Gedanke verfolgte Gregor während der folgenden Tage. Das bedeutete, dass demnächst ein Bett und ein Schrank aus dem Zimmer verschwinden und er das Zimmerchen ganz allein für sich hätte. Endlich wäre es vorbei mit den beengten Verhältnissen.

168

Natürlich wäre das Zimmer auch dann alles andere als bequem. Es war ein schmaler Schlauch, unter dessen Dachschräge die beiden Betten hintereinander gerade Platz hatten. Die Betten waren kaum besser als Pritschen, denn in die Gestelle hatte man Bretter gelegt, auf denen jeweils ein Strohsack lag. Dieser war allerdings mit Haferstroh gefüllt, das als besonders weich galt. Aber darüber hätte Gregor sich niemals beklagt, denn er hatte sich an den Strohsack unter dem Laken gewöhnt. Wenn sich nach einigen Tagen in der Mitte eine Kuhle gebildet hatte, fühlte er sich ganz besonders wohl in seinem Nest. Obwohl er mit seinem Allerwertesten eigentlich auf den Brettern ruhte, störte das seine Nachtruhe in keiner Weise. Er schlief immer sehr gut. Die Eltern hatten federnde Sprungrahmen und Rosshaarmatratzen in ihren Betten, und dennoch klagten sie bisweilen über Schlafstörungen. Wenn es im Winter sehr kalt war, heizten sie sogar ihr Schlafzimmer. Im Dachzimmer hingegen gab es keinen Ofen. Aber auch das störte Gregor nicht. Im Gegenteil. Er schlief grundsätzlich bei offenem Fester, auch im Winter. Dann lag auf dem Federbett noch eine schwere Wolldecke, die morgens vor Gregors Mund steif gefroren war. Er wollte sich abhärten, und das war ihm offenbar auch gelungen, denn in den letzten Jahren war er nicht einmal im Winter erkältet gewesen.

Die Eltern hatten davon gesprochen, dass sie sich einen richtigen Wohnzimmerschrank kaufen wollten. Das Vertiko sollte entweder in den Keller gestellt oder zu Kleinholz gemacht werden. Nun aber könnte Gregor es in sein Zimmer stellen und es als Bücherschrank benutzen. Natürlich nicht so, wie es jetzt aussah. Er würde den verschnörkelten Aufbau herunternehmen und die geschweiften Beine absägen. Schließlich würde er es hell anstreichen, weiß oder beige. Dann hätte er einen ganz modernen Bücherschrank. Auch von dem dunkelbraunen Kleiderschrank wollte er die gedrechselten Beine absägen und ihn hell anstreichen. – Ich könnte den Eltern auch vorschlagen, dachte er, sich einen neuen Wohnzimmertisch zu kaufen. Dann könnte ich den alten Tisch zu mir stellen und hätte einen richtigen Arbeitstisch, eine Art Schreibtisch. Tolle Aussichten sind das für mich!

Die Schalttafel

Das Chassis seines Radios hatte Gregor schon einmal ausgebaut, von unten angesehen und dieses Gewirr von Drähten, in das Widerstände und Kondensatoren eingelötet waren, verständnislos angestaunt. Hier war die Antennenbuchse, von hier also kamen die Impulse des Senders – aber dann – schon verlor sich die Spur. Dort führte das Netzkabel zu einem Trafo – und dann?

Von der Firma Rihmex ließ er sich einen Katalog schicken. Hier wurden alle Teile angeboten, die man benötigte, um ein kleines Radio oder auch einen Kurzwellensender zu bauen. Gregor vertiefte sich in einen Schaltplan. Da war alles klar und übersichtlich angeordnet und nicht so chaotisch wie unter dem Chassis. Es müsste doch möglich sein, einen solchen Plan zu lesen. Musiker können Noten lesen. Ich, so dachte Gregor, kann Texte lesen. Ein Radiotechniker liest den Schaltplan, wenn er ein Radio reparieren will. In dem Katalog gab es auch kompliziertere, ausklappbare Schaltpläne zum Beispiel von einem UKW-Radio. Aber Gregor konnte sich nicht einmal die Teile kaufen.

Im Physik-Unterricht hatte vor zwei Jahren die Mechanik auf dem Lehrplan gestanden. Natürlich war das nicht uninteressant gewesen. Einseitiger und zweiseitiger Hebel, feste und lose Rolle, der Flaschenzug, Übersetzung und Untersetzung mit Zahnrädern und über Riemenscheiben. Das war ihm alles schon vertraut gewesen, und er konnte damit umgehen. An seinem

Fahrrad zählte er die Zähne beider Ritzel und konnte aus deren Verhältnis die Übersetzung errechnen. Neu waren die Formeln und weitere Berechnungen. Bis zur nächsten Überprüfung konnte er sich das merken, aber es interessierte ihn nicht besonders, sodass er es auch schnell wieder vergaß.

Vor einem Jahr hatten sie sich zum ersten Mal mit Elektronik befasst. Ein einfacher Schaltkreis mit Spannungsquelle, Lampe und Schalter. Eine Wechselschaltung, der Elektromagnet, der Transformator, der Elektromotor. Die induktive Kopplung – ja, das war spannend. – Und in diesem Jahr kamen endlich die Radiowellen dran! Lange genug hatte er auf diese Unterrichtseinheit gewartet. Umso größer war die Enttäuschung, als der Lehrer diesmal alles nur theoretisch abhandelte – Kreidephysik.

Gregor musste sich wohl selber helfen. Im Rihmex-Katalog wurden auch Messgeräte und Testgeräte beschrieben. Er besaß eine Pertinax-Platte, isolierte Drähte, eine Sammlung von Buchsen, Widerständen, Kondensatoren sowie zwei Trafos – alles von zwei ausgeschlachteten uralten Radios. Eigentlich fehlte ihm nur eine etwa zwanzig Zentimeter lange Glimmröhre, um ein Mess- und Testgerät für Widerstands- und Kapazitätsmessungen zu bauen. Drehspulinstrumente hätten ihm natürlich besser gefallen, doch waren die zu teuer.

Gregors kleine Schalttafel stand auf einer Sperrholzplatte mit vier kleinen Gummifüßen. Das Testkabel endete mit zwei Krokodilklemmen, und so konnte Gregor sein Testgerät testen. Tatsächlich: Alle Widerstände und alle Kondensatoren aus seiner Sammlung waren anscheinend in Ordnung. Oberhalb und unterhalb der horizontal angebrachten Glimmröhre hatte er Papierstreifen aufgeklebt für eine Skala. Anhand der gemessenen Werte wollte er sein Gerät eichen. Er markierte jeden gemessenen Wert mit einem Strich und vermerkte dazu oben den Zahlenwert in Ohm und unten in Farad. – Doch war nun?

Der Glimmlampentester war winzig klein – dreißig auf dreißig Zentimeter, und den Schaltplan hätte er im Traum aufzeichnen können, so simpel war der. Im Physiksaal der Schule gab es eine Schalttafel auf einer Marmorplatte hinter Glas, etwa hundert auf siebzig Zentimeter. Sie lieferte Gleich- und Wechselstrom, und mit ihr konnte man Spannung und Stromstärke messen. Aber Gregor wollte mehr. Er dachte an eine Art Elektro-Labor mit einer Schalttafel, die von der Decke bis herunter in Hüfthöhe reichte und die ganze Wand einnehmen würde. Allein durch ihre Größe und ihre Komplexität sollte den Betrachter überwältigen. – Genau in der Mitte wäre in einem breiten schwarzen Rahmen eine schwarze Tür zum Raum dahinter ausgespart. Davor sollte zu beiden Seiten jeweils ein sechzig Zentimeter tiefer Arbeits- und Experimentiertisch aufgebaut sein, der bis zum Ende der Tafel reichte. Eigentlich wäre es kein Tisch, sondern ein Unterschrank mit Türen und Schubladen zur Aufnahme von Werkzeugen und Kleinmaterial. Beide, die Schalttafel und die Tischplatte müssten aus Resopal bestehen, die Tafel in Weiß, die Tischplatte und die Schrankfronten in Lichtgrau. Die Verdrahtung der Schalttafel wäre allerdings in einem zweiten, dem Raum dahinter untergebracht.

Die Schalttafel sollte eine Experimentiertafel sein, auf deren Vorderseite oben eine Reihe von Sicherungen angebracht wären. Darunter sollten mehrere rechteckige Monitore unterschiedlicher Größe eingelassen sein, um Schwingungen und Diagramme sichtbar zu machen. Dann sollte eine Vielzahl von Messgeräten und Drehknöpfen folgen, zwischen denen mit Schaltern komplexe Verbindungen hergestellt werden könnten. Schließlich wären im unteren Drittel eine Vielzahl Buchsen paarweise eingebaut, von denen man unterschiedliche Gleich- und Wechselspannungen, vielleicht auch Frequenzen, abnehmen könnte. An allen Schaltern, Messgeräten und Buchsen sollten Kontrolllämpchen in unterschiedlichen Farben den jeweiligen Zustand anzeigen. Ganz links und rechts außen sollten in fünfzig Zentimeter breiten und wandhohen Sperrholzkästen Lautsprecher in allen Größen und Frequenzbereichen eingelassen sein.

Diese Schalttafel hätte einfach schön zu sein, sozusagen das Bild einer Ordnung von Aggregaten und Funktionen. Auf dem strahlendem Weiß die schwarzen Gehäuse der Messgeräte, die weißen Porzellanfassungen der Sicherungen, die verschiedenfarbigen Schalter und Drehknöpfe, die runden und die eckigen Kontrolllampen und die Niedervoltbuchsen aus blinkendem Messing, die wie Juwelen hervorträten. Die Buchsen für höhere Spannungen wären natürlich mit schwarzen und roten Kunststoffeinfassungen isoliert. Es könnte sogar sein, dass Gregor die Schalttafel nur bauen wollte, dass er aber dann zurückträte, um sie nur noch zu betrachten, während ein technischer Gehilfe mit den Experimenten beschäftigt wäre.

Man müsste damit rechnen, dass es zunehmend mehr Interessenten gäbe, die über die Funktion und die Möglichkeiten der elektronischen Anlage informiert werden möchten. Deshalb müsste der Raum tiefer als breit sein, damit er eine ausreichende Anzahl von Stühlen für die Besucher aufnehmen könnte.

Die Seitenwände stellte Gregor sich recht kurz vor, vielleicht zwei Meter, sodass zu beiden Seiten Glasschränke zur Aufnahme von Geräten und Materialien stehen könnten. Im Übrigen sollten die Seiten voll verglast sein vom Boden bis zur Decke, die unteren zwei Meter mit Milchglas, darüber mit etwa drei Meter Klarglas, durch das man die hohen Kronen der Kastanien und Linden zu beiden Seiten des Gebäudes sehen könnte. Die Rückwand stellte Gregor sich ganz schlicht als ruhige weiße Fläche vor, die lediglich durch zwei Portale unterbrochen wäre. Auch die Decke hätte weiß zu sein, in die eine große Anzahl unauffälliger Lampen eingelassen wären, die bei Abendveranstaltungen ein neutral weißes Licht verbreiteten. Die vorderen vier Meter des Raumes müssten wohl um zwei Stufen erhöht sein, eine flache Bühne, damit das Publikum einen besseren Blick auf das Geschehen hätte. Der Fußboden des Podiums wäre ebenfalls lichtgrau, den Fußboden des Zuschauerraums hingegen würde Gregor mit einem ultramarinblauen Filzteppich auslegen lassen. Bei den Stühlen tendierte Gregor für eine schlichte Konstruktion aus verchromtem Stahlrohr, wobei Sitz und Lehne aus formverleimtem Sperrholz in Mattweiß bestünden.

Dann wäre noch der rückwärtige Raum mit den Trafos, Gleichrichtern, den Drehkondensatoren, den Röhren von zehn bis zu zweihundert Zentimetern Höhe, Kondensatoren und Widerständen in allen Größen und Farbmarkierungen – und dazwischen die Verdrahtung. Zunächst hatte er daran gedacht, die Verbindungen kreuz und quer zu ziehen, das aber gleich wieder verworfen. Dieses Gewirr von Drähten und Kabeln sähe aus wie ein Spinnennetz, aber schön wäre es nicht. Es bestünde auch die Gefahr, dass er selber binnen kurzem die Übersicht verlöre. Nein, er würde alle isolierten Drähte, die Kabel und ganze Kabelbäume ausschließlich im rechten Winkel verlegen zwischen einem orthogonalen Gerüst aus Aluschienen, zwischen dem er und der technische Gehilfe sich ungehindert bewegen könnten.

Der rückwärtige Raum sollte ebenso tief wie breit sein. Denn an der Schalttafel würden nur einzelne Funktionen erprobt und demonstriert werden; überschaubare Vorgänge wären das für größere Interessentengruppen. Das eigentliche Wunder jedoch wäre der Raum mit der Verdrahtung. Vermutlich müsste man in regelmäßigen Abständen Führungen für Kleingruppen anbieten. Wer hatte nicht früher schon einmal als Kind hinter einem Röhrenradio gesessen, hatte versucht, einen Blick durch die perforierte Rückwand zu werfen und dabei zu verstehen versucht, was in diesem geheimnisvollen kleinen Raum eigentlich passierte?

An der Schalttafel würde man Funktionen demonstrieren, Geräte auf Fehler untersuchen und neue Entwicklungen und Erfindungen vorantreiben. Hier wäre der Bereich des Erklärens und des Verstehens. Durch eine ganzseitige Verglasung zu beiden Seiten wäre die Schalttafel und der Experimentiertisch ebenso wie der Zuschauerraum in helles Tageslicht getaucht.

Der rückwärtige Raum hingegen bliebe fensterlos, Wände und Decke matt schwarz getüncht, würde durch einzelne Glühlampen notdürftig beleuchtet und lediglich durch großflächige Lüftungsgitter mit der Außenwelt verbunden. Der Verdrahtungsraum wäre der Erlebnisraum, in dem der Besucher nichts verstehen, sondern als Teil der Anlage und in dieser versunken, sich einem ganz eigenen, einem ungewöhnlichen Genuss hingeben könnte. Es ließe sich kaum vermeiden, dass dieser Raum immer ein wenig muffig röche nach verbranntem Staub und angekokeltem Isoliermaterial. Aber Gregor würde das nicht stören. Er würde sich sogar einen kleinen Ledersessel in eine entlegene Ecke stellen, die für das Publikum nicht zugänglich wäre. Im Sommer müsste man hier wohl Ventilatoren aufstellen, im Winter hingegen wäre dieser Raum allein durch die Trafos und Röhren angenehm temperiert. Abends, wenn der Techniker gegangen wäre, würde Gregor noch einmal den Raum betreten, die Tür hinter sich schließen und das gelbliche Licht der Glühlampen ausschalten. Er ließe sich für eine Weile in seinen Sessel sinken, würde in das milchig-trübe Licht der hellblau, rosa und nebelweiß strahlenden Röhren blinzeln und auf das leise Summen der Transformatoren lauschen.

Höhere Bildung

Der Tacker siezt uns – ziemlich komisch! Gregor grinste kurz zu Robby hinüber. Natürlich hatten sie gewusst, dass diese Anrede kommen würde, aber nun klang es doch ein wenig befremdlich – zumal aus dem Munde jenes Zynikers, den sie seit der Quarta kannten. Dennoch lernten sie bald den neuen Umgangston zu schätzen, denn mit der veränderten Anrede war auch der Umgang insgesamt respektvoller geworden. Es kam jetzt bedeutend seltener vor, dass ein Schüler von einem Lehrer heruntergeputzt oder lächerlich gemacht wurde.

Nur Herr Tacker blieb bei seinen ironischen Kommentaren, mit denen er sich offenbar sein eigenes Unterhaltungsprogramm machte. Als sei er selber ohne Fehl und Tadel, als würde er sich nie irren oder etwas vergessen, sagte er, wenn ein Schüler einen dummen Fehler machte: Hier darf sich jeder blamieren, so oft und so sehr er will.

Dr. Heizmann hatte noch eine besondere Überraschung bereit. Vor allem im Geschichtsunterricht wurde er nicht müde, daran zu erinnern, dass sie nicht nur keine negative Auslese wären, sondern dass sie sich auf dem besten Wege befänden, um dereinst die Elite des deutschen Volkes zu stellen, diejenigen, denen man hohe und höchste Verantwortung und Ämter übertragen werde. Seien Sie sich bewusst, rief er, dass Sie dereinst unser Volk in eine große Zukunft führen werden.

Ab-i-tur, sagte Heizmann gedehnt. Gewiss ein schöner Begriff aus dem Lateinischen. Natürlich wissen Sie das: von abire. Ein Abiturient, einer der abgehen wird. Das ist doch sehr formal, aber das, was die Qualität dieses Bildungsabschlusses ausmacht, wird nicht gesagt. Da zöge ich die österreichische Version ausnahmsweise einmal vor: Ma-tu-ra. Das klingt feiner, anspruchsvoller, ist kurz und knapp und besagt dasselbe wie unsere umständlichen deutschen Begriffe Reifeprüfung und Reifezeugnis.

Gregor erinnerte sich noch an die Rede des alten Direx in der Quarta, die voller Verachtung gewesen war. Nun auf einmal dies von Dr. Heizmann! Allerdings mochte Gregor auch diesen Prognosen keinen rechten Glauben schenken, denn er kannte die Träume und Spekulationen von hohen Idealen, aber zugleich spürte er auch das Niedrige und Banale in sich und meinte es auch bei den anderen – oder jedenfalls bei einigen – zu erkennen. Waren sie denn von heute auf morgen erwachsen geworden? Waren aus den Schulbuben wirklich junge Herren geworden?

Obersekundaner, vor allem Primaner sah man nur selten im Pullover oder offenem Hemd; immer mehr zogen sie es vor, in Sakko und Krawatte, einige sogar im Anzug zu erscheinen. Gregor nicht ausgenommen. Allerdings glaubte er vierundzwanzig Stunden am Tag nicht daran, dass Kleider Leute machen. Bisweilen war er sogar fest davon überzeugt, dass außer dem Lehrer kein einziger Erwachsener in der Klasse saß. Und dieser Erwachsene, wenn er so richtig seriös und reif und abgeklärt sprach wie Dr. Heizmann, war der dann nicht eigentlich eine Karikatur dessen, was er den Schülern vorspielte? Wenn die Oberstufenschüler nicht mehr auf dem Hof herumrannten, sondern zu zweit im Gespräch umhergingen oder in kleinen Grüppchen beieinanderstanden und sich gesittet zu unterhalten schienen, dann, so dachte Gregor, spielten sie eine Reife, von der sie träumten und von der sie in Wirklichkeit noch weit entfernt waren.

Und dann das Rauchen in der großen Pause auf dem College, wie sie die Toilette nannten – war das nicht eine lächerliche, eine kindische Veranstaltung und geradezu eine Bankrotterklärung des äußeren Scheins? Nicht alle zwanzig Schüler aus Gregors Klasse wandelten in der großen Pause über den Campus, um sich in geistreichen Reden zu ergehen; Gregor und Robby strebten zusammen mit vier bis sechs weiteren geradewegs in die Toilette. Mindestens einer hatte eine Zigarette, welche die

Runde machte, manchmal auch zwei oder drei. Einer stand immer an der Tür Schmiere, lugte durch das winzige Fensterchen und hielt den Schulhof im Blick. Sobald ein Lehrer auf den Flachbau mit den Toiletten zusteuerte, warnte der Wächter: Achtung!, zischte er. Sofort verschwanden alle hinter Klotüren; mehrere Spülungen rauschten gleichzeitig, und weg waren alle Kippen. Allerdings hatte in all den Jahren nie eine Lehrkraft das College, diesen stinkenden Pausenraum, betreten.

In der Unter- und Mittelstufe war auf Seiten der Lehrer das Wort Abitur sehr selten gefallen. Mit einem Mal war das anders. Wenn ein Thema schwieriger oder anspruchsvoller war, wenn der Bildungswert eines Lernstoffs sich schwer begründen ließ, dann flochten die Lehrkräfte gerne einmal das Wort Abitur ein. Betonten, dass es ja nicht wie in einer Handwerkslehre um Fertigkeiten gehe, nicht wie in anderen Ausbildungsberufen um nützliches Wissen und Können gehe, sondern um Bildung, um höhere Bildung, um Allgemeinbildung, um geistige Reife und letztlich um die Studierfähigkeit.

Vor allem bei der lateinischen Sprache wurden immer wieder zwei Funktionen und Ziele hervorgehoben. Die propädeutische Funktion bestehe darin, so hieß es, dass man sich später viel leichter moderne romanische Sprachen aneignen könne, dass man aber zugleich auch logisch denken lerne. Darüber hinaus wurde versprochen, dass die Schüler im Laufe der Jahre mit der Sprache der Römer auch deren Kultur verinnerlichten, dass sie in den Besitz einer humanistischen Bildung gelangten, dass sie teilhätten an der abendländischen Kultur.

Ad fontes!, rief ihnen Dr. Heizmann entgegen. Deshalb lesen wir die antiken Autoren: Ovid, Cicero, Seneca. Nicht in der Tageszeitung stehen die großen Gedanken, nein, bei den Alten stoßen wir auf die Quellen der abendländischen Weisheit, die zeitlosen geistigen Werte.

Mit einigen Abstrichen durften die Obersekundaner und Primaner Vergleichbares hören, wenn sie im Deutschunterricht

Texte in Mittelhochdeutsch und Althochdeutsch lasen und als sie in Englisch nach modernen Stücken auch mit Shakespeare bekannt gemacht wurden. – Obwohl Gregor in den Klang englischer Gedichte aus dem neunzehnten Jahrhundert geradezu vernarrt war, mochte er an das damit verbundene exemplarische Bildungsversprechen nie so recht glauben. Die alten Gedichte gefielen ihm, und das genügte. Er hätte das nicht begründen können. So ähnlich war das ja auch mit der Musik oder mit Bildern. Sie gingen einem unter die Haut, es lief einem ein Schauer über den Rücken. Aber warum? Das wollte man doch gar nicht wissen.

Nicht wesentlich anders war es Gregor mit der höheren Mathematik und den Naturwissenschaften ergangen. Kurvendiskussionen und die Lösung einer Gleichung mit zwei Unbekannten hatten ihm zeitweise ein regelrechtes Vergnügen bereitet, ebenso der Umgang mit Strukturformeln in der Chemie. Aber hatte ihn das gebildet? – Im Nachhinein ließ sich konstatieren, dass Jahre später, als er damit begann, sich aus eigenem Antrieb und problemorientiert Wissen anzueignen und sich selber Fragen und Aufgaben zu stellen, ein großer Teil dessen, was man ihm als Bildung verkauft hatte, in einem Orkus des Vergessens versunken war.

Das Chemielabor

Auch in der Obersekunda durften die Schüler Heizmanns Geschichtsvorlesungen genießen. Die Französische Revolution war, so hörten sie, eine Zeit des Terrors, angeführt von fehlgeleiteten Idealisten, die den Versuch unternahmen, den gesamten Kontinent in Brand zu stecken. Ein starker Mann musste kommen, um die Zügel in seine festen Hände zu nehmen, um zunächst in Frankreich und dann in Europa eine neue Ordnung aufzurichten. Napoleon war die mächtige, die epochale Persönlichkeit, die Heizmann als Feldherren, als Politiker und als Person eingehend behandelte. Er wurde mit demselben Impetus in die Köpfe der Schüler gehämmert, wie sie das schon von Caesar und Friedrich dem Großen kannten. Die fünf Millionen Menschen, die in den Feldzügen ihr Leben hatten lassen müssen, waren Heizmann allerding nicht des Erwähnens wert.

Heizmann stand parallel neben Gregor, vielleicht sogar ein wenig abgewandt, sodass er ihn höchstens aus den Augenwinkeln sehen konnte und sprach an ihm vorbei: Der Schulze ist ein gelehriger Schüler. – Warum sprach er einen nie direkt an, sondern quasi von der Seite?, fragte sich Gregor. Beim direkten Blickkontakt hätte Gregor ja meinen können, von ihm werde eine Erwiderung erwartet. Heizmann wollte eine Feststellung machen, nach deren Rechtfertigung niemand fragen sollte. Der geradezu unendliche Rangunterschied zwischen Lehrer und Schüler konnte nicht deutlicher markiert werden. – Doch was hatte er mit jenem Satz sagen wollen? Nicht, dass Gregor klug sei, sondern er hob dessen Bereitschaft hervor, Haltungen und Überzeugungen einer Person mit Vorbildcharakter zu übernehmen. Eine ganze Weile hatte sich Gregor von Heizmanns Suada beeindrucken lassen, nicht zuletzt, weil er selber nach Orientierung suchte. Doch als er die Taktik des ehrgeizigen jungen Mannes zu durchschauen begann, wandte er sich von diesem ab und begann, ihn zu verachten.

Gregors Sitznachbar Robby hielt von Anfang an eine kritische Distanz zu Heizmann. Vielleicht mochte er ihn nicht, vielleicht gab es sogar eine Abneigung, die auf Gegenseitigkeit beruhte. Auch er wurde sozusagen von der Seite her angesprochen, kommentiert und mit einem Etikett versehen, allerdings einem despektierlichen. Heizmann sagte mit einem breiten, süffisanten Grinsen: Der Bärhausen ist ein verkappter Weltmann.

Damit war für Robby das pädagogische Maß übervoll, und von nun an hasste er den jungen Lehrer.

In der Obersekunda unternahm Dr. Heizmann mit seiner Klasse die erste Klassenfahrt in eine Stadt; sie fuhren nach Mainz. Gregor erinnert sich an drei Stationen und wundert sich noch heute, in welch unterschiedlicher Weise diese ihn beeindruckt hatten.

Am Beginn stand eine Besichtigung des Doms. Hätte Gregor heute eine Gruppe durch Mainz zu führen, wäre auch für ihn der Dom die erste Station. Aber damals hatte der mächtige Sandsteinbau mit dem prächtigen Vierungsturm und den beiden Chören im Osten und im Westen keinen besonderen Eindruck bei ihm hinterlassen. Heizmann hatte zunächst, auf dem Domplatz stehend, ihnen einen Abriss über die tausendjährige Baugeschichte skizziert. Durch das Innere wurden sie von einem Mesner geführt, dessen Ausführungen nur diejenigen zu Gehör bekamen, die sich eng an ihn anschlossen, denn der Führer verfügte über keine tragende, eher eine dumpfe, fast schüchterne Stimme.

Sie wanderten zur neuen Universität hinauf, und zu Gregors Erstaunen ließen sie die Philosophische Fakultät links liegen und wandten sich den Naturwissenschaften zu, weil es nur da, so Heizmanns Begründung, etwas zu sehen gäbe. Im Institut für Chemie wurden sie von einem Oberassistenten empfangen, der sie in ein Übungslabor für Studenten führte. Er erklärte, dass es auch allgemeine Forschungslabore gäbe, die allen wissenschaftlichen Mitarbeitern einer Abteilung des Instituts zur Verfügung stünden. Dann hätten einzelne Professoren noch Speziallabore für ihre Forschungen und für besondere Projekte. Gregor wunderte sich, dass hier niemand arbeitete. Vermutlich waren gerade Semesterferien.

Gregor hörte nicht weiter zu und versuchte sich in dem großen Raum zu orientieren, der die annähernd vierfache Größe eines Klassenzimmers hatte. Er stand an der Fensterwand und überblickte fünf Reihen mit Versuchstischen, von denen jeder mit Wasser, Gas und Strom ausgestattet war. Auf sämtlichen

Tischen standen mehrere Metallstative, an denen Kolben, Zylinder und Retorten, die mit Flüssigkeiten in unterschiedlichen Farben gefüllt und durch ein Gewirr von Glasröhren und Gummischläuchen miteinander verbunden waren. Die in der Raumtiefe zusammengedrängte unübersehbare Masse an gläsernen Gebilden, die in Weiß und Pastelltönen erschien und nur kontrastiert wurde durch die roten Linien der Gummischläuche, ergab ein ebenso verwirrendes wie faszinierendes Bild. Gregor fand all das wunderschön. Es müsste herrlich sein, dachte er, mit diesen Dingen zu hantieren und hier zu arbeiten. Schon im Physik- und Chemieunterricht hatten ihn die Versuchsaufbauten fasziniert – aber hier, das war für ihn geradezu eine Offenbarung.

Gregor gab sich diesem Eindruck ganz hin, und er wollte auch gar nicht wissen, welche Vorgänge sich hier vollzögen, an welchen Problemen hier geforscht, was hier geübt werde. Ganz in der Tiefe des Raumes sah er hinter der letzten Tischreihe, dass an der gesamten Wand verglaste Schränke standen, in denen nicht nur Glasgefäße, sondern auch sonstige Geräte untergebracht waren. Eben zog dort der Oberassistent im weißen Kittel mit den Klassenkameraden im Gefolge an den Schränken vorbei. Wie in einem Kaleidoskop wurden hinter dem gläsernen Geäst die Köpfe und farbigen Kleidungsstücke in ständig sich wandelnden Facetten gebrochen. Gregor sah vor sich ein lichtes Bild mit einer kaum übersehbaren Anzahl von Transparenzen.

War es nicht das, was er immer gesucht hatte? Mit einem Mal fühlte sich Gregor hellwach. Natürlich war es eine wunderbare Sache, mit Farben zu malen, mit Holz plastisch zu arbeiten. Aber hier, das waren ja ganz andere Dimensionen! Vor allem, er hatte hier nicht ein rechteckiges Format, keinen plastischen Block vor sich, sondern, er war von einem Erlebnisraum umgeben, war Teil desselben. Und er befand sich nur in einem Übungsraum für Studenten. Wie mochten erst die besonderen Labore aussehen, in denen die Professoren forschten? Er hatte

Filme gesehen von Frankenstein, Dracula, Dr. Jekyll and Mr. Hyde. Natürlich wusste er, dass es sich da um fantastische Grusicals gehandelt hatte. Aber gerade deshalb hegte er keine Zweifel, dass die echten Labore der modernen Forscher noch größer und noch faszinierender sein müssten. Eine riesige Halle, zehn oder zwanzig Meter hoch, mit einem Kosmos aus Glas, Messing und roten Gummischläuchen stellte er sich vor, in dem das Auge sich verlieren musste. Und dann würde es ja Leute geben, vermutlich Professoren, die derartige Labore planten und ausstatteten. Mussten nicht sie die größten Künstler sein?

Ich glaube, ich weiß jetzt, was ich studiere, so schoss es Gregor durch den Kopf: Chemie und nichts Anderes kommt in Frage.

Plötzlich drang in seine Gedanken eine vorwurfsvolle Stimme ein.

Es tut mir leid, dass ich Ihr Interesse nicht wecken konnte. Gehe ich recht in der Annahme, dass Sie eher zu den Geisteswissenschaften tendieren? Neben ihm stand der Herr im weißen Kittel, der ihn angesprochen hatte.

Nein, überhaupt nicht!, beeilte sich Gregor etwas verwirrt zu beteuern. Chemie interessiert mich, sogar sehr. Die Versuchsanordnungen musste ich erst einmal auf mich wirken lassen. Die Zeit war einfach zu kurz.

Forschend fixierte der Oberassistent den anscheinend verstörten Gymnasiasten von der Seite. Ihre Klassenkameraden sind alle schon draußen auf dem Campus. Schauen Sie, dass Sie den Anschluss nicht verpassen!

Gregor eilte hinter der Gruppe her und schloss sich den Letzten an. Unter fachlicher Führung stapften sie zwischen Sukkulenten und Heidekraut durch ein Trockenbiotop und ließen weitere Erläuterungen über sich ergehen. Auch hier war Gregor nicht bei der Sache.

Walpurgisnacht

Wenn Robby am Samstagabend in einem dörflichen Tanzsaal zwischen Friedberg und Bad Homburg mit seiner Kapelle Musik gemacht hatte, wusste er Montag viel zu erzählen – vom Schlagzeuger Jörg, der immer die saftigsten Witze auf Lager hatte, vor allem aber von den jungen Frauen, die während des Tanzens gerne mit den Musikern flirteten, was ihre Tanzpartner meistens gar nicht mitbekamen. Während Jörg allein schon durch seine körperliche Aktivität die Blicke auf sich zog, weckte Robby, der nicht nur Posaune spielte, sondern auch zum Akkordeon sang, das Interesse des Publikums, indem er zu vorgerückter Stunde Texte mit schlüpfrigen Einsprengseln verballhornte. Solche Einlagen waren äußerst beliebt in den Dörfern und wurden mit dröhnendem Gelächter quittiert. Jörg und Robby waren auch diejenigen unter den Musikern, die als krönenden Abschluss einer langen Nacht mit viel Bier gerne noch ein Mädchen oder eine Frau abschleppten. Über derartige Erfolge berichtete Robby Gregor mit Vorliebe und besonders ausführlich.

Als in Unter-Warstein mal wieder Maitanz war, hatte Robby ausnahmsweise kein Engagement. Deshalb schlug Gregor vor, dass sie gemeinsam zum Tanz gingen.

Am Samstag ist bei euch Maitanz. Das ist eine prima Idee. Ich komme, und wir zwei werden mal bei euren Dorfschönheiten Umschau halten und einer nach der anderen den Kopf verdrehn. Weißt du, wenn ich auf der Bühne steh, hab ich wohl den Überblick, und es kommt immer wieder zu heißen Blickkontakten. Aber letztlich bin ich da oben festgenagelt. Auf dem Tanzboden aber kannst du richtig zur Sache gehn. Viele Stunden hast du Zeit, um die eine oder andere zu testen und dann allmählich zum Nahkampf überzugehen. Das wird ein Spaß!

Gegen Abend stand Robby, der mit der Bahn gekommen war, vor Schulzens Hoftor, und Gregor ließ ihn herein.

Was ist denn das für eine witzige Kiste?, rief er. Kleiner geht's wirklich nicht.

Mitten im Hof stand Wotans Goggomobil. Robby besah sich das Autochen von allen Seiten.

Vier Sitze hat es, stellte er fest. Aber irgendwas müssen die bei dieser Baulänge doch weggelassen haben. Das ist ja wirklich unglaublich!

Robbys Eltern besaßen ein VW-Cabrio in Rot und Schwarz mit dem Namen Viktor, das Robby ab und zu einmal fahren durfte. Und der Käfer ist ja bekanntermaßen auch nicht gerade geräumig, jedoch ein ganzes Stück länger als der Goggo.

Das Wohnzimmerfenster öffnete sich, an dem Gregors Vater erschien. – Na, da staunst du, Robby, über so ein schickes Autochen. Auf ein Motorrad hab ich mich nie gesetzt, aber in dem hier lass ich mich gern mal mitnehmen.

Guten Tag, Herr Schulze! Ja, ist schon ein kurioses Gefährt. – Ah, die Tür ist offen. Dann muss ich mich doch mal reinsetzen. Ja, geht! Aber meine Füße reichen, glaub ich, bis zur Stoßstange. Alles da: Gaspedal, Kupplung und Bremse. Na, da haben wir's: Der Kofferraum wurde weggelassen!

Robby war wieder ausgestiegen und öffnete die Heckklappe. Aha, luftgekühlter Heckmotor, wie beim VW. Na ja, es ist eine Art Lern-Auto.

Du meinst, dass man damit gut das Fahren lernen kann?, fragte Gregor.

Nein, es muss noch lernen, ein richtiges Auto zu werden. Eine Art Auto-Lehrling, lachte Robby.

Gregor hatte sich schnell umgezogen. Er trug seinen hellbraunen Zweireiher, ein weißes Nyltest-Hemd und eine rote Krawatte mit weißen Punkten. Seine rotbraunen Schuhe hatten dicke weiße Kreppsohlen, auf die er besonders stolz war. Auch

Robby trug einen Zweireiher, dunkelbraun mit hellen Nadelstreifen, ein weißes Hemd und eine Krawatte mit blau-weiß-rotem Schottenkaro. Beide hatten sie ihre Haare geölt und sich vorne eine verwegene Tolle hingedrückt. Zufrieden musterten sie einander und zogen los.

Vor den meisten Häusern auf der Hauptstraße waren Birkenstämmchen angebracht, die man mit bunten Bändern geschmückt hatte. Morgen sollte es einen Mai-Umzug der Vereine geben mit einer Kundgebung der Gewerkschaft auf dem Lindenplatz. Vor dem Hofeingang zum Steiner-Saal hielten sie an. Der breite Torbogen war mit Birkenzweigen dekoriert, in die rote und blaue Papierstreifen eingeflochten waren. Darüber war eine weiße Stoffbahn gespannt, auf der in grünen Lettern stand: *Tanz in den Mai.*

Ich finde es schön, meinte Robby, dass man den 1. Mai hier in der Wetterau so heiter begeht. Ich habe entfernte Verwandte im Allgäu, wo an diesem Abend ein Walpurgisfeuer abgebrannt wird mit allerlei abergläubischen Ritualen. Ziemlich unheimlich geht es da zu. Fast so eine Art Hexen-Sabbat. Geradezu mittelalterlich mutet das an. Mir hat es gereicht, das ein einziges Mal zu erleben. Na ja, Bayern – was kannst du von diesen Hinterwäldlern anderes erwarten!

Der Saal war dann allerdings überhaupt nicht dekoriert. Die Wände weiß und kahl, von der Decke mit grellen Lampen beleuchtet. Die Kapelle spielte einen Ländler. Es folgte ein langsamer Walzer. Lange standen die Beiden unschlüssig da, bis sie sich auf den Tanzboden in das Getümmel warfen.

So groß die Erwartungen auf beiden Seiten gewesen waren, umso ernüchternder verlief der Abend. Als es auf Mitternacht zuging, standen die zwei Freunde bei einem Glas Bier an der Theke. Robby blickte auf die Uhr.

Ich glaube, heut läuft nichts. Ich weiß nicht woran es liegt – an diesem Kaff oder an mir. Die Musik ist schwach, die allgemeine Stimmung ist mittelmäßig, und die Mädchen reißen mich auch nicht vom Hocker. In einer guten halben Stunde geht der letzte Zug nach Friedberg. Und dann muss ich ja noch umsteigen nach Bad Homburg.

Gregor begleitete ihn. Sie gingen die Bahnhofstraße hinauf. Gregor deutete nach links.

Das alte Schulhaus. Hier bin ich die ersten vier Jahre in die Schule gegangen. Dann wechselten wir in das neue Schulhaus dort drüben. Ende der vierziger Jahre durften wir vom Frühjahr bis zum Herbst barfuß in die Schule kommen. Das mochte ich sehr gerne, und es kam mir überhaupt nicht armselig vor.

Barfuß in die Schule! Das wäre bei uns im Osten undenkbar gewesen. Wir lebten wohl nicht im Luxus, aber Schuhe hatte jedes Kind.

Und geprügelt wurde hier. Bei Euch drüben auch?

In der Grundschule wurde bei uns noch geschlagen, danach nicht mehr. Ab 1949 war das verboten.

Sie standen in der Bahnhofshalle vor dem Fahrplan, wo auf emaillierten Plättchen schwarz auf weiß die Stationen und Abfahrtszeiten angegeben waren.

Ja, stellte Robby fest. In fünfundzwanzig Minuten geht der Zug. Ich hab' einen ziemlichen Druck auf der Blase. Wo kann man denn hier eine Stange Wasser in die Ecke stellen?

Ich muss auch. Das Klohäuschen ist dort drüben. Komm, wir gehen zusammen hin. Aber du musst dort die Luft anhalten. Dieses Scheißhaus kannst du nicht mit den Toiletten im Friedberger Bahnhof vergleichen. Dieses hier wird selten oder nie geputzt und es stinkt fürchterlich. Zum Pinkeln reicht es im Notfall noch. Aber eine Kabine würde ich niemals betreten.

Sie näherten sich dem kleinen Fachwerkbau, der abseits im Dunkeln lag. Vorne war der Eingang für Frauen. Sie gingen um den kleinen Bau herum, um ihn von hinten zu betreten. Gregor schritt voraus.

Hier verschlägt es einem aber wirklich den Atem. Mann oh Mann! stöhnte Robby, noch bevor er durch die offene Tür ging. Ein ätzend beißender Gestank nach Ammoniak schlug ihnen entgegen.

Gregor stutzte: Ich glaub, da ist jemand.

Der Raum mit den offenen Klo-Türen auf der einen und der mit Teer bestrichenen Wand und der Urinrinne auf der anderen Seite war lediglich durch eine schwache Glühbirne spärlich beleuchtet. Mitten im Raum stand jemand. Gregor blickte nicht genau hin, sondern wollte an ihm vorbeigehen, aber der Mann stellte sich ihm in den Weg. Erst jetzt bemerkte er, dass die Gestalt mit offener Hose, aus der ein riesiger Schwengel herausragte, dastand.

Gregor schreckte zusammen und rief: He, weg da! Was soll der Unsinn!

Jetzt hatte auch Robby den Kerl gesehen und schrie: Ein Exhibitionist! Hau ab, Mensch! Wir sind überhaupt nicht interessiert an deinen stinkigen Innereien. Mach, dass du rauskommst!

Doch der Mann rührte sich nicht von der Stelle. Mit sanfter Stimme lallte er: Hier, guck mal! Ein schöner Pariser.

Er hielt den beiden ein Präservativ entgegen, das vorne mit einem bunten Hahnenkopf geschmückt war. Der Kopf war grün, Kamm und Kinnlappen waren leuchtend rot und der Schnabel gelb.

Das ist ja der Werner, der Landmanns Werner! rief Gregor. Mensch Werner, du bist ja total besoffen. Mach, dass du nach Hause kommst und schlaf deinen Suff aus. Und vergiss nicht, deinen ekelhaften Schwanz einzupacken.

Bitte, bitte! jammerte der Werner und wandte sich nun an Robby. Hier, guck! Er deutete abwechselnd auf sein Gemächt und den Gummihahn. Du bist jung. Schön zart. Komm, mach du's mit mir. Kriegst auch zehn Mark. Und du auch, wenn du nix weitersagst. Er zog einen Zwanzigmarkschein aus seiner Rocktasche und hielt ihn den beiden hin. – Gregor und Robby traten einen Schritt zurück.

Komm, fort! rief Gregor. Schnell weg von hier! Es ist ja nicht auszuhalten mit dem Irren.

Fluchtartig verließen sie das stinkende Ambiente, und erst, als sie wieder in der Beleuchtung vor dem Bahnhofsgebäude standen, verlangsamten sie ihre Schritte. Schließlich blieben sie stehen und blickten zurück. Gregor atmete tief durch, stieß die Luft heftig aus.

Der Verrückte verfolgt uns nicht. Na, so was hab ich noch nie erlebt – ein Irrer, der mit seinem Ständer herumfuchtelt.

Das ist kein Irrer, belehrte Robby ihn. Das ist ein warmer Bruder.

Einen Warmen hatte ich mir harmloser vorgestellt, bemerkte Gregor. Aber der …! Ich kannte ihn bisher nur als Irren. Er ist hier der Dorfdepp, der nur selten etwas sagt und immer nur blöde grinst.

Ich glaub, der ist auch harmlos. Wahrscheinlich hat er sich Mut angetrunken und dann hier gewartet. Beim Tanzsaal hat er sich nicht getraut, weil ihn da jeder kennt. Aber hier konnte er auf Fremde lauern. Es ist ja auch eher Zufall, dass du ihm begegnet bist. – Mensch, vor lauter Aufregung hatte ich fast vergessen, dass ich pinkeln muss. Komm, wir gehn hier um die Ecke und stellen uns in den Schatten.

Dann wurde die Zeit auf einmal knapp, denn man hörte den Zug schon kommen. Da er im ersten Gleis einlief, waren es für Robby nur wenige Schritte. Nachdem er eingestiegen war, schob er das Fenster herunter und rief Gregor zu: Pass auf Gregor! Der Landmanns Werner ist unterwegs!

Die Beiden lachten noch einmal laut auf, während der Zug langsam anfuhr.

189

Nachdenklich ging Gregor die abschüssige Bahnhofstraße hinunter. Dichter Nebel war aufgezogen, in dem einzelne Paare, die vom Tanz heimkehrten, als graue Silhouetten auf der anderen Straßenseite an ihm vorüberzogen. Als er am Tanzsaal vorbeiging, hörte er Musik, anscheinend den Abschiedswalzer, und einen krakeelenden Betrunkenen, der sich den Weg durch den Hof der Gaststätte bahnte.

Walpurgisnacht, dachte Gregor. Ziemlich komisch, dieser Zauber hier in unserem Kaff.

Auf der Hauptstraße war es schon wieder still. Er bog in die Gasse mit dem holprigen Kopfsteinpflaster ein und fragte sich mit einem Mal, ob er wohl auch noch in zehn Jahren diesen Weg regelmäßig gehen werde.

Auf keinen Fall!, hörte er sich laut sagen und erschrak selber vor seiner Stimme, die zwischen den hohen Scheunenwänden hallte. Er kam an der Pumpe vorbei, wo die Gasse sich dreifach gabelte und tauchte in den schmalen Teil mit den kleinen Wohnhäusern ein. Nichts hörte er außer dem leisen Quietschen seiner Kreppsohlen auf den glattpolierten Basaltbuckeln.

Der Hof war leer. Wotan blieb also über Nacht bei seiner Rosa. Behutsam schloss Gregor die Haustür auf und wieder zu, um die Eltern nicht aufzuwecken. Doch da sah er, wie ein Lichtkegel in das Wohnzimmer fiel, dessen Tür offenstand. Und er hörte die Stimme seines Vaters. Gregor fand es ärgerlich, dass der Alte immer noch versuchte, ihn zu kontrollieren und ihm Ratschläge zu geben, anstatt zu schlafen. Er schritt also durch das Wohnzimmer ins Schlafzimmer und fragte ein wenig missgestimmt: Na, was gibt's so spät in der Nacht? Warum schlaft ihr nicht schon längst?

Vater Heinrich richtete sich halb auf und hob die rechte Hand, als wolle er Gregor mahnen, nur nicht zu laut zu sprechen. Dann begann er: Reg dich net auf! Reg dich nur net auf!

Ja, was ist los? Ich bin doch die Ruhe selbst. Und außerdem bin ich müde.

Der Wotan. Der Wotan hat … Dein Freund, der Robby hat sein Auto kaputt gemacht.

Unsinn! Der hat sich doch nur mal reingesetzt. Das war alles.

Und er hat auch was ausprobiert. Der Gaszug war gerisse. Der Wotan konnt net wegfahrn. Fuchsteufelswild war er. Sei froh, dass ihr net hier wart! Getobt hat er, sag ich dir.

Verrückt ist der. Wenn bei seiner Schrottkiste ein Zug reißt, geht das doch mich nix an.

Doch! Dein Freund war's! Der hat wahrscheinlich zu fest aufs Gaspedal getrete.

Und davon soll ein Bowdenzug reißen? Der war wahrscheinlich schon gerissen.

Jedenfalls war er wütend, hat gebrüllt wie en Stier. Wo sind die Kerle?, hat er geschrie. Ich bring sie beide um. Dann hat er en Balke genomme, der da lag und hat auf dein Motorrad eingedrosche.

Und danach war der Gaszug wieder ganz – wie?

Bei Dunkelheit und mit der Taschelamp hat er ihn repariert. Sag nur nix, wenn er morgen kommt, damit es kein Unglück gibt. Hast du mich verstande? Nix sage!

Dieser Teufel! Dieser verdammte Satan. Das werde ich ihm nie vergessen.

Am nächsten Morgen besichtigte Gregor seine Quick. Der Tank hatte eine tiefe Delle, ebenso die Lampe, die abgerissen und deren Glas zerbrochen war. Und natürlich gab es zahllose Schrammen. Gregor rührte das Wrack nicht an. Als Wotan am Abend nach Hause kam, herrschte eisige Stille. Niemand sprach ein Wort. Die Eltern wirkten verängstigt. Gregor fühlte sich wie gelähmt. Wotan versuchte immer wieder, seinen Vater in ein Gespräch zu ziehen, der aber schwieg. Dann versuchte er es mit Gregor, indem er ihn fragte, wie die Kirmes gewesen sei. Gregor wandte sich um, verließ das Haus und ging in den Garten.

Alle waren sie in eine Art Schreckstarre verfallen. Selbst Friedrich und Olga, die natürlich über den Vorfall informiert worden waren, sahen sich außerstande, einzugreifen und mit Wotan zu reden. Es dauerte einige Wochen, bis alle in Gegenwart von Wotan wieder unbefangen miteinander sprechen konnten. Allerdings blieb ein Thema für immer ausgespart; Wotans Zornesausbruch wurde verdrängt.

Schließlich machte Gregor sich doch an die Reparatur. Er kaufte ein neues Lampenglas und baute es ein, schloss das Kabel an und schraubte die Lampe wieder fest. Von Friedrich bekam er zwei Dosen Lack, schwarz und tiefrot. Rot lackierte er den Tank und die Lampe, Rahmen und Schutzbleche schwarz. Danach sah die Quick fast aus wie neu, die beiden Narben allerdings blieben deutlich sichtbar.

Wotans Absprung

Anfang der fünfziger Jahre hatte es in Unter-Warstein eine Flurbereinigung gegeben. Heinrich Schulze war es gelungen, zwei Grundstücke, einen Acker und eine Wiese, die beide etwa zwei Kilometer vom Haus entfernt lagen, gegen zwei Wiesen zu tauschen, die direkt an den Garten grenzten. Damit hatte sich die Fläche des Grundstücks vervierfacht.

Nur ein kleines Wiesenstück um den alten Birnbaum herum hatte er in dem ursprünglichen Zustand belassen. Alles andere wurde umgegraben, um den Nutzgarten zu erweitern. Von vier Zwetschgenbäumen wurde nur einer gefällt. Eine kleine Parzelle hatte er Friedrich überlassen, damit er seinen zweiten Laden hatte bauen können. Der Garten war immer noch sehr groß, und vor allem im Frühjahr gab es viel Arbeit. Nachdem dann auch ein neuer Zaun gebaut worden war, erklärte Heinrich, nun sei er mit seinem Grundbesitz zufrieden.

Alter Baumbestand und alles schön beieinander, sagte er. Und so groß! Das is immer mein Traum gewese. Aber dass der mal wahr wird, daran hab ich nie geglaubt.

Eine Woche nach Wotans folgenreichem Geständnis sollten in einem Großeinsatz der vergrößerte Garten wieder umgegraben und Beete angelegt werden. Heinrich und Wotan gruben mit den Spaten, während Gregor mit der Schubkarre Mist heranfuhr und in die Furchen verteilte, damit er untergegraben werden konnte. Bereits um acht Uhr hatten sie mit der Arbeit begonnen.

Nach zwei Stunden meinte Heinrich, man müsste sich doch einmal für ein paar Minuten geradestellen, um das Kreuz zu entlasten. Er stieß den Spaten neben sich in den Boden, drehte sich um und sagte: So e groß Grundstück mit Obstbäum, ist das net schön? Jetzt gehört es mir. – Es gehört natürlich uns, fügte er hinzu.

Wotan räusperte sich. Eigentlich ist der Garte doch zu groß für dich. Wie willst du das in Zukunft allein schaffe? Das ist doch unmöglich.

Allein? Der Gregor is da. Der is groß und stark und kann auch umgrabe. Und du kannst auch mal komme und helfe.

Es ist zu groß! Gib mir ein Viertel ab, damit ich mein Haus drauf baue kann. Dann hab' ich en Bauplatz, und wir könne weiterhin gemeinsam umgrabe. Der Gregor wird auch nicht immer im Haus bleibe. Hier, das Stück, vom Feldweg bis zu dene zwei Zwetschgebäum.

Man sah Heinrich an, dass es ihm schwergefallen war, Wotan ausreden zu lassen. – Jetzt hab' ich das Grundstück grad mal drei Jahr. Es ist eingezäunt, und der Garte is angelegt. Nein, das kommt überhaupt net in Frag. Und wenn mir irgendwann die Arbeit zu viel wird, kann ich auch die Wies um den Birnbaum erweitern. Dann wird das vielleicht en kleiner Park.

Man merkte Wotan an, dass er mit Mühe um Selbstbeherrschung rang. Seine Stimme zitterte leicht, als er hervorstieß:

Dem Friedrich hast du ein Stück für sein Lade gegebe, und jetzt bin ich dran!

Gregor hörte zu und schwieg. Er wusste genau, dass es Heinrich nicht um Gerechtigkeit ging, sondern um seine Machtposition in der Familie, und dass er im Übrigen seinen Frieden haben wollte. Wohl gehorchte Friedrich nicht aufs Wort. Er vergrößerte Zug um Zug das Geschäft, was auch auf Kosten der allgemeinen Ordnung und der Sauberkeit ging. Im Hof standen bei dem Lackkessel Fässer und Kannen mit Lösungsmitteln sowie Berge von Leergut herum. Wenn Heinrich allerdings sagte: Friedrich, die Wohnstub muss tapeziert werde. Oder: Auf den Küchebode sollte Linoleum. Dann war der Älteste zur Stelle, und es gab kein Widerwort. Anders war es mit Wotan. Der war nicht nur eigenwillig, sondern auch aufbrausend, unverträglich, ja streitsüchtig, weshalb Heinrich ihn längerfristig nicht in seiner unmittelbaren Nähe haben wollte.

Heinrich zog den Spaten aus dem Boden, stieß ihn noch einmal energisch hinein und sagte entschlossen, nachdem Wotan seinen wunden Punkt bloßgelegt hatte: Nein, schlag dir das aus dem Kopf. Von meim Garte geb ich nix her.

Wotan war so erregt, dass er zu stottern anfing. Was, was, was … Dann platzte es aus ihm heraus: Du bist ein alter Dickschädel, ein Egoist! Alles muss nur nach deinem Kopf gehn. Zehn Jahre lang hab' ich in deinem Garten und auf deinem Acker geschuftet, und jetzt, wo ich in Not bin, denkst du an deinen Park, in dem du in zehn Jahren spazieren gehen willst.

Seine Stimme überschlug sich. Lass dich doch in deim beschissene Garte begrabe! Du hast die längste Zeit in mir den nützliche Idiot gehabt, über den du hast jederzeit verfüge könne. Ab sofort denk ich auch nur noch an mich! Er riss den Spaten aus der Erde und schleuderte ihn weit von sich.

Hol ihn dir, Gregor!, schrie er. Du warst lang genug der Kleine. Viel zu lang hat er dich geschont. Jetzt machst du diese verdammte Drecksarbeit!

Mit weit ausholenden Schritten lief Wotan zum Haus hin, wo er verschwand. Heinrich brummelte Unverständliches vor sich hin. Gregor verstand nur Bruchstücke: Väter … Söhne … Gehorsam … Dankbarkeit … Ehrfurcht … Gottes Segen. Den Rest konnte er sich zusammenreimen. Eigentlich wollte er es auch gar nicht ausführlicher wissen. Für Heinrich war das Schlimmste, dass Gregor diesen Auftritt mitangehört und erlebt hatte, wie seine bisher unangefochtene väterliche Autorität demontiert worden war.

Dann raffte sich Heinrich doch zu einem Kommentar auf: Der wird sich noch wundern mit seine Auffassunge und seine Rede. Der wird sich die Hörner noch abstoße. So kommt man net durchs Lebe. Man muss sich füge. Wer so flucht, auf dem seim Lebe liegt kein Sege. Er wird schon selber sehe, wohin das führt. Also, Gregor, nimm den Spate, wir schaffe das auch zu zweit.

Wotans Wutanfall hatte sich schnell wieder gelegt. Zunächst blieb er schweigsam und ging allen aus dem Wege. Wenige Tage später war er ebenso wie sein Vater wieder zur Tagesordnung übergegangen, und es schien, als seien die Überlegungen zu einem günstigen Hausbau vergessen.

Am Donnerstagabend allerdings wurde Wotan plötzlich wieder gesprächig. Ich war beim Bürgermeister, sagte er, und hab erfahre, dass die Gemeinde sämtliche Äcker im Gewann Wingerte aufgekauft und als neues Baugebiet ausgewiese hat. Die Parzelle sind schon abgesteckt, und im Moment werde Wasserleitunge und Kanäl verlegt. Er hat mir den Plan gezeigt. Zwei Drittel der Plätze sind schon vergebe. Ich hab mir en Platz reserviere lasse. Bis nächsten Montag muss ich mich entscheide. Morgen will ich mir das alles einmal aus der Näh angucke.

Da staunten zunächst einmal alle. Heinrich war der erste, der die Situation erfasste und wusste, was zu sagen und zu tun war.

Das machst du richtig. Wann soll's losgehe?

Im Juni könne wir anfange. Aber vorher wolle wir noch heirate.

Ja, recht so! Beim Ausschachte sind wir alle dabei. Alle müsse ran, sogar der Friedrich muss helfe. Du hast ihm ja auch geholfe, als er sein erste Lade gebaut hat, hast ihm die Eingangstür, das Schaufenster und die Theke gebaut. Die Olga kann sich auch einmal allein um das Geschäft kümmern.

Aber weißt du, wie der Boden da obe beschaffe ist? Der Bürgermeister hat mich schon gewarnt: Kies. Er meint, man soll en Bagger komme lasse, denn der Kiesboden sei hart wie Beton. Da kann man mit dem Spaten nix ausrichte, hat er gesagt.

Papperlapapp, warf Heinrich ein. Was versteht dieser Bürohengst vom Ausschachte! Wir nehme unsern Pickel mit und leihe uns noch einen vom alte Ruppert aus. Dann brauche wir zwei Schaufele und die Schubkarre vom Friedrich. Fünf Mann müsse wir sein. Dann sind wir bald unde auf der Kellersohle.

Aber vorher baue ich eine Hütte, damit wir alle Werkzeuge dalasse könne.

Gregor staunte. Plötzlich waren die Beiden sich einig, und Heinrich hatte es sogar geschafft, wieder einmal die Initiative an sich zu reißen. Natürlich wurde er, Gregor, nicht gefragt. Über ihn wurde einfach verfügt. Aber gewiss, helfen wollte er schon.

Der Kaufpreis für den Bauplatz muss wirklich äußerst günstig gewesen sein. Wotan nahm jedoch einen Kredit bei der Sparkasse auf, damit er Baumaterialien kaufen konnte. Die Hochzeit hingegen sollte so gut wie gar nichts kosten. Rosa, die im vierten Monat war, passte gerade noch in ihr hübsches blaues Kleid mit den weißen Biesen. Wotan zog seinen Sonntagsanzug an, als sie zum Standesamt gingen.

Friedrich und ich spielen die Trauzeugen, bestimmte Heinrich. Aber später, wenn die Rosa wieder ihre normale Figur hat, sollt ihr noch die kirchlich Trauung nachhole, andernfalls liegt kein Sege auf der Ehe.

Ja-ja, sagte Wotan. Aber erst wird mal das Haus gebaut.

Es war Samstagmittag halb drei, als die Vier vom Standesamt zurückkehrten. Margot hatte einen Streuselkuchen und einen Käsekuchen gebacken, die sie aufschnitt, während Olga im Wohnzimmer den Tisch deckte. Die sehr kleine Gesellschaft, zu der auch Frau Hartacker gehörte, versammelte sich im Wohnzimmer. Man ließ sich den Kuchen schmecken, und alle schienen zufrieden, dass alles so harmonisch und ganz ohne Komplikationen vonstattengegangen war. Draußen schien die Sonne warm vom blauen Aprilhimmel, über den nur ein paar weiße Wolkenschiffe segelten; ein leichter Wind wehte die Blütenblätter von den Zwetschgenbäumen, und die Apfelbäume standen in voller Blüte.

Ich glaub, das wird ein gutes Zwetschgenjahr, stellte Heinrich fest. Dann könne wir en große Kessel mit Zwetschgenmus koche. Es gibt zum Frühstück einfach nix Besseres.

Da musste Frau Hartacker laut lachen. Nix Besseres? Ein Stück Brot mit dicker Wurst belegt – oder noch besser: Ein Kringel saftige Fleischwurst, in die man hineinbeißt, dass einem das Fett die Backen hinunterläuft. So mag ich's am liebsten.

Rosa konnte das nicht so stehenlassen. Abends ja, Mama, aber morgens zum Kaffee ist doch ein Marmeladenbrot das Richtige. Außerdem muss man auch sparsam sein.

Ich glaube, ihr habt euch schon zusammengerauft. Oder ist das die Liebe, die den Geschmack verändert? Sag, Wotan: Ist dir auch der Appetit an der Wurst vergangen?

Wotan blickte seine Schwiegermutter düster an. Er biss sich kurz auf die Unterlippe, zog die Augenbrauen zusammen und sagte: Wer redet hier von Liebe, wenn man heirate muss?

Na, du hast halt nicht aufgepasst, mein Lieber, und hast nicht rechtzeitig den Rückzieher gemacht. Ich hab dich immer gewarnt. Ha, ha, haaa! Geschieht dir recht! Aber wart's ab. Du wirst das Putzelchen so mögen, dass ihr dann eins nach dem anderen macht.

Hör bloß auf! Das Eine war schon zu viel, und dabei bleibt's auch.

Das war Margot dann doch zu viel. Wotan, du versündigst dich. Kinder sind ein Sege. Wir habe jeden Tag unser Freud an dem kleine Hardy. Wir hoffe natürlich, dass sie noch mehr Kinder kriege, und wir freue uns auch auf euer erstes Kind. Vielleicht hättet ihr euch auch gleich noch kirchlich traue lasse solle. So, aber nun rede wir von was Anderem. Schließlich ist heut en besonderer Tag.

Rosa pflichtete ihr mit lauter Stimme nachdrücklich bei. Ja, Mutter, du hast vollkommen recht. Wir sollten uns wirklich freuen.

Wotan nutzte die nächsten Tage, um mit einem befreundeten Bauzeichner einen Bauplan zu erarbeiten. Ein einstöckiges Einfamilienhaus mit Kniestock sollte entstehen. Die Dachgeschosswohnung war für Frau Hartacker vorgesehen, die sich um das Kind kümmern sollte, damit Rosa möglichst frühzeitig wieder arbeiten gehen konnte. Zunächst aber wohnte Rosa weiterhin bei ihrer Mutter in Heiligenberg und Wotan bei den Eltern in Unter-Warstein. Seit der Hochzeit musste er kein Kostgeld mehr abgeben, denn Heinrich legte Wert darauf, dass jede Mark nun in den Bau floss. Mitte April lag die Baugenehmigung vor, der Geometer wurde bestellt, der vier Pflöcke in den Boden schlug, die er mit je einem Kreuz versah. Für Wotan war es fast eine sakrale Handlung, als er das Schnurgerüst errichtete und mit Nägeln die Markierungen anbrachte. Damit stand dem ersten Spatenstich nichts mehr im Wege.

Am ersten Samstag im Juni hatte Heinrich seinen Arbeitstrupp zusammengetrommelt. Morgens um sieben Uhr standen alle Männer aus der Familie auf dem Grundstück, und Rosa ließ sich nicht davon abhalten, trotz ihrer Schwangerschaft mitzuarbeiten. Der Anfang war ein Kinderspiel; sie trugen den Mutterboden, der zwischen dreißig und vierzig Zentimeter stark war, ab und häuften ihn in einer der hinteren Ecken des Grundstücks auf. Um zwölf Uhr wurde Gregor nach Hause geschickt, um das warme Mittagessen zu holen, das er in einem Korb hinausschleppte. Am Boden sitzend, löffelten sie mit großem Appetit ihre Kartoffelsuppe, die Mutter Margot gekocht hatte.

Nun zeigte es sich, dass der Bürgermeister nicht übertrieben hatte. Es war tatsächlich eine Knochenarbeit, in den Kiesboden einzudringen. Doch Heinrich, Wotan und Rosa waren nicht zu entmutigen, während Gregor und Friedrich nur still und ohne Murren ihre Pflicht taten. Am folgenden Samstag hatte Friedrich keine Zeit mehr, sodass Rosa für zwei zu schuften schien. Sogar am Sonntag wollte sie weiterarbeiten. Wotan hatte keine Wahl; er musste mitmachen.

Heinrich wetterte vehement dagegen. Du sollst den Feiertag heiligen, heißt es!, mahnte er. Ich und der Gregor gehn in die Kirch.

Eigentlich waren die Zeiten vorbei, in denen Gregor sich vorschreiben ließ, ob und wann er in die Kirche ging. Aber seine Glieder fühlten sich von der Arbeit derart zerschlagen an, dass das Sitzen auf der harten Kirchenbank sogar zu einer Erholung wurde. Als Wotan und Rosa zwei Wochen Urlaub nahmen, musste Gregor nachmittags auf die Baustelle kommen, um mitzuhelfen. Während der gesamten Bauzeit war Rosa der eigentliche Motor. Sie trieb Wotan zur Eile an, während sie selber auch vor den schwersten Arbeiten nicht zurückschreckte. Mehr als einmal fragte sich Gregor, gegen welchen Widersacher sie anrannte. War es der harte Kiesboden, danach der Beton und die schweren Hohlblocksteine – oder war es jenes gewollte, jedoch nicht geliebte neue Leben in ihrem Leib, das wuchs und wuchs und unglaublich robust zu sein schien?

Nach spätestens drei Stunden sagte Gregor: Ich gehe jetzt. Ich hab noch viele Hausaufgaben zu machen.

Wotan hatte einen Maurer engagiert, der die Wände hochzog. Dann schlug der Zimmermann Christian Pfeifer den Dachstuhl auf. Das Latten und Eindecken des Dachs übernahm der Bauherr wieder selber. Danach durfte ein Elektriker die Leitungen ziehen, während Wotan sämtliche Fenster und Türen in der Werkstatt des befreundeten Schreiners in Frankfurt anfertigte. Das Richtfest fiel aus, darin war das Bauherrenpaar sich einig, nicht nur aus Kosten- und Zeitgründen, sondern auch, weil Rosa mit einem kleinen Mädchen niedergekommen war.

Alle Beteiligten atmeten einmal kräftig durch, als im Frühjahr des darauffolgenden Jahres Wotan mit Rosa und Frau Hartacker mit der kleinen Susanne, die Susi gerufen wurde, in das fast fertige Haus einzogen. Heinrich meinte, dass sie sich für die noch ausstehenden Arbeiten viel Zeit lassen sollten und keiner weiteren Hilfe bedurften. Somit hatte er auch wieder Zeit für seine Tiere, seinen Garten und konnte samstags über Gregor verfügen.

Später Lerneifer

Gregor beneidete die Internatsschüler, die sich nicht nur aus dem Unterricht kannten, sondern auch gemeinsam die Mahlzeiten einnahmen, Hausaufgaben machten und die Freizeit miteinander verbrachten. Das Essen im Speisesaal, so hörte man, musste ein widerlicher Fraß sein, doch hätte das für Gregor keine Priorität gehabt. Aber leider lag Unter-Wartstein zu dicht bei Friedberg. Die Entfernung von nur sieben Kilometern hätte eine Unterbringung im Heim nicht gerechtfertigt. Aber selbst bei einer größeren Entfernung hätte Vater Heinrich wegen der Kosten sein Veto eingelegt. Vierzig Mark wären monatlich für die Heimunterbringung angefallen, und außerdem hätte man auf Gregors Arbeitskraft verzichten müssen.

Obwohl sich nicht alle Fahrschüler so wie Gregor in ihrem Heimatort derart von der Welt abgeschnitten fühlten, ließen sie sich in der Oberstufe einiges einfallen, um die gemeinsame Zeit mit den Kameraden ein wenig zu verlängern. War der Unterricht schon nach der fünften Stunde zu Ende, dann blieben oft einige von ihnen in der Klasse, während die Heimschüler ins Internat gingen. Robby hatte sich nach seiner Ausbildung am Akkordeon das Klavierspiel selber beigebracht. Da in fast jedem Klassenraum ein Klavier stand, nutzte er die Möglichkeit – nicht zum Üben, sondern aus Freude am Musizieren. Je nach Lust und Laune brachte er den verbliebenen Kameraden sein gesamtes Repertoire, soweit er es auswendig konnte, zu Gehör. Wenn ihm ein Text ausging, setzte er diesen mit Blödeleien oder mit schlüpfrigen Text-Einsprengseln fort. Während er sich im Unterricht meistens ernsthaft und konzentriert gab, zeigte er in Freistunden ein verblüffendes Maß an Humor und Spielfreude. Gregor bewunderte Robbys Musikalität im Allgemeinen, aber auch seine Fähigkeit zum spontanen Improvisieren und Fabulieren.

Bei schönem Wetter unternahmen sie zu zweit, zu dritt oder zu viert in Freistunden oder nach dem Unterricht einen Spaziergang durch den Burggarten, standen rauchend an der Mauer und blickten auf die vierundzwanzig Hallen des Rosentalviadukts, schauten hinüber auf den Taunuskamm, oder sie stiefelten in gemessenem Abstand hinter einer Mädchengruppe her. Auch für den Weg zum Bahnhof ließen sie sich deutlich mehr Zeit als früh morgens in umgekehrter Richtung. Sie flanierten durch die Kaiserstraße und musterten die zahlreichen Marktstände. Gern betrat Gregor mit Robby die altehrwürdige Buchhandlung Nothnagel mit der mit Schieferplatten geschindelten Fassade, in der sie, ohne vom Verkaufspersonal behelligt zu werden, das eine oder andere Buch aus den Regalen ziehen und darin blättern konnten. Gregor griff oft nach psychologischer Literatur, nach Technik-Büchern und Bildbänden über ferne Länder. Gemeinsam mit Robby warf er auch verstohlene Blicke in Fotobände mit weiblichen Akten. Zu einem Kauf reichte beiden nur selten das Taschengeld.

Hatten sich eher zufällig drei oder vier Fahrschüler zusammengefunden, spielten sie im Bahnhof an einem geschlossenen Fahrkartenschalter ein paar Runden Stehskat und überbrückten auf diese Weise die Wartezeit bis zur Abfahrt des nächsten Zuges. Es kam aber auch vor, dass sie sich darauf verständigten, einen späteren Zug zu nehmen. Noch hielt der Lerneifer sich in Grenzen, und sie waren sich schnell darin einig, dass die Hausaufgaben eine Stunde warten konnten. Sie setzten sich, vorausgesetzt, dass die Barschaft der Beteiligten es erlaubte, in den Wartesaal Zweiter Klasse. Jeder bestellte sich ein Bier, und die Karten konnten bequem im Sitzen verteilt werden.

Gelegentlich kam es auch vor, dass Rudi schon beim Verlassen des Schulhofs vorschlug: Wir könnten doch heute mal einen richtig gepflegten Skat in der Altstadtschänke spielen. Dort stand eine Rock Ola Musikbox, ein monströses Möbelstück. Es fand sich immer jemand, dem Bill Haley, Elvis Presley, Fats Domino, Chuck Berry, Little Richard und andere ein paar Groschen wert waren. Jeder zündete sich eine Zigarette an, bestellte sein Bier, und ab sofort fühlten die Pennäler sich als vollwertige Erwachsene. Gespielt wurde nie um Geld. Sie schrieben die Punkte auf, und es ging dann ausschließlich um die Ehre.

Die Pflichten in Haus und Garten empfand Gregor nicht als besondere Belastung. Mit seinen Hausaufgaben kam er nur sehr selten in Zeitnot. Da er in Warstein keine Freunde mehr hatte, verlief die Woche zu Hause ziemlich gleichförmig. Er konnte sich drei Stunden oder länger mit seinen Hausaufgaben befassen, auch das eine oder andere Thema vertiefen, ohne dass ihm das lästig gewesen wäre. Das hing sicher auch damit zusammen, dass die Stimmung in der Klasse sich verändert hatte. Mit dem Abitur als Ziel vor Augen, galt niemand mehr als Streber, der seine Leistungen verbessern wollte.

Weiterhin waren die Lehrerpersönlichkeiten wichtig, aber die Schüler begannen auch, sich von der an eine Person gebundenen Motivation zu lösen. Der letzte Lehrer, der Gregor und Robby und vielleicht auch einigen anderen einen Motivationsschub gab, war Dr. Wulfram, der die Klasse in Sozialkunde und Geschichte unterrichtete. Er wollte den Primanern nicht nur ein solides Sachwissen vermitteln, sondern sie auch lebenstüchtig machen. Zum ersten Mal während ihrer Schulzeit unterhielten Gregor und Robby sich auf dem Weg vom Bahnhof zur Schule nicht über echte oder vermeintliche Liebesabenteuer, sondern sie rekapitulierten Geschichtszahlen, oder sie diskutierten über politische Nachrichten, die sie im Radio gehört oder in der Zeitung gelesen hatten.

Weitere bedeutende Lehrerpersönlichkeiten kannte Gregor an seiner Schule nicht. Zu seiner eigenen Überraschung begann sein Interesse an der Mathematik zu wachsen. Trigonometrie und Infinitesimalrechnung, die ältere Schüler ihm bisher als Schreckgespenster dargestellt hatten, erwiesen sich als Herausforderungen, denen er sich gerne stellte. Herr Altenstadt, ein junger Assessor ohne eine Spur von Ausstrahlung, der nach der Versetzung von Dr. Heizmann der Leiter beider Abteilungen der Klasse geworden war, verstand sich als Fachmann, der sich gründlich vorbereitete und ihnen in Mathematik und Physik quasi universitäre Kurse anbot. Die Anforderungen auf hohem Niveau wurden, so erschien es Gregor, allgemein akzeptiert und vielleicht sogar dankbar angenommen.

In den Fächern Deutsch, Englisch und Latein fühlte Gregor sich nicht besonders gefordert, weshalb sie für ihn mit einem Mal zu informellen Nebenfächern hinabsanken. Ähnlich stand es mit dem Kunstunterricht, in dem er weiterhin mit leichter

Hand viel gelobte Bilder ablieferte, sich an Bildbesprechungen jedoch nicht beteiligte. In Bezug auf dieses Metier hatte er sich aufgegeben.

Zeitweise befand Gregor sich auf der Suche nach dem ganz großen Erleben; er wollte sich und die Welt verstehen. Bücher, die auf der Grundlage der Evolutionstheorie die Entstehung des Lebens beschrieben, übten eine heilsame Wirkung auf ihn aus. Andererseits fühlte er sich auch immer wieder von irrationalen und ästhetischen Effekten angezogen. Also sprach Zaratustra, Nietzsches Buch, nicht die symphonische Dichtung von Richard Strauß, war eine Art Großerlebnis. Die Rhetorik dieses freien Geistes überwältigte den Jugendlichen geradezu, aber überforderte ihn auch, da er den Text nur fragmentarisch verstand. In dem Ping-Pong-Spiel zwischen Welt und Ich wandte er sich populärer psychologischer Literatur zu: Hypnose und Suggestion, Graphologie, Testpsychologie, bis er auf Sigmund Freud stieß. Die Fehlleistungen und das Unbewusste öffneten ihm ein Fenster zu seinen ihm bisher unbegreiflichen Strebungen, nicht zuletzt zu seiner eigenen Sexualität. Erst als er die Erzählungen und die Romane von Franz Kafka las, hatte er einen eigenständigen Zugang zu einem Stück moderner Literatur gefunden. So war er von den weiten Räumen und den großen Ideen wieder zum Binnenraum seiner Subjektivität zurückgekehrt. Daran änderte auch die Tatsache nichts, dass Goethes Faust, der den Makro- und den Mikrokosmos zu einer Einheit zusammengeführt hatte, die einzige Schullektüre blieb, die Gregor nachhaltig beeindruckte.

Eine besondere Bewandtnis hatte es mit dem Fach Chemie. Dr. Luchs war nicht fähig, Oberstufenschüler für sein Fach zu begeistern. Er war eine bedauernswerte, eine tragische Persönlichkeit. Es wurde erzählt, er sei vor dem Krieg in der Industrie tätig gewesen, hätte im Krieg eine Verwundung am Kopf erlitten und dadurch sein Gedächtnis verloren. Eine Narbe an der linken Schläfe sollte davon zeugen. So konnte Luchs, indem er

sich von Stunde zu Stunde mit dem Lehrbuch kapitelweise präparierte, mehr schlecht als recht als Lehrer seine Familie ernäh-
ren.

Dr. Luchs betrieb nicht nur Kreidechemie mit Strukturformeln an der Tafel und einem Referat dessen, was im Lehrbuch
nachzulesen war. Er führte der Klasse auch Versuche vor, die
er äußerst umständlich und in geradezu lähmender Langsamkeit
beschrieb und erklärte. Dies konnte jedoch weder Gregor noch
vier oder fünf weitere Mitschüler davon abhalten, sich intensiv
für Chemie zu interessieren.

Natürlich wurde der drängende Eifer von Primanern durch
einen ein- oder anderthalbseitigen Lehrbuchtext nicht annähernd befriedigt. Während einige Heimschüler in ihrer Freizeit
Versuche machten, die den unterrichtlichen Rahmen im wahrs-
ten Sinne des Wortes sprengten, musste Gregor sich als Einzel-
kämpfer abmühen. Aus der Dorfapotheke besorgte er sich ein
paar Reagenzgläser, in denen er mit Bruder Friedrichs Lötlampe
Versuche nachkochte. Als er Schwarzpulver herstellen wollte,
verweigerte der Apotheker ihm das Kaliumnitrat, sodass er die
fehlende Substanz in einer Friedberger Drogerie kaufen musste.
Lange beschäftigte Gregor sich mit der Herstellung einer geeig-
neten Zündschnur. Aus Schwefel, Kaliumchlorat und Leim
mischte er einen Teig, mit dem er eine Kordel präparierte. Damit bekam er ein Material, das in seiner Zusammensetzung einem Streichholzkopf glich. Diese Schnur kam zum Zünden einer Feststoffrakete zum Einsatz. In eine Papprröhre stampfte
Gregor ein Gemisch aus Unkrautvernichter und Zucker. Gestützt auf drei Stöcke, baute er die Rakete auf der benachbarten
Viehweide auf. Als die Zündschnur zischend auflöderte, sprang
Gregor zur Seite und suchte hinter einem dicken Birnbaum Deckung. Dann brannte auch der Treibstoff fauchend ab. Allerdings erhob die Rakete sich nicht in den Orbit, sondern flog
kaum zwei Meter hoch.

Zu Beginn der Oberprima dachte Gregor, wenn er Chemie studieren wolle, würde es sich doch im Zeugnis besser machen, wenn er anstelle einer Note Zwei eine Eins hätte. Also erledigte er seine Hausaufgaben noch sorgfältiger als zuvor, das heißt, er memorierte die ein bis anderthalb Seiten im Chemiebuch so, dass er sie fast auswendig konnte, und er las ein bis zwei Kapitel voraus. Nun konnte er sich im Unterricht mehr beteiligen und damit Dr. Luchs sein gesteigertes Interesse demonstrieren. Im Sommer unternahm die Klasse eine Fahrt nach Berlin, bei der Gregor einen freien Nachmittag nutzte, um auf eigene Faust mit der S-Bahn einen Abstecher nach Ost-Berlin zu machen. Auf der Museumsinsel besuchte er eine Ausstellung mit Grafik von Lovis Corinth. Danach stöberte er in einer Buchhandlung, wo er ein Handbuch der organischen Chemie fand, das für den universitären Lehrbetrieb bestimmt war. Nachdem er zwei Kapitel überflogen hatte, in denen Themen abgehandelt wurden, die sie im Unterricht bereits besprochen hatten, kaufte er das Buch. Nun würde er sich gründlicher auf den Unterricht vorbereiten können als mit den knapp gehaltenen Texten des Schulbuchs.

Schon in der ersten Chemiestunde nach der Klassenfahrt war es Gregor möglich, Herrn Luchs mehrfach zu korrigieren und zu ergänzen. Er war so naiv zu glauben, dass dies seinen Lehrer positiv beeindrucken würde. Aber wie überrascht war er, als er zu Beginn der nächsten Stunde nach vorne gerufen und geprüft wurde, wobei es ausschließlich um die wörtlichen Formulierungen des Unterrichtsbuches ging. Er bekam eine Fünf und durfte sich setzen. Nun wusste Gregor allerdings, nach welchem System der Chemielehrer prüfte. Jeder Schüler wurde im Halbjahr zweimal nach vorne gerufen, wobei zwischen den beiden Terminen mindestens vier Wochen lagen. Er konnte also zunächst weiter auf Qualität und Vertiefung setzen und musste in frühestens drei Wochen wieder den Schulbuchtext auswendig lernen. Was es jedoch in vier Jahren Chemieunterricht noch nie gegeben hatte, das trat jetzt ein. Dr. Luchs ließ Gregor in der nächsten Stunde wieder hinter den Versuchstisch treten, prüfte unnachsichtiger als beim letzten Mal den wörtlichen Text und ließ auch nicht die kleinste Abweichung gelten. Wieder hieß es: Setzen – Fünf! Im Herbst hielt Gregor sein Zeugnis in den Händen; da hatte er die Quittung für seinen unerwünschten Lerneifer: In Chemie eine Fünf!

Endlich hatte Gregor die Lektion verstanden! Mit geringerem Aufwand lernte er ab sofort von Stunde zu Stunde die Texte des Unterrichtswerks. Sein angepasstes Verhalten wurde von Dr. Luchs wohlwollend honoriert.

Der Absturz

Sechs Tage in der Woche Schule, sechs Tage Hausaufgaben – da tat die Wochenendpause gut. Natürlich brachte der Samstagnachmittag eine Abwechslung, jedoch keine willkommene, außer wenn es Backsteine regnete oder im Winter, wenn Stein und Bein zusammengefroren waren, stand Gartenarbeit oder Ähnliches auf dem Plan. Vater Heinrich gingen die Ideen nie aus. Obwohl Gregor am Samstagabend meistens zum Umfallen müde war, ließ er es sich nicht nehmen, noch einmal wegzugehen, denn schließlich konnte er am Sonntag ausschlafen. Tanzabende gab es nur wenige im Jahr, ansonsten schlief das Dorf. Wer abends das Haus verließ, den führte der Weg in ein Gasthaus.

Wenn Gregor am Samstagabend ins Goldene Ross ging, dann traf er dort gegen acht Uhr ein und suchte sich einen Platz mit guter Sicht auf den Fernseher aus. Dieser war etwas erhöht am Ende eines länglichen kleinen Saals aufgestellt, wo eine Vielzahl kleiner Vierertische stand. Der Raum wurde durch vier Wandlampen spärlich beleuchtet. Im Übrigen fiel ein grelles

Licht durch den offenen Durchgang zum vorderen Gastzimmer, in dem der große Tresen fast den halben Raum einnahm und nur noch Platz für drei Tische ließ.

Traf Gregor Bekannte, so setze er sich zu ihnen, aber er fühlte sich auch wohl, wenn er an einem kleinen Tisch alleine saß. Dann konnte er konzentrierter zuschauen oder auch seinen Gedanken nachhängen. Für dieses letztere Programm hatte er schon immer viel Zeit nötig gehabt.

Meistens bediente Willi, der Sohn des Wirts, mit dem Gregor dieselbe Volksschulklasse besucht hatte.

Na, Gregor, wie geht's? Gehst du immer noch auf die Schul? Was willst du mal studieren? Nimmst du e Bier?

Willi erwartete keine Antwort. – Sechs Jahre waren schon vergangen, seitdem sich ihre Wege getrennt hatten. Willi war ein guter Schüler gewesen, vor allem im Rechnen konnte ihm keiner das Wasser reichen. Aber auch in weiteren Fächern kam ihm sein ausgezeichnetes Gedächtnis zustatten. Deshalb hatte der Klassenlehrer Degen auch ihn für die Aufbauschule gewinnen wollen. Aber Willi lehnte ab. Er hatte nach Abschluss der Volksschule eine Lehre als Werkzeugmacher absolviert.

Wohl bekomm's!, sagte Willi, schob einen Bierdeckel heran, auf den er das Glas stellte.

Wo arbeitest du eigentlich?, fragte Gregor.

Bei der MBN in Frankfurt, wo ich gelernt hab.

Willst du noch die Meisterprüfung machen?

Willi winkte ab: I wo! Ich bin Vorarbeiter und hab eine Abteilung mit vierundzwanzig Maschinen und sechs Leut unter mir. Einrichten und Reparaturen. Ich verdien ein gutes Geld. Nee, mir fehlt nix. Also – dann!

Gregor zündete sich eine Zigarette an und genoss den ersten Schluck Bier. Der Willi ist zufrieden, dachte Gregor. Gradlinig geht er seinen Weg ohne eine Spur von Selbstzweifel. Für mich hat sich in der Oberstufe ein großer Denkraum aufgetan, die so genannte höhere Bildung. Aber ich weiß damit nichts anzufangen. Alle sagen: Mit dem Abitur hast du unendlich viele Möglichkeiten. Aber ich fühle mich hin- und hergerissen, sehe kein klares Ziel vor mir. Wer von uns beiden ist eigentlich besser dran?

Auf dem Fernseher war die Tagesschau zu Ende gegangen. Karl-Heinz Köpcke kündigte einen bunten Abend mit Hans-Joachim Kulenkampff an: *Quiz ohne Titel*. Charmant und jovial wie gewohnt begrüßte Kuli sein Publikum.

Guten Abend, meine sehr verehrten Damen und Herren, guten Abend, liebe Fernsehfreunde in Österreich, in der Schweiz und in der Bundesrepublik, in der DDR und alle Kiebitze in den Zonen- und anderen Grenzgebieten.

Gregor stutzte: DDR hat Kuli gesagt. Das war bisher weder im Fernsehen noch im Rundfunk üblich gewesen. Meistens sagte man Ostzone, aber offiziell hieß es immer Sowjetische Besatzungszone oder kurz SBZ. Wahrscheinlich wollte er provozieren. Mutig ist er, dachte Gregor. Aber das wird ihm noch auf die Füße fallen.

Während das Publikum im Großen Sendesaal des Hessischen Rundfunks sich gut unterhalten fühlte und großzügig Applaus spendete, verhielten sich die Warsteiner im Goldenen Ross undankbar. Es wurde laut geredet und gelacht, aber nicht über Kulis Witze. Man saß vor der Glotze und machte sich sein eigenes Programm. Einerseits fand Gregor das ärgerlich, andererseits hatte auch er den Geschmack an derlei Unterhaltungssendungen verloren. Lieber sah er einen Spielfilm, einen spannenden Krimi oder einen Western. Dann blickten alle zum Bildschirm und hörten zu.

Das Quiz war zu Ende, und Gregor hatte sein drittes Bier ausgetrunken. Er stand auf, um vorne beim Wirt zu bezahlen. An der Theke saß Helmer Ruppert, ein Enkel des alten Ruppert, mit seinen beiden Freunden, den Brüdern Baader. Helmer absolvierte ein Lehrerstudium in der Nähe von Darmstadt. Alle drei bis vier Wochen kam er auf Heimaturlaub nach Warstein. Helmer hatte es geschafft, über all die Jahre die Freundschaft mit den beiden Brüdern aufrecht zu erhalten. Was die drei miteinander zusammenhielt, war vermutlich ihre Naturverbundenheit. Denn sie waren sonntags immer zu Fuß auf Wiesen, Feldern oder im Wald unterwegs. Auf dem Tanzboden hatte Gregor sie nie gesehen. Einer der Baader-Brüder trug am Sonntag grundsätzlich einen grünen Lodenanzug, weshalb Gregor ihn insgeheim den Jäger nannte. Helmer hatte jederzeit viel zu erzählen, vor allem zu erklären und zu berichtigen, während die Baader-Brüder interessiert zuhörten. Helmer sprach langsam und bedächtig, was seiner Rede schon immer etwas Schulmeisterliches gegeben hatte.

He Gregor, komm her, setzt dich zu uns!, rief einer von drei jungen Skatspielern, die an einem Tisch saßen und Gregor zuwinkten. Deshalb begrüßte er die Naturfreunde nur kurz und setzte sich zu dem Skat-Trio.

Du kannst doch Skat spiele, sagte einer. Komm, spiel mit.

Gregor warf einen Blick auf den Zettel, auf dem sie ihre Spiele notiert hatten.

Ihr spielt um Zehntel. Das kann ich mir nicht leisten. In der Schule schreiben wir nur die Punkte auf. Da geht es immer nur um die Ehre.

Da mussten die Drei lachen.

Die Ehre – ha, ha, haaa! Du wirst doch ein paar Pfennig übrig habe. Außerdem sind wir kei gute Spieler. Vielleicht gewinnst du ja auch. Dann müsse wir bezahle.

Ich habe hier im Ross zweimal Skat gespielt, und ich weiß, was da zusammenkommt, wenn man einen Grand Hand mit Kontra und Bockrunden spielt. Einmal haben sie mich zum Bierlachs überredet. Das ist mich auch teuer zu stehen gekommen. Außerdem verliert man leicht beim Trinken die Kontrolle.

Gregor hatte diese Abende noch in unguter Erinnerung. Man hatte ihn sehr freundlich zum Mitspielen animiert, aber dann musste er den Eindruck gewinnen, dass die Warsteiner sich immer schnell einig waren, den Gymnasiasten abzuziehen. Hier wollte er keinen Skat mehr spielen.

Wir ham wirklich gedacht, du hättst mehr Humor und e bissi Spaß am Spiel.

Du meinst, mehr Geld, korrigierte ihn Gregor. Vielleicht ein andermal.

Gregor ging zur Theke und versuchte Willis Aufmerksamkeit zu erregen, um zu bezahlen. Zwei ehemalige Klassenkameraden, Manfred und Robert, machten ihm Platz.

Komm, setz dich, sagte Manfred. Wann ham wir uns zum letzte Mal gesehe? Darauf müsse wir anstoße. Willi, drei Steinhäger!

Prost, altes Haus und ex!

Der tut richtig gut, meinte Robert. Da lass' ich mich net lumpe. Willi, noch drei Steinhäger!

Karli, der Sohn des Schäfers, stellte sich zu ihnen. Wen habt ihr denn da aufgelese? Den Gregor! Wie geht's? Immer noch auf de Schul? Leut, trinkt net so viel Schnaps, das bekommt eim auf die Dauer net gut. E Gedeck ist bekömmlicher. Willi, vier Gedecke!

Willi reichte jedem ein Bier und einen Schnaps.

Also Prost! Auf die alte Zeite!, rief Karli gut gelaunt. Immer abwechselnd Bier und Schnaps. Das hältst du stundenlang durch.

Natürlich war der Schnaps schnell ausgetrunken. Deshalb orderte Manfred noch eine Runde. Willi, vier Doppelte!, rief er.

Das sind doch nette Kerle, dachte Gregor. Wieso habe ich eigentlich alle Kontakte hier sausen lassen. Mit dem Karli, dem Manfred, dem Robert könnte ich doch auch befreundet sein. Richtig nette Typen sind das.

Prost!, rief Manfred, legte seinen Arm auf Gregors Schulter und stieß mit ihm an. – Gregor gewann den Eindruck, dass mit einem Mal alles sehr schnell ging. Er hatte aufgehört zu zählen. Wie war das mit der Bekömmlichkeit?, überlegte er. Ich glaube, ich gehe mal kurz pinkeln und sortiere ganz ungestört meine Gedanken, dachte er und rutschte von seinem Barhocker herunter.

Komm aber wieder!, riefen die Drei ihm nach.

Jetzt fing es in seinem Kopf an zu rotieren. Er hatte noch nie so viel so schnell hintereinander getrunken, aber es bekam ihm gut. Er fühlte sich wohl. Die Toilette war draußen im Hof. Er ging ausnahmsweise nicht zu dem geteerten Pissoir, sondern in eine Toilette, weil er sich einmal kurz niedersetzen wollte. Als er seine Hose öffnete, merkte er, dass es in seinem Magen drückte und ruckelte. Und dann ging es auch schon los. Das schöne Abendessen, die Bratkartoffeln mit Rühreiern und Speck, die sauren Gurken und das schöne Bier – alles musste er hergeben. Und er würgte weiter, nachdem der Magen schon längst leer war. Diese Quälerei! Wann würde das aufhören? Jetzt will ich nur noch sterben, dachte er.

Draußen rief jemand seinen Namen. Er mochte nicht antworten, hatte genug mit sich selber zu tun. Ja, sie hatten seine Stimme erkannt, trotz des Würgens und Stöhnens.

Gregor fand wieder den Weg in die Gaststube und zu den alten Kameraden. Er sah sie allerdings nur im Nebel. Sie halfen ihm auf den Barhocker. Ja, es war ja nett von den Kumpels, dass sie sich gefreut hatten, ihn hier zu treffen. Aber verflucht! Sie hatten sich auch einen Spaß daraus gemacht, den Gymnasiasten abzufüllen. Verdammter Mist, dachte Gregor. Das passiert mir nicht noch einmal!

Willi, en Jägermeister für den Gregor! Dem is es schlecht. Da, Gregor, trink! Dann geht's dir gleich wieder besser. Der beruhigt de Mage.

Gregor wusste nicht, wer ihm da die bittere Arznei verabreichte, aber sie schien tatsächlich ihre Wirkung zu tun. Nun hörte er Stimmen hinter sich. Wer wollte nun etwas von ihm?

Komm, Gregor, wir gehen nach Hause!

Langsam, wie in Zeitlupe, drehte Gregor sich um. Vor ihm stand Helmer mit den beiden Naturfreunden, die ihre Arme nach ihm ausstreckten. Irgendwie erreichten seine Füße den Boden, die Baader-Brüder hakten ihn unter, und sie verließen zu viert das Goldene Ross. Als Gregors Beine nicht mehr geradeaus liefen, sondern zu schlenkern begannen, legten die Brüder Gregors Arme auf ihre Schultern, während sie ihre Arme um seinen Rücken schlangen. Nun ging es wieder geradeaus. Allerdings wurde Gregor mehr gelaufen, als dass er selber lief. Helmer ging neben ihnen her und kommentierte die Situation auf seine altkluge Art und Weise. Er zitierte den Text eines Studentenliedes, das in Gregors Absturz noch etwas Gutes fand. Das fing so an:

Wer niemals einen Rausch gehabt,
der ist kein braver Mann.

Als die Vier vor Schulzes Hoftor standen, fielen die Stützen von Gregor ab, während er mit der Linken an der Klinke Halt suchte und mit der Rechten den Schlüssel aus der Hosentasche angelte.

Gregor, schaffst du's alleine?, fragte Helmer.

O ja, o ja. Geht nur!, lallte Gregor.

Er schwankte durch den Hof. Das Aufschließen und Öffnen der Haustür war noch einmal kompliziert. Dann erschien es ihm, als schaukelte die Treppe wie eine Hängematte. Deshalb stieg er auf allen Vieren hinauf und fand wohl auch irgendwie sein Bett.

Gregor schlief sehr lange in den Sonntag hinein. Sein Schädel brummte. Allmählich ordnete er seine Gedanken. Recht gut konnte er sich an den Abend im Goldenen Ross entsinnen, auch an den Nachhauseweg. Doch auf der Treppe war der Erinnerungsfaden abgerissen.

Langsam schälte er sich aus dem Bett, setzte sich auf die Kannte. Da lag auf dem Stuhl sein Hemd, auf dem Fußboden waren Unterwäsche, Socken und Krawatte verstreut. Vom Anzug keine Spur. Er hatte seinen Schlafanzug an. Aber was war mit dem Anzug? Sollte er ihn ordentlich in den Kleiderschrank gehängt haben? Kaum vorstellbar, wenn er auf die wild auf dem Boden verteilten Stücke blickte. Er musste nachsehen.

Er erhob sich; mit etwas weichen Beinen ging er zum offenen Fenster. Das Laub der Bäume hatte sich wunderschön verfärbt. Gerade war die Sonne durch den Nebel gedrungen, sodass man den Weidengraben verfolgen und noch vor der Einmündung in die Wetter verschwinden sah. – Der Kleiderschrank. Er öffnete die Tür. Alles hing da ordentlich, aber kein Anzug. Er schloss die Schranktür wieder.

Gregor ging im Zimmer auf und ab. Es war ja schon elf Uhr. Wie sollte hier, auf diesen wenigen Quadratmetern, etwas verschwinden? Das Bett stand unter der Dachschräge. Beim Ausbau hatte man, um durch die Abseite möglichst wenig Platz zu verlieren, diese nur sechzig Zentimeter hoch bemessen. Deshalb ließ sich das alte Bett auch nicht ganz unter die Schräge schieben. Da war Gregor schon hin und wieder etwas hinuntergefallen. Auch wenn es eigentlich unmöglich war, sicherheitshalber wollte er auch hier einmal nachsehen. Er beugte sich über das Bett.

Zum Donnerwetter! Auf weiche Staubmäuse gebettet, lagen da Jacke und Hose auf dem Fußboden. Vorsichtig zog er sie heraus, hielt erst die Hose, dann die Jacke aus dem Fenster und schüttelte sie aus, sodass die grauen Staubflocken in den Garten hinuntersegelten. Beim besten Willen, er konnte sich an nichts erinnern. Aber er musste die beiden Teile ziemlich schwungvoll hinters Bett gefeuert haben. Bei dieser Vorstellung musste er grinsen. Er hatte also einen regelrechten Blackout gehabt?

Hilde

Das umgebaute Vertiko stand nun als moderner Bücherschrank in Gregors Zimmer. Aber einen Tisch bekam er nicht. Stattdessen teilte Vater Heinrich ihm mit, dass der kleine Hardy, der bisher sein Kinderbett im Schlafzimmer seiner Eltern stehen hatte, demnächst bei ihm einquartiert werde. Olga war schwanger und sollte bald ein Baby bekommen. Gregor war empört! Gewiss, Friedrich war weiterhin sein Lieblingsbruder, aber was gingen ihn dessen Kinder an? Sollte er doch in eine größere Wohnung umziehen oder wie Wotan ein Haus bauen! Stattdessen plante er, so erfuhr Gregor nebenbei, einen noch größeren Laden zu bauen, seinen dritten, und zwar wieder im Garten der Eltern. Na, was würde Wotan dazu sagen, wenn er das erfuhr! Aber gegen den alten Tyrannen war kein Gras gewachsen. Heinrich war es gelungen, seine Macht über die Familie des nachgiebigen Friedrich auszudehnen, weshalb er auch bereit war, ihm zwischendurch einmal eine Wohltat, die nicht auf seine eigene Rechnung ging, zu gewähren.

Das ist nicht mehr meine Welt, dachte Gregor. Das Abitur rückt näher, und danach halten mich keine zehn Pferde mehr in diesem Haus! – Als die kleine Maika geboren war, brach eine allgemeine Euphorie in der Großfamilie aus. Endlich gab es ein Mädchen im Haus! Sogar Gregor war begeistert von der goldigen Krott.

In das Dachzimmer, das Gregor nur widerwillig und unter Protest mit Hardy teilte, kam er nur noch zum Schlafen und nutzte während des letzten Schuljahres das Wohnzimmer für seine Hausaufgaben. Er zog die gehäkelte Decke vom Tisch und ließ demonstrativ immer einen Stapel mit Heften und Büchern, Winkelmesser, Zirkelkasten und Rechenschieber liegen. Nur zweimal mahnte die Mutter, er solle doch gefälligst den Tisch abräumen.

Wozu?, antwortete er. Morgen brauche ich alles wieder. Nur am Samstag räume ich die Sachen weg, damit ihr am Sonntag hier sitzen könnt. Das muss doch wohl reichen.

Am Wochenende ging Gregor wieder öfter für zwei Stunden oder auch länger zu Friedrich und Olga hinauf. Die Beiden hatten sich seit einiger Zeit mit einem annähernd gleichaltrigen Ehepaar angefreundet, das weiter oberhalb in der Brauereigasse wohnte. Walter und Hilde stammten aus Hamburg und hatten vier Kinder. Walter war als Vertreter eines Baumaterialhandels nach Hessen gekommen. Nun fuhr er mit seinem VW-Käfer von Montag bis Freitag durch ganz Süddeutschland, um seinen Kunden alles zu verkaufen, was man für einen Hausbau brauchte. Er war ein gutmütiger hanseatischer Brummbär, den man sich gut als Seemann hätte vorstellen können. Die lebhafte Hilde hielt nicht nur den Betrieb am Laufen, sondern wirbelte gleichzeitig auch alles durcheinander. Gregor genoss es eine Weile, mit den beiden Paaren zusammenzusitzen, denn hier ging es immer turbulent und laut zu. Es wurden Sprüche geklopft, Witze gerissen und wenn eine Zote besonders drastisch ausfiel, schallend gelacht, dass die Gläser auf dem Tisch klirrten.

Dann hob Gregor die Hände und warnte: Die Maika schläft nebenan. Ihr weckt sie auf!

Ach was!, rief dann Hilde. Die kennt das schon, und wenn nicht, dann gewöhnt sie sich dran.

Wenn die Vier Karten spielten, hielt Gregor sich nicht lange bei ihnen auf, denn sie waren dann so sehr auf das Spiel konzentriert, dass kein Gespräch zustande kam. Betrat er wieder unten die Küche im Erdgeschoss, wo die Eltern still beieinandersaßen, die Mutter bei einer Handarbeit, der Vater lesend, fragte dieser: Na, ist es hier net schöner? Hier bei uns kann man die Ruh genieße. Die spiele obe wieder Karte – wie die Hase! Hör nur, wie sie die Karte auf de Tisch haue. Warum nur immer der Lärm beim Kartespiel!

Wenn Gregor mit seinen Klassenkameraden Skat spielte, knallten sie auch manchmal eine Karte mit der Faust auf den Tisch. Wenn einer besonders fett schmierte oder wenn triumphal Stich auf Stich folgte. Aber es gab dann auch wieder ganz ruhige Phasen, in denen die Karten fliegend die Tischmitte erreichten. Gregor war jedoch nicht bereit, seinem Vater gegenüber einzugestehen, dass auch ihn das dauernde Kartenklopfen störte. Aus Prinzip wäre es ihm gegen den Strich gegangen, sich mit dem Alten gegen die Jungen zu solidarisieren. Wenn Heinrich zu redselig wurde, zog Gregor sich noch für eine Stunde ins Wohnzimmer zurück, um zu lesen.

In der Oberprima war Gregor oft über viele Tage völlig mit den Unterrichtsstoffen beschäftigt, sodass der Gedanke an Mädchen weitgehend aus seinem Blickfeld geraten war. Er erinnerte sich, dass Leichtathletik immer ein Schwachpunkt bei ihm gewesen war. Deshalb nahm er sich vor, jeden Nachmittag ein wenig zu trainieren. Schließlich sollten am Ende des Sommerhalbjahrs die Prüfungen auf dem Sportplatz der Turngemeinde Friedberg stattfinden. Allerdings gab es in ganz Unter-Warstein keine Übungsanlage. Nachdem er auf der Wiese das Ziegenfutter gemäht hatte, überlegte er, ob er hier etwas üben könnte. Hochsprung war natürlich nicht möglich. Weitsprung vielleicht. Er legte den Rechen als Marke für den Absprung hin, nahm einen Anlauf und sprang in das frisch gemähte Gras. Die Landung war härter als erwartet. Es ging wohl doch nicht ohne eine Sandgrube. Kugelstoßen könnte er mit einem dicken Kiesel üben. Er musste nur noch den passenden Stein finden.

Dann wollte er die Kurzstrecke trainieren. Am nächsten Tag nahm er einen Zollstock mit, maß mit großer Mühe die Sprintstrecke auf dem Feldweg ab und markierte Start und Ziel jeweils mit Grasbüscheln. Viermal lief er die hundert Meter. Aber auf seiner Armbanduhr, auf deren Sekundenblatt nur je Fünferblöcke abzulesen waren, konnte er die Zeit auch nicht annähernd messen. Er konnte sprinten, jedoch ohne zu erkennen, wie schnell er lief und ob er sich verbesserte. Außerdem kam ihm das ganze Manöver geradezu lächerlich vor. Wozu von dem einen zu dem anderen Grasbüschel rennen? Wenn er die Strecke gemächlich trabte, kam er auch an. Zu zweit müssten sie sein, dann könnten sie einander anspornen und die Zeiten exakt kontrollieren.

Dann war da noch die Langstrecke, die konnte er wirklich trainieren. Schließlich kannte er die Entfernungen annähernd, und es kam nicht nur auf die Geschwindigkeit, sondern auch auf die Ausdauer an. Die Wetter war etwa einen Kilometer vom Haus entfernt. Wenn er also zum Badeplatz lief, dann flussaufwärts bis zur Mündung des Weinbachs, den Weinbach aufwärts bis zur Schleuse und von dort nach Hause, dann müsste er auf circa dreitausend Meter kommen. Innerhalb von drei Wochen lief er die Strecke immerhin viermal, allerdings ziemlich lustlos.

An einem Samstagabend, als Walter und Hilde wieder einmal bei Friedrich und Olga saßen, hatte Gregor nur einen kurzen Blick hineingeworfen, gegrüßt und war in das Dachzimmer gegangen, um ein paar Lernunterlagen, Bücher und Hefte, zusammenzustellen. Die Tür hatte er nicht geschlossen, sondern nur angelehnt, da er gleich wieder hinunter ins Wohnzimmer gehen wollte. Nebenan hörte man durch die geschlossene Küchentür die Stimmen der beiden Paare. Im Übrigen war es so still, dass er die gleichmäßigen Atemzüge des schlafenden Hardy vernehmen konnte. Das Bett des Siebenjährigen stand hinter einem schweren grünen Vorhang, damit er durch das Licht der Deckenlampe nicht gestört wurde. Nebenan wurde die Küchentür aufgerissen, und Gregor hörte, wie jemand die Treppe hinuntereilte. Vermutlich wollte eine der beiden Frauen zur Toilette, die vor der Haustüre innerhalb der Veranda lag.

Er überlegte: Hatte er alles beisammen, sodass er nicht noch einmal hinaufmüsste? – Da drang ein leichtes Knarren von der Treppe zu ihm herein, ohne dass Tritte zu hören waren. Gregor stutzte. Seit wann schleicht denn hier jemand die Treppe herauf? Da wurde seine Tür sachte aufgeschoben, und herein trat Hilde. Sie bemühte sich, die Tür nicht ins Schloss fallen zu lassen, sondern sie ganz behutsam zu schließen. Sie drehte sich zu Gregor und legte beschwörend den Zeigefinger auf die Lippen. Für einen Moment sah er ihren verschleierten Blick, als sie auch schon in einer entschlossenen Bewegung seinen Körper umschlang und ihn an den ihren presste. Während er wankte, spürte er ihre leicht geöffneten Lippen auf den seinen. Indem sie sich voneinander lösten, begegneten ihre Blicke einander nur kurz. Dann verließ Hilde das Zimmer übereilt. Gregor spürte eine plötzliche Hitze und einen leichten Schwindel im Kopf. Nicht der Kuss war es, was ihn erregt und beunruhigt hatte, sondern wie er ihren Körper von den Schenkeln bis zu den Brüsten gespürt hatte und noch immer zu spüren meinte. Und ein eigentümlicher Duft war von ihr zurückgeblieben, ein Gemisch aus einem süßlich-herben Parfüm, von Schweiß und von einem Obstschnaps.

Die Stahlfedern von Hardys Bett knarrten und quietschten kurz, während er sich anscheinend auf die andere Seite drehte. Dann herrschte wieder Stille im Zimmer, und Gregor hörte nur noch den ruhigen Atem hinter dem dunkelgrünen Vorhang. Noch eine Weile stand er aufgewühlt und etwas verwirrt vor dem Bücherstapel, während aus der Küche heftiges Gelächter herüberdrang.

Dann saß er wieder am Wohnzimmertisch, der mit seinen Büchern und Heften bedeckt war, ohne dass er sich so recht auf ein Thema konzentrieren konnte. Immer noch meinte er, Hildes Leib zu spüren.

Dieses Erlebnis beschäftige und beunruhigte Gregor einige Tage. Längst wusste er, dass Walter sich am Wochenende regelmäßig betrank und Hilde nicht besonders glücklich in ihrer Ehe war, obwohl man ihr das bei ihrem lebhaften Temperament nicht sogleich anmerkte. Dann erinnerte er sich, dass Hilde, nachdem sie schon ein paar Bier getrunken hatte, ihn bisweilen anblickte, als wollte sie ihn im nächsten Augenblick verschlingen.

Da war das alte Thema plötzlich wieder! Es schien Gregor, als wollte, was er nie für möglich gehalten hatte, sich hier direkt in der allernächsten Umgebung und noch kurz vor dem Abitur das erste große Abenteuer anbieten. Immer wieder überlegte er, wie er es anstellen müsste, um mit Hilde zusammen zu kommen. Es könnte nur während der Woche sein und zwar vormittags, wenn die Kinder in die Schule gingen. Aber dann war er selber auch in der Schule. Oder abends? Er hätte auch nicht ungesehen das Haus betreten können, in dem sie lebte. In der beengten Gasse hatte nicht nur jedes Haus viele Fenster, sondern mindestens doppelt so viele Augen. Bestimmt hätte jemand registriert, wann er das Haus betreten und wann er es wieder verlassen hätte. Die Sache würde schnell ruchbar werden, wohl nur Ärger und Scherereien bringen, dachte Gregor und verabschiedete sich bald von seinen gewagten Fantasien.

Eine dicke Freundschaft hatte sich zwischen den beiden Paaren entwickelt, vor allem befeuert durch die beiden Frauen, und sie fand ein paar Jahre später ein plötzliches Ende. Das war, wie Gregor viel später erfuhr, als Hilde Friedrich angebaggert und Olga davon Wind bekommen hatte.

Gehobener Dienst

Unter den Oberprimanern wurde mehr als zuvor darüber gesprochen, wer was studieren wollte und wer – das war die deutliche Minderheit – eine Ausbildung absolvieren würde. Gregor hielt sich zunächst aus den Diskussionen heraus und vertagte die Entscheidung. Doch dann zu Beginn des zweiten Halbjahrs musste er die Angelegenheit bei den Eltern ansprechen. Chemie wolle er studieren, sagte er abends am Küchentisch.

Was? Gerade Chemie?, fragte Vater Heinrich. Da hast du doch einen Fünfer im Zeugnis gehabt.

Ja, antwortete Gregor. Das war eine Gemeinheit. Ich hab jetzt ausnahmsweise mal die Ohren angelegt und werde an Ostern bestimmt wieder eine Zwei haben. Ich bin schon einmal geprüft worden, und das ist sehr gut gelaufen.

Hast du endlich gelernt, dass man sich füge muss? – Aber e Studium können wir net bezahle, das weißt du doch. Wie lang dauert das denn, so e Chemiestudium?

Vierzehn Semester beträgt die Regelstudienzeit.

Was heißt das: Regelstudienzeit?

Das ist das Minimum. Länger darf man.

Das sind doch mindestens siebe Jahr! Stimmt doch – oder?

Das ist richtig. Von sieben bis acht Jahren muss man ausgehn.

Schlag' dir das aus dem Kopp! Wie lang willst du uns denn noch auf der Tasch liege? Es wird höchste Zeit, dass du dei eigenes Geld verdienst. Erkundig dich mal, was du mit dem Abitur sonst noch anfange kannst.

Eigentlich wollte er es sich nicht eingestehen, aber sein Vater lag mit seinem Eindruck nicht ganz daneben. Mit der schlechten Vorzensur in Chemie war es äußerst fraglich, ob er überhaupt einen Studienplatz bekäme. Und dann die lange Studienzeit! Ohne die Unterstützung der Eltern konnte er sich das kaum vorstellen. Er musste sich wirklich nach einer Alternative umsehen.

In einer Sozialkundestunde verteilte Dr. Wulfram ein Informationsblatt, das auf eine Berufsberatung für Abiturienten hinwies, die nächste Woche in Gießen stattfinden sollte.

Da muss ich hin!, flüsterte Gregor Robby zu.

Ich weiß ja, was ich vorhab, aber ich komme mit.

Eine Woche später waren die Beiden in einer Berufsschule in Gießen, wo in einem umfangreichen Programm Vorträge und Beratungen angeboten wurden. Als erstes besuchten sie einen Vortrag über das Jurastudium.

Ich wusste ja schon, dass ich Jura studiere, sagte Robby hinterher. Der Vortrag hat mir bestätigt, dass das die richtige Entscheidung ist.

Für mich wär das nichts, erwiderte Gregor. Ich geh jetzt in einen Vortrag über das Chemiestudium.

Robby verabschiedete sich: Ich bummele ein bisschen durch die Stadt. So gegen drei bin ich wieder hier. Bis dann!

Nach dem Vortrag war Gregor unsicherer als zuvor. Trotz der Studiengeldfreiheit in Hessen fielen hohe Kosten für Versuchsmaterialien an, so genannte Ersatzgelder, und bezüglich der Studiendauer sprach der Vortragende von realistischen achtzehn bis zwanzig Semestern. Nach Möglichkeit solle der Student noch ein freiwilliges Betriebspraktikum einplanen, um seine Chancen bei einer Bewerbung in der Industrie zu verbessern.

Damit war Gregor auf dem Boden der Realität angekommen. Zuvor, so dachte er, hatte er nur geträumt. Nach der Mittagspause, über die er sich mit einem Wiener Würstchen und einer Scheibe Brot rettete, besuchte er eine Informationsveranstaltung über die Bedingungen zur Aufnahme als Anwärter in den Gehobenen Beamtendienst. Bei diesen Ausbildungsgängen erhielt der Anwärter von Anfang an ein kleines Gehalt und wurde nach drei Jahren zum Inspektor ernannt – Beförderungen inklusive. Das klingt doch gar nicht schlecht, dachte Gregor.

Während der Rückfahrt wurde Gregors Begeisterung wieder ein wenig gedämpft, denn Robby reagierte recht verhalten. Er sagte: Mein Vater hat zehn Jahre gebraucht, um Amtmann zu werden. Ein Aufstieg in den Höheren Dienst gelingt aber höchstens einem von Hundert. Dagegen komme ich mit einem abgeschlossenen Studium sofort in den Höheren Dienst.

Gregor schwieg, denn er wusste, dass ihm dieser Weg verstellt war.

Natürlich erhielt er ein positives Echo, als er seinen Eltern abends berichtete. Sie reagierten mit Erleichterung, als sie erfuhren, dass fürs erste alle Probleme vom Tisch waren. Gregor hatte einige Prospekte mitgebracht, die er nun studierte, und er entschloss sich schließlich, Bewerbungen an die Deutsche Bibliothek, an die Bundeszollverwaltung und an die Bundesfinanzverwaltung zu schicken. Bereits nach einem Monat hatte er sowohl von der Bibliothek als auch von den beiden Behörden die Zusage, dass er im Frühjahr seinen Dienst als Beamtenanwärter antreten könne. Seine Zusage erwarte man bis Ende Januar. Zunächst war alle Spannung geschwunden.

Tauglich

Vor einem Jahr war der erste Jahrgang für die neu aufgestellte Bundeswehr gemustert worden; nun erhielt Gregor seinen Musterungsbescheid. Ende November sollte die Untersuchung in der alten Schule von Unter-Warstein stattfinden.

Natürlich gingen die Diskussionen um Studium und Ausbildung in der Schule weiter. Es gab Mitschüler, die schlechtere Noten hatten als Gregor und dennoch Architektur, Betriebswirtschaft oder Biologie studieren wollten – mit Unterstützung der Eltern, wohlbemerkt. Andererseits hatte Reiner, der für alle ein

Mathematik-Genie war, schon immer gesagt, dass er Dorfschullehrer werde wolle, und der blieb bei seinem Vorsatz. Allerdings erntete Gregor bei vielen Unverständnis; sie fragten ihn, was denn in ihn gefahren sei, ausgerechnet Verwaltungsbeamter werden zu wollen. Etwas Technisches oder etwas Künstlerisches, meinten sie, das müsste ihm doch mehr liegen. Andere erinnerten daran, dass er vielseitig interessiert sei, zum Beispiel an Literatur, Geschichte und Psychologie. Da gäbe es noch eine Vielzahl von Alternativen. Natürlich erkannte Gregor, dass sie eigentlich recht hatten, doch er sah sich als ein Gefangener seiner bereits getroffenen Entscheidung. Wieder einmal steckte er in einer Sackgasse, in die er sich vorschnell hineinmanövriert hatte, ähnlich wie damals in der Lehrwerkstatt, nur mit dem Unterschied, dass die Alternative, einfach zur Schule zurückzukehren, damals auf der Hand gelegen hatte. Nun allerdings sah er keinen Ausweg. Er wusste auch nicht, mit wem er über seine Situation hätte reden sollen. Nicht einmal Robby mochte er sich anvertrauen.

Die Lehrer schienen sich überhaupt nicht für die Zukunftspläne ihrer Schüler zu interessieren. Sie kamen, zogen ihren Unterricht durch, gaben auch mal den einen oder anderen Tipp für das Abitur und verschwanden wieder. Unterdessen wurde es für Gregor zunehmend deutlicher, dass er sich noch vor einer gründlichen Information festgelegt hatte.

Dann kam ihm eine Idee, wie er sich noch einen Aufschub, womöglich sogar eine Chance für ein Studium verschaffen könnte, nämlich, wenn er zunächst zur Bundeswehr ginge. In zwölf bis achtzehn Monaten könnte er für sich selber mehr Klarheit gewinnen und ein kleines Startkapital ansparen.

Da die gesamte Familie pazifistisch eingestellt war und auch Gregor sich nicht als Militarist verstand, hätte er sich auf keinen Fall freiwillig melden dürfen. Deshalb wollte er den Umweg über eine negative Anfrage wählen. Es waren noch fünf Wochen bis zur Musterung. Also schrieb er an das Kreiswehrersatzamt und fragte an, ob er im Falle seiner Tauglichkeit zurückgestellt werden könne. Er erwartete oder erhoffte ein klares Nein. Doch als Antwort erhielt er eine Drucksache, in der die Tauglichkeitsstufen aufgelistet wurden und in der es hieß, Abiturienten seien als Offiziersanwärter besonders willkommen. Deshalb werde man alle für tauglich Befundenen einberufen. Dann kam die Musterung, und in dem Bescheid stand: Tauglichkeitsstufe III, Ersatzreserve I.

Das war für Gregor eine eindeutige Antwort auf seine Frage. Er zog seine drei Bewerbungen zurück und erwartete seine Einberufung für April des kommenden Jahres.

Leibl und Klee

Nach den schriftlichen Abitur-Prüfungsarbeiten entschied die Konferenz, welcher Schüler in welchen beiden Fächern mündlich geprüft werden sollte. Sofern die schriftliche Arbeit von der Vorzensur abwich, musste durch die mündliche Prüfung Klarheit geschaffen werden. In den Nebenfächern konnte es sein, dass die Leistungen eines Schülers sich seit dem Herbstzeugnis deutlich verändert hatten. Den Schülern sollten die Fächer der mündlichen Prüfungen nicht mitgeteilt werden, aber die meisten Lehrer gaben doch den einen oder anderen deutlichen Hinweis, um das Risiko für eine unangenehme Überraschung zu mindern. Schließlich wurde von einer Kommission unter dem Vorsitz eines Regierungsvertreters geprüft, sodass auch das Ansehen des Fachlehrers auf den Prüfstand kam.

Da Gregor von Dr. Luchs nach seiner Fünf im Herbstzeugnis nur noch gute mündliche Zensuren bekommen hatte, sah er sich schon in der mündlichen Prüfung. Aber der große Chemiker gab Entwarnung. Sein Orakel war eindeutig; Gregors Leistungen hätten sich seit dem Herbst auf dem früheren Niveau konsolidiert und er könne mit einer guten Note im Abiturzeugnis rechnen.

Bei den Sprachen hatte es anscheinend in den schriftlichen Prüfungen keine Überraschungen gegeben, sodass Gregor auch hier nichts zu erwarten hatte. Herr Altenstadt jedoch deutete an, dass Gregors Mathematikarbeit überraschenderweise glänzend ausgefallen sei, sodass er ihn prüfen müsse. Er solle sich auf die komplexe Zahl $\sqrt{-1} = i$ vorbereiten. Ein Thema aus der Geometrie wäre ihm natürlich lieber gewesen, aber er hatte genügend Zeit, um den Beweis gründlich zu üben.

Tatsächlich konnte Gregor in der Prüfung die Erwartungen seines Lehrers erfüllen, machte keine schweren Fehler, doch ließ seine Präsentation ein wenig zu wünschen übrig. Für die Prüfer war es nicht zu übersehen, dass der Kandidat die Sache hinter sich bringen wollte und dass ihn das Problem wenig interessierte. Hätte man ihn vier Wochen später gefragt, was es mit jener ominösen Zahl auf sich habe, so hätte er geantwortet: Weiß ich nicht und ist mir auch ziemlich schnuppe.

Die Primaner saßen im Vorbereitungsraum, viele mit einem Thema beschäftigt, das man ihnen hereingereicht hatte und auf das sie auch eingestellt waren. Nach drei Stunden war Gregor der einzige, der nicht wusste, in welchem weiteren Fach er noch geprüft wurde. Er aß sein Vesperbrot, ging zur Toilette, um eine zu rauchen, kehrte zurück und setzte sich. Er stand wieder auf, ging zum Fenster und blickte hinaus. Es war rätselhaft, weshalb ihm kein weiterer Lehrer auch nur die leiseste Andeutung gemacht hatte.

Da öffnete sich die Tür und herein trat Frau Westen, die drahtige Kunstlehrerin, die erst vor einem Jahr an die Schule gekommen war. Gregor wusste nicht, ob er sie mögen sollte oder nicht. Sie war eine sehr nüchterne und sachliche Frau, die sich unauffällig kleidete, sich nie schminkte und deren mit einer aschblonden Kurzhaarfrisur gerahmtes Gesicht immer grau aussah.

Sie trat auf Gregor zu und sagte: Auf dieses Thema konnten Sie sich eh nicht vorbereiten, Schulze. Aber ich bin sehr zuversichtlich. Wer zeichnet und malt wie Sie, kann auch mit diesen beiden Bildern etwas anfangen. Ich freue mich, dass ich Sie prüfen darf.

Sie legte zwei Postkarten auf den Tisch und ergänzte: Sie sollen ganz einfach diese beiden Bilder vergleichen. Gehen Sie das ruhig an. Sie haben noch eine halbe Stunde Zeit.

Drei Frauen in der Kirche von Wilhelm Leibl und *Hauptweg und Nebenwege* von Paul Klee. Nur ein halbes Jahrhundert liegt zwischen den beiden Bildern, sagte sich Gregor. Aber das ist eine ganze Welt. Man vergleicht doch Ähnliches und nicht völlig Verschiedenes miteinander! Gregor war nicht nur verunsichert, er war regelrecht verärgert über diese Aufgabe, die er für eine Zumutung hielt. Zwei Bilder von Leibl oder einen Leibl einem Menzel gegenüberzustellen, das hätte er für sinnvoll und ergiebig gehalten. Aber Paul Klee, dieser Traumtänzer, bei dessen Bildern man immer meint, er wolle sich in seine Kindheit zurückversetzen! Auch die Maltechniken haben nichts miteinander zu tun. Leibl pastos alla-prima, Klee lasierend wie mit Aquarell. Himmel, wo soll man da anfangen? Es gibt nur Gegensätze, nur Unvergleichbares. Ich sehe überhaupt keine sinnvolle Vergleichsebene außer, dass es sich beide Male um Werke der Malerei handelt.

Gregor wurde in den Prüfungsraum gerufen. Er sah, dass der Vorsitzende die gleichen Karten vor sich liegen hatte und ihn erwartungsvoll anblickte.

Frau Westen begann: Nun, Herr Schulze, vergleichen Sie bitte einmal diese beiden Bilder.

Gregor begann damit, dass er die Aufgabe für völlig verfehlt hielt. Je ähnlicher die beiden Objekte seien, umso ergiebiger wäre ein Vergleich. Bei diesen zwei Bildern aber, sagte Gregor, sehe ich nur Gegensätze. Wären die beiden Künstler einander begegnet, sie hätten nichts miteinander anfangen können. Hier der Realist, der im Landleben aufgeht und die Bauern gründlich beobachtet und wie ein Psychologe Persönlichkeiten analysiert. Da der Intellektuelle, der Stadtmensch, der das Wissen und Können eines halben Jahrtausends hinter sich lassen will, indem er den Stift und den Pinsel auf dem Papier spazieren gehen lässt.

Die Züge des Vorsitzenden verfinsterten sich, Frau Westen wurde unruhig. Sie sagte: Beschreiben Sie doch einfach mal, was Sie sehen. Ganz einfach beschreiben.

Gregor nahm einen neuen Anlauf: Drei Frauen unterschiedlichen Alters sitzen in einer Kirchenbank. Sie repräsentieren drei Generationen; vielleicht handelt es sich um Großmutter, Mutter und Tochter. Ziemlich raffiniert übrigens, dass Leibl die Älteste in die Mitte gesetzt hat. Generationen, gewiss, die stellt man auch gern als Repräsentanten eines Lebenswegs dar. Aber das wäre vordergründig, denn bei Klee würde ich zu den Generationen keine Entsprechung finden. Seine Wege sind abstrakt, ohne Passanten. Vielleicht sind es vorläufige Entwürfe für Wege, mehr nicht.

Frau Westen schaltete sich ein: Die Kleider der Frauen, die Haltungen. Und man kann auch ablesen, was für sie der Kirchgang bedeutet.

Kann ich machen, räumte Gregor ein. Nur bringt mich das Klee nicht näher.

Dann beginnen Sie doch einmal mit Klee. Gibt es da etwas, was über die reine Form, über Linien und Farben, hinausgeht?

Gewiss, die Flächen sind perspektivisch verkürzt, sodass die Wege in die Tiefe zu führen scheinen. Wie der Titel schon sagt: Haupt- und Nebenwege. Vom Hier und Jetzt in die Zukunft. Außerdem gibt es noch Querverbindungen. Diese Zusammenhänge könnte man natürlich inhaltlich deuten, aber ich bezweifele, dass wir damit Klee gerecht werden.

Herr Schulze, sprach der Vorsitzende mit sonorer Stimme. Ich danke Ihnen für Ihre Vorstellung, die uns nicht von Ihrer Fähigkeit zu einem reifen Urteil in Kunstsachen überzeugen konnte. Nicht nur in der Schule, auch an einer Universität muss man sich übrigens auf vorgegebene Fragestellungen einlassen und nicht diese wiederum in Frage stellen. Sie können gehen.

Gregor war schon aufgestanden, als der Vorsitzende noch einmal ansetzte: Eins noch, Herr Schulze. Passen Sie auf, dass Sie nicht über Nebenwege noch auf Abwege geraten. Nicht vergessen: Ihre Lehrer haben immer versucht, Ihnen den Hauptweg zu weisen. Die Schule hat für ihre Schüler Leitlinien gezogen, die jederzeit eine hohe Sicherheit im Lernen und Denken gewährleisten. Ohne ein festes Gefüge von Regeln ist keine wissenschaftliche Arbeit möglich.

Im Vorbereitungsraum fragte Robby: Und, wie war's? Gut gelaufen in Kunst?

Überhaupt nicht! Eine Katastrophe war's.

Frau Westen betrat den Raum mit einem Packen von Bildern, die sie in der Oberstufe gemalt hatten. Sie legte den Stapel auf einen freien Tisch und trat zu Gregor.

Tut mir leid, Herr Schulze, sagte sie, sichtlich enttäuscht. Wir hätten vielleicht doch vorher einmal über die Sache reden sollen. Aber nun ist es völlig danebengegangen. Sie haben sich derart in ihre Gegenoffensive verrannt, dass nicht einmal die Zwei zu halten war.

Gregor starrte sie entsetzt an. Atemlos sagte er: Damit hätte ich zum ersten Mal in meiner gesamten Schulzeit eine Drei in Kunst! Er ließ sich auf einen Stuhl sinken. Und in Mathe und Chemie eine Zwei. Das ist doch geradezu absurd. Was weiß eigentlich die Schule, was wissen die Lehrer von mir? Spielen wir hier verrückte Welt?

Frau Westen zuckte die Schultern und ging wortlos.

Gregor stützte die Ellbogen auf den Tisch und vergrub das Gesicht in den Händen. Robby legte ihm die Hand auf die

Schulter. Das ist wirklich blöd gelaufen, sagte er. Wir wissen alle, dass du in Kunst eine Eins verdient hättest. Aber du kannst dich doch über die guten Noten in Mathe und Chemie freuen.

Gregor bemerkte resigniert: Kann ich nicht. Nach alledem wird mir der Abschied von der Penne leichtfallen.

Er erhob sich, schritt zu dem Tisch mit den Bildern. Er sortierte seine eigenen Arbeiten heraus, rollte sie zusammen und schob sie in den Papierkorb.

Zurückgestellt

Ja, und was jetzt, Bub? Jetzt hast du dich zwische alle Stühl gesetzt. Abi hast du, aber kei Stell. Und studieren geht net, das weißt du. Das hat der Papa dir schon immer gesagt. Dafür habe wir kei Geld.

Margot Schulze machte ein besorgtes Gesicht. Sie konnte ihrem Jungen nicht helfen, aber irgendetwas musste geschehen. Er selber konnte im Moment auch nichts unternehmen, denn er lag hier im Krankenhaus. Auf der Bettdecke lagen der Briefumschlag vom Kreiswehrersatzamt und der Brief mit der Nachricht, die aus einem einzigen Satz bestand. Der Wehrpflichtige werde auf seinen Antrag et cetera vom Wehrdienst zurückgestellt.

Diese Schwachköpfe von Verwaltungsbeamten!, erregte sich Gregor. Einen derartigen Antrag habe ich doch nie gestellt. Ich habe nur angefragt, ob ich im Falle meiner Tauglichkeit zurückgestellt werden könnte. Es war nur eine hypothetische Anfrage, sonst nichts. Und im Musterungsbescheid steht, dass ich tauglich bin. Also habe ich die Bewerbungen bei der Deutschen Bibliothek und bei den Behörden zurückgezogen.

Tauglich bist du, aber nur mit Note drei, belehrte ihn seine Mutter. Drei ist doch nur mittelmäßig. Ersatzreserve bedeutet, denk ich mir: Wenn dene die andere Rekrute ausgehe, dann ziehe sie auch dich als Brilleträger ein. Sei doch froh, dass du net zum Barras musst.

Ja, ich hätte gar nichts dagegen gehabt, für ein Jahr zum Bund zu gehn. Vielleicht wär ich mit Robby in eine Kompanie gekommen. Dann hätten wir viel Spaß gehabt. In jedem Semester soll ich eine Studienbescheinigung vorlegen. So ein Aufwand! Ich wollte es einfach hinter mich bringen. Diese hirnlosen Beamten, die nicht einmal einen Konditionalsatz verstehen!

Net so laut! Die andere müsse das doch net alles mithörn.

Die Mutter hatte den Zeigefinger auf ihre Lippen gelegt und war mit ihrem Stuhl dicht an das weiße Krankenhausbett herangerückt. Allerdings hörte ihnen niemand zu. In dem Kranken saal standen sieben Betten, die mit Männern zwischen zwanzig und fünfzig belegt waren. Die meisten Patienten hatten Besuch, und der Geräuschpegel war so hoch, dass man die Stimme schon ein wenig heben musste, um sich verständigen zu können.

Margot versuchte leise und doch deutlich zu sprechen: Es war voreilig, dass du die Bewerbunge gleich zurückgezoge hast, klagte sie. Du hättst sie doch einfach weiterlaufe lasse könne. Du könntst auch jetzt noch mal schreibe. Die werde das bestimmt verstehe. Schließlich hattst du drei Zusage. Was willst Du denn lieber werde – Bibliotheksinspektor oder Zollinspektor oder was?

Gregor richtete sich auf und saß nun ganz aufrecht im Bett. Seine Augen funkelten.

Ich will überhaupt kein Inspektor werden! Sieh doch hier – wer hat denn diesen schwachsinnigen Brief unterschrieben? Der Herr Oberinspektor Denk. Ist das nicht ein Witz? Heißt Denk, dieser Kerl, aber er kann nicht denken. Stell dir vor, ich sitze in einem Büro und soll mit einer derart denkschwachen, unterbelichteten Kreatur zusammenarbeiten – niemals – nie!

Bub, jetzt beruhig dich doch mal. Schlaf mal drüber. Irgendwas muss ja aus dir werde. Nächst Woch wirst du entlasse, und dann kannst du die Briefe tippe.

Ja, ich werde Briefe schreiben, sagte Gregor langsam, jede einzelne Silbe betonend. Aber weder an die Deutsche Bibliothek, noch an irgendeine Behörde!

Margot schien verzweifelt: Du willst doch net einfach daheim herumsitze! Jeder muss schaffe. Auch du musst was lerne.

Gregor sah ihr direkt in die Augen. Es gab eine kurze Pause. Dann sagte er mit fester Stimme: Ich werde studieren.

Es war eine verrückte Situation. Bisher war Gregor unschlüssig gewesen, hatte sich hin- und hertreiben lassen. Doch mit einem Mal, da er hilflos im Krankenbett lag, schien in ihm eine lange vermisste Kraft und Entschlossenheit zu wachsen, die ihn selber überraschte.

Margot wagte nicht zu widersprechen. Sie meinte, ihren Jungen schonen zu müssen, denn schließlich war er ja krank. Sie führte ihre linke Hand zum Gesicht hin, als wollte sie auf diese Weise ihre Stimme dämpfen und fragte nur: Ja, und was?

Gregor nahm den Brief von der Decke, faltete ihn bedächtig zusammen und steckte ihn umständlich in den Umschlag. Wollte er nur Zeit gewinnen oder die Spannung erhöhen? Natürlich hatte er immer nichts Anderes als Kunst studieren wollen. Aber er kannte den Widerstand seines Vaters: Brotlose Kunst – kommt überhaupt nicht in Frage! Und dann diese fatale Abiturprüfung! Womöglich hatte Heinrich recht, und die Idee, Kunst zu studieren, war ein Irrweg gewesen. Andererseits hatte sich in der Oberstufe Chemie zu seinem Lieblingsfach entwickelt, nach der Klassenfahrt nach Mainz.

Es war Mitte März, ein strahlender Frühlingstag mit blauem Himmel und ein paar weißen Wölkchen. Draußen schien warm die Sonne, als sei es Mai. Die Bäume hatten schon dicke grüne Knospen. – Ich muss hier raus, dachte er. Bei diesem herrlichen Wetter kann man doch nicht im Bett rumliegen. – Als er sich noch höher setzen wollte, zuckte er zusammen, denn die Operationsnarbe zwickte. Erst gestern waren die Fäden gezogen worden. Er versuchte, sich nichts anmerken zu lassen.

Chemie, sagte er und bemühte sich, seiner Stimme einen entschlossenen Ton zu geben. Ich werde Chemie studieren.

Ja und … – Mutter Margot stockte. Wie denkst du? Wie willst du …?

Gregor wiederholte: Ich werde Chemie studieren. Nächste Woche schreibe ich an die Unis in der näheren Umgebung: Frankfurt, Gießen, Mainz, Darmstadt, Heidelberg.

Der Krankensaal hatte sich geleert; alle Besucher hatten sich verabschiedet. Ein Patient war aufgestanden, hatte ein Fenster geöffnet und rief: Dicke Luft hier – muss mal kräftig durchziehen lassen.

Ein anderer lachte: Wer's zuerst riecht, aus dem kriecht's. Hast wohl selber einen ziehen lassen.

Lautes Gelächter, an dem auch Gregor sich beteiligte. Er hatte sein Buch aufgeschlagen: Balzacs Tolldreiste Geschichten. Aber er kam nicht so recht voran. Denn hier war immer etwas los. Es wurde laut erzählt – Krankengeschichten, Witze, Kalauer. Einen gab es, der mit jeder Krankenschwester zu flirten versuchte – natürlich ohne sichtlichen Erfolg auf dieser überfüllten Bühne. Es war auch kaum mehr als ein Spiel, ein kleines Unterhaltungsprogramm.

Gregor legte das Lesezeichen in sein Buch, schloss es und rutschte in das Kissen zurück. – Ja, es war gut, dass ihn die Nachricht in der Klinik und nicht zu Hause erreicht hatte. So konnten die Eltern einige Abende über die neue Situation reden, bevor er sich dem Vater stellen musste. Das würde sicher etwas schwieriger werden als mit der Mutter.

Auf den Bau

Aber es wurde gar nicht schwieriger. Gregor staunte, dass Vater Heinrich sich offenbar bereits mit der neuen Lage abgefunden hatte. Auf die Frage, wer das Studium denn bezahlen solle, antwortete Gregor leichthin: In den Semesterferien arbeite ich auf dem Bau. Dann fiel ihm ein, dass Dr. Wulfram, der Direx, einmal davon gesprochen hatte, dass es neuerdings für bedürftige Studenten Stipendien nach dem Honnefer Modell gäbe. Deshalb fügte er nach einer kurzen Pause hinzu: Außerdem gibt es ja auch noch Stipendien.

Natürlich war das geblufft. Denn er hatte keinen blassen Dunst: Was eine Bude kostet, wie hoch die Gebühren wären, was er für den Lebensunterhalt veranschlagen müsste, für Bücher und sonstiges. Auch bezweifelte er, überhaupt bedürftig zu sein. Aber hier bei den Eltern durfte er keine Bedenken äußern, sondern musste sich erst einmal sicher und entschlossen präsentieren. Wenn er selber mit Zweifeln käme, würden sie versuchen, ihn umzustimmen. Er musste erst mal anfangen, dann würde es schon irgendwie laufen.

Er schickte seine fünf Bewerbungen ab, und bereits nach zwei Wochen hatte er drei Zusagen: In Frankfurt, Gießen und Darmstadt könnte er zu Beginn des Sommersemesters das Studium der Chemie aufnehmen. Allerdings werde ihm erst ab dem zweiten Semester ein Arbeitsplatz im Labor zur Verfügung gestellt, hieß es gleichlautend in den Zusagen. Er wusste nicht, dass dies allgemein so üblich war, dass an den meisten Universitäten das Studium mit einem einführenden Theorieblock in Chemie und den Nachbarwissenschaften Mathematik, Physik und Biologie begann und die Laborpraktika erst im zweiten Semester einsetzten. Er jedoch vermutete, dass bereits alle Laborplätze vergeben wären und man ihn auf das Wintersemester vertrösten wollte. Damit konnte er auf keinen Fall einverstanden sein. Bevor er ein ganzes Semester lang nur in Hörsälen und

Seminarräumen herumsaß, wollte er lieber ein halbes Jahr arbeiten gehen, sich ein kleines Kapital ansparen und im Wintersemester richtig anfangen – so, wie er sich das vorstellte. Diesen Entschluss teilte er auch seinen Eltern in kurzen Worten mit, die sehr einverstanden schienen und nun offensichtlich ihren Frieden wiedergefunden hatten.

Eine Woche lang ging Gregor spazieren und beriet sich mit sich selber. Mit wem hätte er auch sprechen sollen hier im Dorf? Die einzige kompetente Vertrauensperson, sein Klassenlehrer in der siebten Volksschulklasse, der ihn durch hartnäckiges Zureden und Bedrängen schließlich dazu gebracht hatte, nach der siebten Volksschulklasse noch zum Gymnasium überzuwechseln, hatte schon vor Jahren eine Erweiterungsprüfung abgelegt und hatte sich nach Friedberg an eine Realschule versetzen lassen. Vor kurzem hieß es, Herr Degen sei umgezogen, um irgendwo in Südhessen, weit weg von der Wetterau, eine Schulleiterstelle zu übernehmen. Den Kontakt zu ihm hatte Gregor abreißen lassen. Zu den übrigen Lehrern, die er noch aus seiner eigenen Volksschulzeit kannte, wollte er nicht gehen; ihnen traute er nicht mehr zu, als dass sie ihren eigenen Unterricht mehr schlecht als recht hielten. Zum Gymnasium, wo er ja erst vor kurzem in die Freiheit entlassen worden war, wollte er auch nicht zurück. Nicht ein einziger Lehrer hatte angedeutet, dass er auch später noch einmal zu einem Beratungsgespräch zur Verfügung stünde. Gregor hatte den Eindruck, dass das Kollegium froh und erleichtert war, diesen Jahrgang endlich los zu sein. Der Pfarrer kam auch nicht in Frage. Obwohl er Gregor durchaus nicht unsympathisch war, hielt er ihn, wenn es um seine Probleme ging, für inkompetent.

Im Dorf gab es als Akademiker noch den Arzt, der ein sehr freundlicher und umgänglicher Mensch war. Als Gregor vor zwei Monaten zu Dr. Keder gegangen war, hatte dieser die junge Sprechstundenhilfe hinausgeschickt, ihn untersucht und ihm versichert, dass diese Beule im Schambereich weder schlimm noch peinlich sei. Leistenhernie, hatte er diagnostiziert. Solltest du gleich nach dem Abi operieren lassen, damit du wieder voll belastbar bist.

Dr. Keder war, wie ein guter Landarzt sein musste. Kumpelhaft duzte er die meisten seiner Patienten und sprach so, dass jeder Dörfler ihn verstehen konnte. Sein Doktorlatein schrieb er nur auf die Rezepte, die niemand außer dem Apotheker lesen konnte. Keder war ein beleibter Mann in mittleren Jahren, der meistens in seinem Schreibtischstuhl saß und sein Ordinationszimmer mit Zigarettenrauch vollpaffte. Aber auch er hatte nur einen begrenzten Horizont, und Gregor dachte, dass er mit ihm weder über Chemie noch über Kunst reden könnte.

Nach den Spaziergängen hatte Gregor wieder damit begonnen, täglich das Gras für die Ziege zu mähen und im Garten leichtere Arbeiten zu übernehmen. Als er auch mit dem Spaten Beete umgraben und mit der Axt Holz spalten konnte, ohne dass er die Operationsnarbe spürte, hielt er den Zeitpunkt für gekommen, sich um einen Arbeitsplatz zu kümmern. Er fuhr mit seiner Quick nach Friedberg und meldete sich im Personalbüro der Firma Oberhauser, dem größten Bauunternehmen am Ort.

Der Angestellte im offenen weißen Hemd und einer Zigarette hinterm linken Ohr winkte ihn an seinen Schreibtisch heran. Gregor sah sich um, fand aber keinen Stuhl; er sollte also stehenbleiben.

Noch näher! Keine Angst, ich beiß dich nicht. Zeig mal deine Hände her. Na ja, könnte gehn. Kräftig genug siehst du aus. Welche Sportarten treibst du?

Verdammt, muss er auch noch danach fragen, schoss es Gregor durch den Kopf. Was hatte Heinrich damals gesagt, als er in den neu gegründeten Turnverein eintreten wollte? Hier im Garten kannst du arbeiten. Das ist genauso wie turnen. Und nun sieh dir das an: Selbst die Leute vom Bau fänden es gut, wenn ich sportlich durchtrainiert wäre. Kleinlaut gab er Auskunft: Seit der Untersekunda habe ich jeden Sommer vier Wochen auf dem Bau gearbeitet. Und zu Hause mähe ich Gras, mache Heu, miste den Stall aus, grabe den Garten um und hacke Holz. Außerdem …

Weiter kam er nicht. Der Angestellte machte eine Handbewegung, als wolle er ein lästiges Insekt vor seinem Gesicht verscheuchen. Ist ja gut. Du wirst das schon durchstehen. Wir haben nicht gern die Jüngelchen mit den feinen Pianistenhänden, die zweifuffzig verdienen wollen und nach zwei Stunden Kiesschippen Blasen an den Händen haben. Also, du kriegst zweivierzig die Stunde. Wir haben vor zwei Monaten im Usatal eine Baustelle aufgemacht, wo wir eine Kläranlage bauen. Das wird mindestens noch acht Monate gehen.

Ach ja, ich habe die Baustelle gesehen, wagte Gregor zu bemerken. Ich bin mit dem Motorrad vorbeigekommen, als ich hierherfuhr.

Aus Unter-Warstein kommst du? Ja, das liegt für dich günstig. Noch Fragen?

Gregor schüttelte den Kopf.

Hast du deine Lohnsteuerkarte hier? Nein? – Also, dann am Montag mitbringen und dem Polier geben. Ansonsten: Robuste Arbeitskleidung und feste Schuhe.

Gregor fuhr noch hinauf in die Kaiserstraße und ging in die Buchhandlung Nothnagel, wo man immerhin sein Gesicht kannte. Der greise Buchhändler grüßte freundlich und sagte: Sie kennen sich ja hier aus und brauchen keine Hilfe.

So hatte Gregor es am liebsten: Wenn er in einen Laden kam, wollte er sich umsehen und nicht gleich mit Fragen überschüttet werden. Die meisten Verkäuferinnen und Verkäufer belästigten einen mit Vorschlägen und Angeboten, gaben vor, einen beraten zu wollen, um einem dann etwas aufzuschwatzen, was man eigentlich gar nicht kaufen wollte. Er ging zu dem Regal mit naturwissenschaftlichen Büchern. Da es in der Stadt ein Technikum gab, war hier vor allem anwendungsbezogene Literatur gefragt. Darüber hinaus gab es auch noch einiges für jugendliche Hobbychemiker und Bastler. Dann entdeckte er eine zweibändige Geschichte der Chemie als Taschenbuch-Ausgabe. Das war es, was er brauchte! Er wollte sich zunächst einmal ganz grundlegend über die Fachgeschichte informieren.

Zufälle

Auf der Kaiserstraße waren die Marktbeschicker damit beschäftigt, ihre Stände abzuräumen, als Gregor auf die Burg zufuhr. Im Burghof bockte er seine Quick unter einer Platane auf. Er ging in den Burggarten bis zu der kleinen Laube, wo sie manchmal Skat gespielt hatten. Auf einer der beiden Steinbänke saßen drei Rentner, jeder hatte eine Hand auf seinen Spazierstock gestützt. Gregor gewann den Eindruck, dass sie über Lokalpolitisches räsonierten. Aber er musste jetzt weghören. Er setzte sich auf die freie Bank, zog den ersten Band aus seiner Tasche und überflog das Inhaltsverzeichnis. Antike und Mittelalter wurden nur sehr kurz behandelt; das war ihm recht, interessierte ihn auch nicht besonders. Wenn er ehrlich war, hätte er am liebsten die Spekulationen der frühen Autoren und die mittelalterliche Alchimie ganz überschlagen. Aber er hatte ja viel Zeit, ein halbes Jahr, und wer weiß, vielleicht würde es ihm doch einmal nützlich sein. Wirklich interessant wurde erst die empirische, die systematisch-experimentelle Chemie, die der zweite Band enthielt. Das wäre auch einmal sein Arbeitsgebiet, die Forschung an dem Institut einer Universität. Hier wollte er arbeiten und Grundlagenforschung betreiben. Mit der Anwendung in den Großanlagen der Industrie sollten sich andere herumschlagen.
Als er das Buch wieder in die Tasche schob, schienen die Rentner zum ersten Mal von ihm Notiz zu nehmen, denn einer von

ihnen deutete mit seinem Stock auf Gregor und sagte zu den anderen beiden: Ich les nur noch Zeitung – nur noch jeden Tag die Wetterauer.

Der Zweite winkte ab und entgegnete: Ach hör mir auf mit dem Käsblättche. Ich les nur die Bild.

Gregor stand auf, nickte den drei Alten zu und ging zum Motorrad zurück.

Natürlich war es absehbar gewesen, dass Vater Heinrich seine Befriedigung ausdrücken würde, wenn Gregor berichtet hatte. Deshalb überhörte er auch geflissentlich die nachfolgenden guten Ratschläge, die Arbeit auf dem Bau betreffend. Der Vater saß am Küchentisch und blätterte in der Frankfurter Zeitung. Gregor setzte sich ans andere Ende des Tisches und schlug den ersten Band der Chemiegeschichtete auf. Mutter Margot kam mit einem kleinen Korb voll Wollsocken herein, den sie neben ihren Stuhl auf den Boden stellte. In jede einzelne Socke schob sie ihre linke Hand und untersuchte sie nach Löchern. Sie griff nach der Stopfnadel und passendes Garn und begann zu stopfen. Heinrich erzählte ihr wieder einmal haarklein, was tagsüber alles vorgefallen war in der Fabrik, vor allem in der Packerei, mit welchem Vorgesetzten er Ärger hatte und welcher Spediteur oder Fahrer mal wieder nett war. Es folgte im üblichen Stil die Zeitungslektüre, wobei Heinrich den ersten Beitrag still zu lesen begann. Gut, dachte Gregor, nun kann auch ich lesen: Das Wasser bei den Vorsokratikern. Schon nach dem dritten Satz war Heinrichs Stimme wieder zu vernehmen.

Hör dir das an, Frau, was der Adenauer, dieser alte Stinker, vorhat! Bundespräsident will er werde. Da hat er doch sicher en Hintergedanke. Ich les dir das mal vor.

Gregor schlug geräuschvoll sein Buch zu und knallte es auf den Tisch.

Was ist los?, fragte Heinrich erstaunt. Interessiert's dich net? Wenn du aus der Zeitung vorliest, kann ich doch nicht lesen!

Heinrich hob belehrend den Zeigefinger: Du bist jetzt voll-jährig. In zwei Jahr ist Bundestagswahl, in drei Jahr Landtags-wahl. Da muss man sich doch für Politik intressiern. Du willst doch net die Schwarze wähle!

Na prima, dann weiß ich ja Bescheid. Übrigens hab ich die Zeitung heut Nachmittag schon gelesen und auch Nachrichten gehört, aber jetzt will ich was Anderes lesen.

Heinrich bekam einen roten Kopf. Er zischte: Zum Donner-keil aber auch! Das fehlt mir noch, dass mein Hochschüler mir verbiete will, mich zu unterhalte!

Margot hatte den Strumpf in den Schoß sinken lassen und legte ihrem Mann die Hand auf den Arm. Jetzt streitet doch net. Es war doch alles gut. Sie blickte Gregor an. Und wir warn so froh, dass du endlich auf dem richtige Weg bist und jetzt schaffe gehst.

Wortlos stand Gregor auf, nahm das Buch und seine Strick-jacke und ging hinaus durch den Garten, wo er sich unter dem alten Birnbaum auf die Bank setzte. – Also das Wasser bei den Vorsokratikern. Nein, nicht das Wasser. Er musste mit den Ele-menten beginnen. Nein, mit den Atomen.

Doch was er hier von Leukippos las, war pure Spekulation. Das konnte einem heutigen Chemiker zu keiner neuen Erkennt-nis führen. Die Elementenlehre, wie Empedokles sie beschrieb mit Feuer, Erde, Wasser und Luft – was sollte er damit anfan-gen? Das war doch naiv. Er blätterte vor und auch wieder zu-rück.

Doch was war das? Empedokles, dieser Teufelskerl, behaup-tete doch tatsächlich, dass durch das zufällige Zusammentreffen von Stoffen sich etwas Neues bilde, also auch Pflanzen und Tiere – Leben! Kein Schöpfungsmythos, kein Gott. Schon in der Antike – das war ein starkes Stück! Dann müsste ja durch Zufall sogar Bewusstsein, Geist, entstanden sein! Diese Vor-stellung war ungeheuerlich. Für die Chemie würde das bedeuten, dass die Forscher nicht systematische Versuchsreihen machen, sondern dass sie mit dem Material spielen sollten, dass sie beispielsweise Substanzen zusammenbringen würden, von denen es in den Lehrbüchern heißt, dass sie nicht zueinanderpassen.

Ob man in der Chemie mit dem Zufall wirklich weiterkäme? Eher hätte Gregor sich das im Kunstunterricht vorstellen können. Allerdings waren ihnen auch da immer Aufgaben gestellt worden, die sie auszuführen hatten, und die Kunstlehrer hatten schon immer gewusst, wie das Ergebnis auszusehen hatte. Aber wie, wenn sie ohne eine Aufgabe mit dem Material experimentiert hätten, oder wenn sie beispielsweise mit geschlossenen Augen gezeichnet oder gemalt hätten? Nicht auszudenken, wie der Lehrer da zu einer Zensur hätte kommen sollen. Wer weiß, vielleicht hatte schon einmal ein besonders origineller Künstler etwas Derartiges gemacht, und man hatte ihn sofort in die Klapsmühle gesteckt. – In Gregors gesamter Schulzeit hatte jedenfalls kein einziger Lehrer auch nur einmal ein positives Wort zur Bedeutung des Zufalls gesagt. Aber nun begann er zu ahnen, dass dahinter mehr steckte als kindliche Tändelei und dass Empedokles kein Irrer war.

Es war unbefriedigend, dass hier in diesem Buch die frühen Denker, die sich offenbar als Universalgelehrte verstanden hatten, aus der Sicht eines modernen Fachwissenschaftlers, eines Chemikers, referiert wurden. Der konnte doch jenen allerersten griechischen Philosophen unmöglich gerecht werden. – Gregor wurde klar, dass er als Erstes die Vorsokratiker in einer vollständigen Ausgabe lesen musste.

Diese Frage ließ ihm keine Ruhe: Wie war es nur möglich, dass während seiner Schulzeit der Zufall niemals ein Thema gewesen war? Zum Beispiel in Deutsch oder in den Fremdsprachen. Es war doch eigentlich immer nur um Regeln und Gesetze gegangen. Wäre es überhaupt denkbar, mit der Freiheit des Zufalls als oberstes Prinzip einen Text zu schreiben? Man würde die Sätze grammatisch korrekt aufbauen, die passenden Wortarten wählen, jedoch die einzelnen Wörter dem Zufall überlassen. Vielleicht, so spekulierte Gregor, hat es schon Dichter gegeben, die sich größere Freiheiten herausgenommen haben. Aber man hat sie uns vorenthalten.

Demnach hatte es auch Methode, dass im Musikunterricht die Entwicklung mit dem Impressionismus aufgehört hatte. Weder von Gustav Mahler noch von Igor Strawinsky hatten sie gehört, und den Jazz konnten sie nur über das Radio kennenlernen.

Könnte man nach dem Prinzip des Zufalls überhaupt unterrichten? Ohne eine feste Ordnung, ohne Regeln wäre doch ein Lernen in Gruppen gar nicht möglich. Ja, wahrscheinlich beruht auf dem Regelwissen nicht nur der Wissensvorsprung, sondern auch die pädagogische Macht der Lehrer. Allerdings war nicht ein einziger von Gregors Lehrers ein Dichter, ein Künstler oder ein Forscher gewesen. Er hielt es aber für denkbar, dass es unter diesen Personen gäbe, die den Mut hatten, sich über Regeln und Gesetze hinwegzusetzen.

Demnach ist es vielleicht gar kein Nachteil, dachte er, dass im Sommersemester für mich kein Laborplatz frei war. Ich habe nun ein paar Monate Zeit, um über all diese Fragen nachzudenken: zuerst über den Zufall in der Chemie und dann in der Literatur und in der Kunst. Aber dann will ich wirklich mit dem Studium beginnen. Natürlich Chemie – was sonst.

Inhalt

Dank

an Siegbert Brückner, Ralf Groß und Monika Suppkus, die sich der Mühe unterzogen haben, die Korrekturen zu lesen. Bedauerlicherweise konnte Ralf Groß die Drucklegung des Buches nicht mehr erleben.

2017 erschien bei **BoD**

Yelmo Schütz

SUCHMELDUNG

Episoden einer Kindheit in der Wetterau

Ein turbulentes Jahrzehnt der deutschen Geschichte, begrenzt auf den engen Horizont eines kleinen Dorfes in der Wetterau und aus der Perspektive eines Kindes – es sind die letzten drei Kriegsjahre, die Wirren der Nachkriegszeit mit Mangelwirtschaft, Not und Schwarzmarkt und die Jahre des Aufschwungs nach der Währungsreform. Aus Gregors Perspektive entwickelt sich ein Bild, das in völligem Gegensatz zu dem steht, was wir aus den Geschichtsbüchern kennen. Gregor findet nichts Schlimmes am Krieg, und er genießt die schier unermesslichen Freiräume, die sich in den ersten Nachkriegsjahren für Kinder auf dem Land eröffnen. Mit mäßigem Erfolg versucht er, der väterlichen Strenge zu entkommen, und die Schule erlebt er nur als ein notwendiges Übel auf dem Weg zum Erwachsenwerden. Als ihn jedoch ein Jahr vor Abschluss der Volksschulzeit sein Klassenlehrer dazu überredet, noch zum Gymnasium überzuwechseln, beginnt der Boden unter ihm zu schwanken, und er verliert jegliche Orientierung. Über all die Jahre war er auf der Suche gewesen, zuerst Spielsachen, einem Fahrrad, nach Abenteuern, nach Glück, nach Liebe und auch immer wieder nach Freiheit – doch als sich ein Ausweg aus der dörflichen Enge anbietet, möchte er seine Suche am liebsten aufgeben.

ISBN 9783744820639